SU

SEAS

CW01486648

In der Reihe *Seasons of Love* bereits erschienen:

Dancing Snowflakes – Zusammen eingeschneit

Painting Flowers – Zusammen erblüht

Bibliografische Information der
Deutschen Nationalbibliothek:
Die Deutsche Nationalbibliothek verzeichnet diese Publikation in der Deutschen Nationalbibliografie; detaillierte bibliografische Daten sind im Internet über dnb.dnb.de abrufbar.

Umschlaggestaltung: Emily Bähr
Lektorat: Lektorat Tintenglanz
Korrektorat: Monika Schulze
Buchsatz: Kaja Raff
Dieser Buchsatz wurde mit Ressourcen von
Freepik.com erstellt.

Am Ende des Buches findest du ein Glossar.

Herstellung und Verlag:
BoD – Books on Demand, Norderstedt

ISBN: 978-3-7543-4924-3

ANNIE WAYE

Craving
SUNLIGHT

ZUSAMMEN ERSTRAHLT

Roman

Vertraue nie dem ersten Eindruck.
Versuche, hinter die Fassade zu blicken.
Du könntest so viel verpassen.

1. Petaloúdes

März: vor 5 Monaten

Die Musik dröhnte laut in meinen Ohren und der tiefe Bass schien sogar mein Herz aus dem Takt zu bringen. Meinen Geldbeutel fest umklammert, lehnte ich mich an die Bar und wartete. Mit angespannten Schultern warf ich immer wieder einen nervösen Blick in Richtung Toilette. Ich hatte meiner Kommilitonin Melissa versprochen, dass ich uns was zu trinken besorgen würde, bis sie zurück war. Leider war das einfacher gesagt als getan. Das hier war die Semesterabschlussparty, und die Location war brechend voll – und das, obwohl sie aus ganzen drei Tanzflächen bestand.

Leider war ich auch nicht annähernd so auffällig wie eine Discokugel, als die sich manche Frauen hier verkleidet hatten. Ich trug ein enganliegendes, schwarzes Kleid, das mir bis zu den Knien reichte, dazu schwarze Strumpfhosen (es war eine ziemlich kühle Märznacht), schwarze Schuhe und … na ja, zumindest meine Tasche war nicht schwarz. Sondern grau.

Alles in allem war ich anscheinend besonders leicht zu übersehen. Und zu überhören, denn so laut ich dem Barkeeper auch hinterherrief, während er wie ein ICE auf der anderen Seite der Theke an mir vorbeirauschte, er nahm einfach keine Notiz von mir.

Stöhnend legte ich den Kopf in den Nacken, sodass mir meine langen, braunen Haare über die Schultern fielen. Warum passierte mir das immer wieder? Ich war einundzwanzig Jahre alt und bekam nicht mal eine blöde Party auf die Reihe!

Frustriert fischte ich mein Handy aus meiner kleinen, grauen Umhängetasche und begann, eine Nachricht an Melissa zu tippen.

SOFIA
Ich glaube, ich versuchs auf der Hiphop-Tanzfläche

Weiter konnte ich nicht schreiben – denn im nächsten Moment ergoss sich ein Schwall aus Wasser über mich. Es traf auf meine Schulter, spritzte auf mein Gesicht und meine Haare und ließ mich erschrocken quietschen. Entgeistert wirbelte ich herum – und starrte dem Mann neben mir aus weit aufgerissenen Augen entgegen, der mit demselben Schock zurückblickte, als wüsste er nicht, wie ihm geschah. In dem durchsichtigen Becher in seiner Hand schimmerte eine dunkle Flüssigkeit, die mir verriet, dass er mich doch nicht einfach nur mit Wasser übergossen hatte.

»S-sorry!«, stieß er hervor. Noch während er mich scannte, hatte ich das Gefühl, dass er blass um die Nase wurde. »Der Typ da hat mich –« Er deutete hinter sich, realisierte dann aber offensichtlich, dass es vollkommen egal war, wer wann was getan hatte – im Resultat stand ich nun da, besudelt mit seinem Cola-Mischgetränk.

Der Mann hatte dunkle Haare, die er vor ein paar Stunden feinsäuberlich gegelt haben musste, die ihm jetzt aber trotzdem strähnenweise in die Stirn hingen, dazu einen frisch gestutzten Dreitagebart. Er trug dunkle, hoffnungslos zerrissene Jeans zu einem hellen Shirt und einer schwarzen Lederjacke. Auch wenn er dem Anlass der Party nach an meiner Uni studieren musste, hatte ich ihn noch nie zuvor gesehen.

Abwehrend hob er die freie Hand und bedachte mich dabei mit einem Blick wie für ein Atomkraftwerk, das kurz vor der Explosion stand. »Tut mir leid, wirklich! Ich bezahl dir die Reinigung. Und dein nächstes Getränk. Und dein übernächstes –«

Irritiert runzelte ich die Stirn. Ich wollte mich ärgern, aber so eine Reaktion hatte die Angelegenheit dann doch nicht verdient. »Schon gut«, winkte ich belustigt ab.

Er stutzte. »Was?«, rief er gegen den Lärm hinweg an, sodass ich nicht wusste, ob er mich nicht verstanden hatte oder mich nicht verstehen wollte. Unwillkürlich lehnte er sich stärker in meine Richtung, und ein Hauch seines Aftershaves drang in meine

9

Nase. Ich konnte die Noten keinen klassischen Inhaltsstoffen zuordnen. Stattdessen roch ich einfach nur: Freiheit.

»Schon gut!«, entgegnete ich lauter und zuckte die Achseln. »Das Kleid ist schwarz. Sieht man sowieso nicht wirklich.« Ich blickte an mir herab. »Nur, wenn man es weiß.«

Fassungslos musterte mich der Mann. »Sicher, dass du mir nicht den Kopf abreißen willst? Oder – hier!« Er hielt mir sein Glas hin, in dem nur noch etwa zwei Schlucke zurückgeblieben waren. »Gieß es mir über, wenn du willst.«

Verdattert lehnte ich mich in die andere Richtung. »Warum sollte ich das denn machen?«

Er ließ die Schultern hängen. »Na, weil du wütend bist.«

Ich schnaubte belustigt. »Bin ich das?«

Mein Gegenüber geriet ins Stocken, und auf einmal war sein bloßer Anblick so präsent für mich, dass alles andere um mich herum verblasste. Spätestens dann, als er lächelte. Fast schon ungläubig schüttelte er den Kopf. »Du bist nicht wütend?«

»Bin ich nicht«, bestätigte ich und kapierte nicht, warum er mir das einfach nicht abkaufte. Stieg etwa Rauch aus meinen Ohren, ohne dass es mir auffiel?

Sein Lächeln wurde breiter. »Okay«, antwortete er überschwänglich. Sein Blick zuckte auf einen Punkt hinter mich, und er hob einen Finger – das war alles, was es brauchte, um den Barkeeper mir nichts, dir nichts zu uns zu beamen. »Was willst du trinken?«

Ein Zucken ging durch mein Augenlid, als ich den Barkeeper ansah, der offenbar aus seinem Tunnelblick gerissen worden war. »Ist mir inzwischen so was von egal«, brummte ich und hoffte, dass der Kerl das hörte.

»Okay«, fragte er nicht weiter und beugte sich über den Tresen, um zu bestellen.

Ich nutzte die Gelegenheit, um mein Handy zu checken – und tatsächlich hatte ich eine Nachricht verpasst.

MELISSA
Wo bist du????

Ich stutzte und antwortete ihr schnell.

SOFIA
An derselben Stelle wie gerade eben

Aus dem Augenwinkel beobachtete ich meinen neuen Gesprächspartner, der zu meiner Überraschung keinen Geldbeutel aus seiner Hosentasche zog, sondern einfach nur sein Handgelenk an ein Kartenlesegerät hielt, um mit seiner Uhr zu zahlen.

Eigentlich konnte ich froh sein, dass er mich angeschüttet hatte. In meinem Freundeskreis war ich die reinste Langweilerin: Wo auch immer in München eine Party stieg, tauchte ich nur zum Vorglühen auf

und seilte mich dann ab, bevor es in die nächste Bar gehen konnte. Warum? Weil die Getränke dort so unglaublich teuer waren und ich ohnehin schon jeden Cent umdrehen musste, um über die Runden zu kommen. Mein Stipendium war begrenzt, und ein kleines bisschen zurücklegen musste ich schließlich auch noch …

»Ich find's echt krass«, gab mein Gegenüber zu, als er sich mit zwei neuen Gläsern zu mir umwandte. »Ich glaube, jede andere Frau hätte mir schon längst in die Eier getreten.«

Ich versuchte, mir nichts anmerken zu lassen, fragte mich aber, mit welcher Art Frau er sich sonst so abgab. Und ob in seiner Hose überhaupt noch was zu retten war, wenn er solchen Frauen ständig sein Getränk überschüttete. »Danke für die Inspiration.«

Er grinste schief und reichte mir eines der beiden Gläser. »Wie heißt du?«

Ich sah mich nach Melissa um, aber ich konnte sie weit und breit nicht entdecken. »Sofia.«

»Sofia wer?«

Ich zog die Brauen zusammen. Warum wollte er denn jetzt meinen Nachnamen wissen? »Aldea.« So, wie ich es aussprach, klang es eher wie eine Frage.

»Aldea«, sagte er nachdenklich, und ich konnte förmlich sehen, wie er seine innerliche Kontaktliste damit abglich. Dann schüttelte er knapp den Kopf. »Noch nie gehört.«

Ich zog die Schultern hoch. »Ich bin ja auch kein Promi.«

Er lachte und hielt mir die freie Hand hin. »Ich bin Karin.«

Ich stutzte. Hatte ich mich gerade verhört? »Karin?«, wiederholte ich irritiert.

»Ja!« Er geriet ins Stocken. »Warte, was hast du gesagt?«

Ich schluckte. Auf einmal kam mir die Musik lauter denn je vor. »Was hast *du* gesagt?«

Sein Mund öffnete und schloss sich wieder. Er wirkte etwas verzweifelt. »Ka-l-in«, schrie er mir förmlich entgegen. »Mit L!«

Erleichtert ließ ich die Schultern hängen. »Jetzt hab ich's verstanden!« Glaubte ich zumindest. »Aus welcher Sprache kommt das?«

Lässig lehnte sich Kalin mit einem Arm gegen die Bar. »Aus dem Griechischen.«

Meine Augen wurden groß. »Du hast griechische Wurzeln?«

Sein Mundwinkel hob sich leicht. »*Fysiká omorfiá*«, raunte er und jagte einen wohligen Schauer über meinen Rücken.

Ich legte den Kopf schief. »Was bedeutet das?«

Verheißungsvoll führte Kalin einen Finger an die Lippen. »Freut mich, dich kennenzulernen, Sofia.«

Wir stießen an und ich nippte an meinem neuen Getränk, das sich als Rum-Cola entpuppte. Eigentlich absolut nicht mein Geschmack – ganz im Gegensatz zu dem Lächeln, das mir Kalin schenkte.

»Studierst du hier?«, rief er über den Lärm hinweg, und ich fragte mich, ob er nicht mit anderen Leuten hier war, zu denen er hatte zurückgehen wollen, bevor ihm das Malheur passiert war. Aber so, wie er mich ansah, hatte er seine Begleiter ganz vergessen.

Ich nickte. »User Experience Design.«

Seine Brauen schossen in die Höhe. »Wow, nicht schlecht.«

Kalins volle Aufmerksamkeit schien auf mir zu liegen – ein Gefühl, mit dem ich kaum umgehen konnte. Es fiel mir schwer, Blickkontakt zu halten, weshalb ich umso erleichterter war, die Pause zwischen uns mit einem Schluck Rum-Cola überbrücken zu können. »Und du?«

Ein neckisches Zucken ging durch seine Braue. »Das verrate ich dir später.«

Ich runzelte die Stirn. »Später?«

»Später.« Der forsche Ausdruck in seinen Augen sandte ein leichtes Prickeln durch meine Magengrube. »Tanzt du gerne, Sofia?«

»Hey!« Jemand drehte mich an der Schulter herum – es war Melissa. Mit ihren welligen, blonden Haaren und ihren blauen Augen war sie das absolute Gegenteil von mir. Sie trug eine enganliegende Hose zu einem ausladenden Oberteil, und ich wettete, dass sie deshalb so lange auf der Toilette gebraucht hatte, weil sie sich ihre Fake-Wimpern erst wieder hatte zurechtzupfen müssen. »Ich war kurz an der Hip-Hop-Bar«, kreischte sie mir unnötig laut entgegen. »Da ist die Stimmung so viel besser! *Let's go!*« Vielleicht hatte sie nicht bemerkt, dass ich mich gerade noch unterhalten hatte, vielleicht kümmerte es sie auch nicht – sie ergriff mein Handgelenk und zog mich einfach mit sich.

Hin- und hergerissen stemmte ich mich dagegen und schenkte Kalin einen Blick. Dieser nickte mir nur zu, wie zu einem stillen Einverständnis, dass ich ihm rein gar nichts schuldig war.

Dennoch blieb ich einen Augenblick länger stehen als notwendig. »Kalin wer?«

Er lächelte. »Hadrian.«

Das war der Anfang vom Ende gewesen. Kapitel eins in einem Buch, das von meinem entscheidenden Fehler handelte. Einen, den ich nur zu gerne rückgängig machen würde. Der mich mehr schmerzte als alles andere.

Ich hätte mich niemals in einen Hadrian verlieben dürfen.

Das Getränk, das mir Kalin ausgegeben hatte, war bei Weitem nicht das Letzte gewesen, das ich trank. Mit der Zeit wurde mir so heiß und schummrig, dass ich Melissa irgendwann stehenließ und mich zum engen Treppenhaus begab, über das man auf eine schmucklose, teilweise auch echt dreckige Dachterrasse gelangte. Sofort wurde ich von der

kühlen Märzluft umhüllt, die wieder etwas mehr Klarheit in meinen Kopf brachte.

Ich war von einigen rauchenden, trinkenden und knutschenden Studenten umgeben. Sie waren allein, zu zweit oder auch in Gruppen da, und obwohl das ganze Dach voll von ihnen war, fühlte ich mich plötzlich wie in eine Blase der Einsamkeit eingeschlossen. Ja, ich war mit Melissa hier. Ja, ich kannte auf dieser Party viele andere Leute. Aber all das kam mir auf einmal oberflächlich vor. Als hätte es keine Bedeutung.

Ich bewegte mich bis zum Ende des Dachs auf der gegenüberliegenden Seite zum Treppenhaus und lehnte mich gegen das solide Geländer. Von hier aus konnte man diesen Ortsteil von München gut überblicken – ein paar Wohnhäuser hier, einige Firmengebäude da, in der Ferne erspähte ich sogar die Umrisse der Bäume, die einen Park flankierten. Ich lebte in einer der größten Städte Deutschlands und war von der ganzen Welt umgeben – und doch fühlte ich mich allein.

»Nanu, du auch hier?«, ertönte plötzlich eine fremd-vertraute Stimme zu meiner Rechten, und im nächsten Moment lehnte sich niemand Geringeres als Kalin neben mich ans Geländer.

Ich stieß ein halb erstauntes, halb amüsiertes Lachen aus, und ein Anflug der Erleichterung überkam mich. Unser letztes Treffen hatte viel zu schnell geendet. »Verfolgst du mich etwa?«

»Das sollte ich dich fragen!«, entgegnete er lässig. Inzwischen trug er einen pechschwarzen Strohhut mit einem roten Band darum, das den Namen einer Rum-Marke zeigte. »Ich war schon vor dir hier oben.«

Unschlüssig hob ich eine Braue. »Ganz sicher nicht. Ich hab dich gar nicht gesehen.«

»Und ich hab dich nicht gesehen.« Er grinste. »Einigen wir uns darauf, dass wir es nie wissen werden.«

Sein Lächeln ließ die Blase mit einem Mal platzen. Auf einmal hatte ich wieder ein Gefühl für die Menschen, die Geräusche, die Gerüche um mich herum, und kam mir wie ein rechtmäßiger Teil des großen Ganzen vor. Der Anflug der Traurigkeit, der mich überkommen hatte, verflog, bevor er Schaden anrichten konnte.

Ich stützte mich mit einem Ellbogen auf das Geländer und bettete mein Kinn darauf. »Seit wann bist du Markenbotschafter von *Jack Daniels?*«

»Was?« Kalin tastete seinen Kopf ab, als würde ihm erst jetzt auffallen, dass er den Hut aufhatte. »Ach, das. Seit ich unsere Getränke bestellt habe. Ist heute wohl ein Spezialangebot.«

Ich stellte mich wieder gerade hin. Interessiert beäugte ich ihn, sog seine dunklen Haare und den Anblick seiner warmen braunen Augen in mich auf. »Steht dir echt gut.«

Kalin lächelte – und zog plötzlich eine Grimasse. »Moment mal. Ich weiß, was du vorhast.« Er deutete mit dem Zeigefinger auf mich, als wäre er einem finsteren Plan von mir auf die Schliche ge-

kommen. »Du hast mich auf der Tanzfläche gesehen und willst dich jetzt einschleimen, damit ich dir meine besten Moves beibringe.«

Ich prustete und bedeckte meinen Mund mit einer Hand. »Schuldig! Du hast mich erwischt.«

Kalin rückte seinen Hut zurecht. »Wo ist dein Getränk?«

»Getrunken. Wo ist deins?«

»Auch.« Er legte leicht den Kopf schief. »Du siehst so aus, als könntest du ein neues gebrauchen.«

Er stieß sich bereits von der Brüstung ab, doch ich hob abwehrend die Arme. »Nein, schon gut! Ich … brauch ne kurze Pause.« Auch wenn ich nicht anders konnte, als ein wohliges Kribbeln zu verspüren, das nichts mit dem Alkohol zu tun hatte – sondern mit der Tatsache, dass dieser Kerl ganz versessen darauf war, mir ein Getränk nach dem anderen auszugeben. Um uns herum waren so viele Frauen mit schöneren Klamotten, kunstvolleren Frisuren und attraktiveren Figuren als ich – zumindest redete ich mir das ein. Aber aus irgendeinem Grund hatte Kalin keinen Blick für sie.

»Oh.« Er blieb, wo er war, lehnte sich jetzt jedoch mit dem Rücken gegen die Brüstung. »Alles in Ordnung? Brauchst du irgendwas?«

Schnell schüttelte ich den Kopf. »Nein, es ist alles gut. Wenn ich noch ein bisschen an der frischen Luft bleibe, geht es bestimmt gleich wieder.« Während ich es aussprach, überkam mich plötzlich der

Eindruck, dass sich die Welt in die falsche Richtung zu drehen begann. Na toll.

»Weißt du was?« Kalin stieß sich vom Geländer ab und legte mir im Vorbeigehen eine Hand auf die Schulter. »Ich hol dir ein Wasser.«

Mein Mund öffnete sich, um ihn zurückzuhalten, doch da war er schon von meiner Seite verschwunden. Hin- und hergerissen sah ich ihm nach, wandte mich dann aber wieder nach vorn und begrub meine Hoffnungen, dass er seine Ankündigung wahrmachen würde.

Er würde nicht zurückkommen. Ich war eine Langweilerin, die eine Pause vom Alkohol brauchte und bei der sich Mann keine Chancen ausrechnen konnte, sie schnell und leicht abzufüllen. Das hatte ich ihm ganz nebenbei klargemacht, und er würde sich jetzt interessanteren Objekten zuwenden.

Ich blieb noch ein paar Minuten draußen, aber auf einmal war mir nicht mehr nach Feiern zumute. Kalin hatte mich mit unserem Gespräch aus meiner Blase befreit, doch nun hatte sie sich nach und nach aufs Neue um mich herum gebildet. Er hatte diese Energie, diese Aura mitgebracht, die mir ein Hochgefühl verschafft hatte. Umso schlimmer jetzt, wo er wieder weg war.

Mit einem stummen Seufzer drehte ich mich um – und entdeckte Kalin, der sich mit einem Glas Wasser und einem neuen Cola-Mischgetränk einen Weg durch die Menge bahnte.

Meine Augen weiteten sich und meine Kinnlade klappte immer weiter herunter, während er auf mich zukam. »Wirklich?«, hauchte ich ungläubig, als er mich erreichte. »Du hast mir echt ein Wasser geholt?«

Verwirrt blinzelte er. »Hab ich doch gesagt.« Er hielt mir das Glas hin. »Dafür gab's leider keinen zweiten Hut.«

Ich musste lächeln, und das Prickeln, das er schon vorhin in mir ausgelöst hatte, kehrte mit einem Mal zu mir zurück. Er war nur für mich nach drinnen gegangen, hatte sich an der Bar angestellt, ewig gewartet und war wieder nach draußen in die Kälte gekommen. Nur, um mir ein blödes Glas Wasser zu besorgen. Entweder er hatte immer noch ein verdammt schlechtes Gewissen wegen der Nummer mit dem Kleid, oder … er war einfach nett.

»Danke.« Ich nahm ihm das Wasser ab und trank einen großen Schluck davon. »Sag mal«, bohrte ich nach. »Warst du nicht auch mit Freunden hier?«

»Ja, die sind hier irgendwo.« Er zuckte die Achseln. »Unten. Keine Ahnung.«

Ich runzelte die Stirn. »Was denken sie darüber, wenn du den ganzen Abend mit mir verbringst?«

Er schnaubte amüsiert. »Ist mir doch egal. Die sehe ich ständig.« Ein selbstbestimmter Glanz legte sich in seinen Blick. »Dich sehe ich heute zum ersten und vielleicht auch letzten Mal.«

Belustigt schüttelte ich den Kopf und versuchte, nicht zu viel auf das *Vielleicht* zu geben. »Na und? Für alle anderen hier gilt doch genau dasselbe.«

»Von allen anderen rede ich aber nicht.« Genüsslich schlürfte Kalin sein Getränk durch den Strohhalm. »Ich mag dich.« Er senkte sein Glas und taxierte mich mit einem so durchdringenden Blick, dass mir das Herz in den Rock rutschte. »Du wirkst so … cool. So locker. Aber nicht unsicher.«

Nur sorgten seine Worte dafür, dass ich mich auf einmal wie ein unsicheres Mäuschen fühlte. *Schnell, sag was total Selbstbewusstes!* »Ich wünschte, ich könnte jetzt irgendwas zurücksagen«, kam es mir über die Lippen. »Aber ich weiß nicht mal mehr, wie du heißt.«

Mit gespieltem Schock griff sich Kalin an die Brust. »Wie bitte? Habe ich vorhin etwa keinen bleibenden Eindruck hinterlassen?«

Ich blickte an mir herab. »Dein Getränk hat zumindest einen bleibenden Eindruck auf meinem Kleid hinterlassen.«

Kalin stöhnte verzweifelt. »Könntest du das nicht auch ganz schnell vergessen?« Seine Miene erhellte sich. »Ich hab's! Als Entschuldigung …«, hob er an und zog sich den Hut vom Kopf, »… perfektioniere ich dein Outfit.« Mit diesen Worten setzte er ihn einfach mir auf und nickte anerkennend. »Na, aber hallo!«

Zweifelnd beäugte ich ihn. »Du legst es wirklich drauf an, dass ich dir doch noch in die Eier trete, oder?«

»Nein, ich meins ernst!« Er fuhr sich mit einer Hand durchs leicht zerzauste Haar, und etwas

Nachdenkliches legte sich in seinen Blick, als er mich musterte. »Ein Traum.«

So sehr ich es auch versuchte, ich konnte es nicht mehr ignorieren: Das unbeschreibliche Kribbeln, das mich geradewegs ins nächste Hochgefühl warf. Was hatte dieser Mann nur an sich, das in mir auszulösen? Und was hatte ich an mir, dass es ihm offenbar ganz ähnlich ging?

Auf einmal verloren sich all meine Pläne im Nichts, die Party zeitnah zu verlassen. »Weißt du«, hob ich zaghaft an. »Wenn du willst, dass ich die Sache wirklich, *wirklich* vergesse, dann müsstest du mir vielleicht doch noch ein paar deiner Tanzmoves zeigen.«

Ein breites Lächeln erhellte seine Miene. »Das lässt sich einrichten.« Er bot mir seine Hand an, und ich ergriff sie. Bevor wir losgingen, schenkte er mir einen tiefen Blick. »Kalin«, erinnerte er mich. »Mein Name ist Kalin.«

Was danach passierte, würde ich im Nachhinein nicht mehr wissen. Meine Erinnerung würde erst dann wieder ansetzen, als Kalin und ich schon längst auf der Tanzfläche waren. Mein Wasserglas war Geschichte, und Kalins Getränk, das ich ungefragt geleert hatte, schmeckte auf meiner Zungenspitze nach süßer Cola. Genau wie seine Lippen, als diese auf meine trafen.

Ich trug den Hut nicht mehr und hatte keine Ahnung, wo der abgeblieben war, aber das spielte auch keine Rolle mehr. Kalin war hier. Ich war hier. Und es war einfach perfekt.

Er beide Hände auf meine Taille gelegt, während meine seine Schultern berührten. Uns war heiß. Wir waren verschwitzt und außer Atem. Die schiere Energie, die er ausstrahlte, mobilisierte eine Kraftreserve in meinem Inneren, von der ich nicht gewusst hatte, dass sie existierte. Es musste schon nach drei Uhr morgens sein, aber die Tanzfläche war immer noch brechend voll. Einmal mehr blendete mein Unterbewusstsein sie alle aus – doch nicht wie vorhin, als würde ich mich nicht wie ein Teil von ihnen fühlen. Sondern weil sie alle bedeutungslos für mich waren, solange ich mit Kalin tanzte.

Kalin Hadrian. Das war doch sein Nachname gewesen, oder? Er kam mir irgendwie bekannt vor, aber ich konnte ihn nicht zuordnen. Und wann immer ich in seine Augen blickte, versuchte zu ergründen, was es mit diesem mysteriösen Mann auf sich hatte, gerieten meine Gedanken jäh ins Stocken. Seine ganze Aufmerksamkeit lag auf mir, und ich konnte mir nicht erklären, warum. Schließlich kannten wir uns nicht, hätten uns nie kennengelernt, hätte er mir nicht aus Versehen eine Coladusche verpasst …

Meine Augen weiteten sich leicht, als eine verräterische Vorstellung in mir aufstieg. Konnte es wirklich sein?

Ich befeuchtete meine Lippen. »Sag mal«, rief ich heiser gegen die Musik an. Wir befanden uns auf der Hip-Hop-Tanzfläche, und der Takt, in dem wir uns bewegten, hatte rein gar nichts mit dem Beat des aktuellen Songs zu tun – egal. »War das mit dem Getränk vorhin etwa Absicht?«

»Was?«, fragte er eine Spur zu langsam und mit einem viel zu süffisanten Lächeln im Gesicht, als dass er mich wirklich nicht verstanden hatte.

»Das mit dem Getränk!«, wiederholte ich lauter und gleichzeitig kraftloser. »Hast du das mit Absicht gemacht?«

»Warum hätte ich das denn tun sollen?« Es war für ihn viel leichter, den wummernden Bass zu übertönen.

Unwillkürlich zog er mich dichter an sich heran. Ich konnte gar nicht anders, als die Arme umso mehr um seinen Hals zu schlingen, bis da kein Abstand mehr zwischen unseren Oberkörpern war.

Was war das denn für eine Frage? »Na, weil du –« Ich stockte. Ich wollte es nicht aussprechen, weil ich mir auf einmal nicht mehr sicher war, ob ich wirklich auf dem richtigen Dampfer war. Das wäre eine ganz schön krasse Nummer, oder? Absichtlich ein Kleid ruinieren, nur um einen Grund zu haben, eine Frau anzusprechen?

Ich geriet ins Stocken. »Du wolltest doch –« Ich brach ab und versuchte, jede noch so kleine Regung in seiner Miene zu verarbeiten, aber je mehr davon ich in mich aufsaugte, desto unschlüssiger wurde ich.

»Ja?« Langsam lehnte Kalin seine Stirn gegen meine, und sein Lächeln wurde tiefer. »Was wollte ich?«

Was auch immer ich hatte sagen wollen, der Gedanke verpuffte mit einem Schlag. Und doch spiegelte er sich jetzt umso deutlicher in Kalins Miene wider. In seinem Lächeln, in dem warmen, fast schon neugierigen Ausdruck in seinen Augen, die meine vollends in ihren Bann zogen. In denen ich zu versinken drohte, Stück für Stück, so lange, bis unsere Lippen aufeinandertrafen.

Wo ich mich vorhin nicht für eine Discokugel gehalten hatte, änderte sich das mit einem Schlag. Ich fühlte mich wie eine glitzernde Discokugel, die in einem Schwall aus Licht und Glimmer explodierte. Begierig stellte ich mich auf die Zehenspitzen und reckte mich Kalin entgegen. Er schlang die Arme enger um mich und verzauberte mich mit seinem Kuss, der keine Sekunde lang durchscheinen ließ, wie viel Alkohol er schon intus haben mochte, und brachte mich bereits ins Träumen, lange bevor er geendet hatte. Genau das war dieser Moment vielleicht – der Beginn eines wunderschönen Traumes, aus dem ich niemals erwachen wollte.

Doch Kalin würde das alles nie verstehen. Weil er ein Hadrian war.

Juni: vor 2 Monaten – nach der Trennung

»Sofia.«

Ich sah meine Mutter nicht an, die neben mir auf der Bettkante saß. Ihre braunen, mit grauen Strähnen durchzogenen Haare hatte sie zu einem wuchtigen Dutt gebunden, und obwohl ich den Blick abgewandt hatte, konnte ich spüren, was für ein trauriger Ausdruck in ihren Augen lag.

»Bitte sprich mit mir.«

Ich schloss die Lider und unterdrückte ein Schluchzen. Es war okay. Die meiste Zeit über war es okay. Ich konnte mich beherrschen, die Urgewalt an Gefühlen im Zaum halten, die in meinem Herzen tobte, mir nichts anmerken lassen. Aber wenn ich die dünne Stimme meiner Mutter hörte, die so getränkt von Sorge um mich war, dann drohte alles aus mir herauszubrechen. Das wollte ich nicht. Ich wollte nicht um ihn weinen. Keine Träne. Weil er es nicht verdient hatte.

»Was hat er getan?«

Ich schluckte schwer. Ich wollte nicht darauf eingehen. Wenn ich es aussprechen würde, würde die Wahrheit mit einer Urgewalt über mich hereinbrechen und mein Herz endgültig zum Brechen bringen.

Ich musste mich ablenken. Von ihm. Es verdrängen. So lange, bis ich stark genug wäre, um mich selbst damit zu konfrontieren.

Meine Gedanken schweiften zu meiner Mutter. Ob sie auch schon einmal so sehr verletzt worden war?

Meine Eltern hatten sie bereits mit sechzehn Jahren gesucht und gefunden – die Liebe, aber nicht unbedingt das Glück. Weil es in Rumänien nicht so ausgesehen hatte, als würden sie jemals darauf stoßen, waren sie mit neunzehn, zwanzig Jahren nach Deutschland gekommen, mit nicht mehr als ihren Berufsausbildungen im Gepäck, die in ihrer neuen Heimat nur schwer anerkannt wurden. Und das, obwohl man ihre Arbeitskraft wirklich hatte gebrauchen können: als Maurerin und Krankenpfleger.

Die Hadrians könnten sich nicht einmal in ihren schaurigsten Träumen ausmalen, wie es war, zu den Aldeas zu gehören. Sicher, Kalins und meine Eltern hatten beide hart gearbeitet – aber während es seinen nur darum gegangen war, ihr Vermögen zu vermehren, hatten meine Mutter und mein Vater darum gekämpft, sich auch nur über Wasser zu halten. Sich und schließlich mich, ihr Kind, das alles andere als geplant gewesen war. Sie waren keine Sekunde lang davon überzeugt gewesen, mich ernähren, mir gerecht werden zu können. Sie hatten mich weggeben wollen.

»Aber dann hast du zum ersten Mal deine großen, braunen Augen geöffnet«, sagte meine Mutter immer dann, wenn sie mit einer Tasse Tee in den Händen in Erinnerungen schwelgte. »Und auf einmal war es um uns geschehen. Wir waren verliebt. Und wir haben uns geschworen, einfach alles für dich zu geben.«

Ich hatte keine hohen Ansprüche. Ich erwartete von keinem Mann, genau denselben Schwur für mich zu leisten. Aber war es denn zu viel verlangt, einfach nur geliebt zu werden?

»War es etwas … Schlimmes?«

Ein ersticktes Schluchzen kam mir über die Lippen, und ich verfluchte mich selbst dafür, als sich eine dicke Träne aus meinem Augenwinkel zwängte. Ich wollte sie wegwischen, aber ich war zu keiner Regung fähig. Wie gelähmt. Als stünde ein Teil von mir noch immer an der Uni vor dem Hörsaal, das Handy am Ohr, mitten im Gespräch mit Kalin, auf ewig gefangen in einer Dauerschleife, aus der es kein Entkommen gab.

Sachte berührte meine Mutter meinen Arm. »Etwas … Unverzeihliches?«

Bebend atmete ich durch und richtete den Blick auf sie, in der festen Entschlossenheit, ihre Frage klar und deutlich zu beantworten. Doch in dem Moment, in dem er auf ihren traf, fühlte ich mich plötzlich in eine längst vergangene Zeit zurückversetzt. An jedes einzelne Mal, dass ich mir die Knie aufgeschürft und darüber nachgedacht hatte, wie sehr die Wunden wirklich wehtaten. Ich hatte stets geglaubt, ich hätte die Kraft, drüberzustehen – aber wann immer ich meine Mutter angeblickt hatte, war der Damm gebrochen.

Genau so ging es mir jetzt. Wo ich gerade noch um meine Selbstbeherrschung gekämpft hatte, brach diese jäh in sich zusammen und hinterließ nichts als Chaos und Zerstörung. Aber das hier waren keine aufgeschürften Knie. Sondern ein geschundenes Herz.

Mit einem Schluchzen fiel ich in ihre Arme und verbarg das Gesicht an ihrer Schulter. Ich brachte keinen klar verständlichen Ton heraus, und so waren es nur meine Gedanken, die eine Antwort auf ihre Frage formten: *Ja. Etwas Unverzeihliches.*

2. Esý ki egó

Ich hatte mich letzte Nacht wirklich nicht betrunken gefühlt. Zumindest nicht so sehr, dass man sich hätte Sorgen machen müssen. Doch das änderte sich schlagartig, als ich am nächsten Morgen aufwachte und nur von einem einzigen Gedanken begleitet wurde: Hadrian.

Kalins Nachname war Hadrian gewesen.

Ruckartig öffnete ich die Augen und nahm nicht einmal den stechenden Sonnenstrahl wahr, der sich durch eine Lücke meiner Jalousien zwängte und mir geradewegs ins Gesicht fiel. Hadrian? *Hadrian?!*

Mir wurde heiß und kalt zugleich. Hatte ich ihn letzte Nacht falsch verstanden oder erinnerte ich mich jetzt falsch? Oder hatte ich ihn goldrichtig verstanden und war einfach nur zu sehr neben der Spur gewesen, um zu kapieren, woher ich diesen Namen kannte?

Wie hatte ich nur nicht darauf kommen können? Ich lebte doch schon in München, seit ich denken konnte!

Und in dieser Stadt war der Name Hadrian nun mal kein Fremdwort mehr.

Der Hadrian-Clan (manchmal auch verkürzt HadriClan genannt) stammte ursprünglich aus Griechenland und war stinkreich, weil sie einen Teil ihrer riesigen Hotelkette an einen deutschen Reisekonzern verkauft hatten. Ein paar Hotels hielten sie immer noch – von Thessaloniki bis Kreta waren sie mit ihren Vier- bis Fünfsternehotels an allen wichtigen Urlaubs-Hotspots vertreten. Und scheffelten selbst dann Geld wie Heu, wenn sie sich nicht mal dort aufhielten. Sie waren die lokale Prominenz. Und bei mir hatte es nicht einmal dann geklingelt, als Kalin seine Lippen auf meine gedrückt hatte.

Ich dachte an letzte Nacht und stöhnte. Angestrengt rappelte ich mich auf und wischte mir meine verstrubbelten Haare aus dem Gesicht. Immerhin hatte ich ihn nicht mit nach Hause genommen. Wäre auch gar nicht gegangen, weil ich immer noch bei meinen Eltern lebte – in meinem Heimatort studierte, wo ich schon mein ganzes Leben verbracht hatte. Ich war von meinem Kinderzimmer umgeben, das voll von Erinnerungen an die letzten einundzwanzig Jahre war. Hier war so was von kein Platz für einen One-Night-Stand. Und ich war unglaublich froh darüber. Denn was auch immer zwischen Kalin und mir hätte passieren können, es wäre ein Fehler gewesen. Dieser Kerl war definitiv ein paar Nummern zu groß für mich. Wenngleich meine Gedanken, kaum dass sie ihn berührt hatten, einfach nicht aufhören konnten, an ihm zu haften …

Mein Schädel brummte, weshalb ich mich aus dem Bett schälte, in der Küche ein Glas Wasser herunterstürzte und mich dann unter die Dusche stellte – oder vielmehr setzte, weil ich immer noch so erschöpft war, dass ich mich nicht auf den Beinen halten konnte.

Während ich kurz darauf meine Haare anföhnte, konnte ich einfach nicht anders, als einen Blick auf mein Handy zu werfen. Und den Namen Hadrian in der Online-Suche aufzurufen. Was ich dort über die Familie herausfand, kam mir alles bekannt vor, wenn auch nicht bekannt genug, als dass ich die Infos aus dem Stegreif hätte herunterrattern können.

Kalin hatte drei ältere Brüder. Als gäbe es ein ungeschriebenes Gesetz für reiche Leute, welche Richtungen ihre Kinder einzuschlagen hatten, war der eine Anwalt, der andere Arzt und der letzte Hotelmanager im Familienunternehmen geworden. Selbstverständlich hatte jeder von ihnen auch eine eigene Wikipedia-Seite. Sogar Kalin hatte eine, aber abgesehen von seinem Geburtsdatum und seinen Eltern fand sich dort rein gar nichts.

Ich fühlte mich wie betäubt. Was hatte dieser Kerl denn auf unserer Semesterabschlussparty gemacht? Studierte er etwa an meiner Uni und ich hatte nichts davon mitbekommen? Ich konnte es mir kaum vorstellen – aber die Alternative war noch schwerer zu glauben: Nämlich, dass er nicht mit mir studierte und trotzdem große Lust darauf gehabt hatte, auf der Party von uns, dem gemeinen Fußvolk, zu erscheinen.

Einem seltsamen Impuls nach stellte ich plötzlich infrage, dass dieser Mann wirklich Kalin Hadrian gewesen war, doch nach einer einfachen Google-Suchanfrage wurde ich eines Besseren belehrt: Gegelte Haare, gestutzter Bart, teure Klamotten. Er war es gewesen. Und aus irgendeinem Grund hatte er sich dazu entschieden, ausgerechnet mich in seiner Cola zu baden.

Entweder das oder der Kerl wirklich echt schusselig.

Ein warmes Gefühl machte sich in mir breit, doch ich wischte es beiseite. Die Hadrians waren im ganzen Bundesland, wenn nicht gar in ganz Deutschland bekannt, und Kalin war Teil ihrer Dynastie. Ich spielte so was von nicht in seiner Liga. Aber eigentlich sollte mir das überhaupt keine Bauchschmerzen bereiten – denn schließlich hatten wir uns nur geküsst. Und ich würde ihn nie wiedersehen.

Das glaubte ich zumindest, bis es zwei Tage später an meiner Tür klingelte.

Ich hatte mit allem gerechnet: Melissa, dem Postboten, oder meinem Vater, der den Hausschlüssel vergessen hatte. Wir lebten in einem schmalen Reihenhaus am Rande Münchens, von wo aus ich etwa eine halbe Stunde bis zum Campus brauchte. Andere Menschen als die bekannten Gesichter verschlug es so gut wie nie hierher. Als ich öffnete, war es auch ein bekanntes Gesicht, dem ich entgegenblickte. Und doch das letzte, mit dem ich gerechnet hatte.

Meine Gesichtszüge entgleisten, als niemand Geringeres als Kalin Hadrian vor mir erschien. Seine wiederum glätteten sich, als er mich erkannte, und er stieß erleichtert die Luft aus seinen Lungen. »Verdammt, ich hab dich wirklich gefunden!«

Verdattert blickte ich ihm entgegen und brachte keinen Ton heraus, abgesehen von einem beinahe verstörten: »Du?«

»Freut mich auch, dich wiederzusehen.« Ein Zucken ging durch seine Augenbraue. »Ich hätte fast einen Privatdetektiv auf dich angesetzt, aber am Ende hat es dann doch gereicht, ein paar Kontakte spielen zu lassen.« Geradezu enttäuscht schüttelte er den Kopf. »Die Startbedingungen waren nicht ganz ideal. Ich hatte mir deinen Namen falsch gemerkt und dachte, du heißt *Sophie Vermeer*.«

Ich versuchte, mir nichts anmerken zu lassen. Natürlich dachte jemand wie er, dass ich den Nachnamen eines legendären Malers hatte. Alles andere wäre ja auch zu langweilig. Zu gewöhnlich.

Unsicher musterte ich Kalin von Kopf bis Fuß. Seine Haare hatte er nun etwas energischer zurückgegelt. Abgesehen davon war er seinem Look mit zerrissener Hose und Lederjacke treu geblieben. Auf der Stirn trug er eine Sonnenbrille, die er offenbar nur kurz hochgeschoben hatte, um mir in die Augen sehen zu können. Und das im März.

Ich trat von einem Fuß auf den anderen. »K-kann ich dir irgendwie helfen?«

»Helfen?«, fragte er und zuckte die Achseln. »Nicht direkt. Ich hab zwei VIP-Tickets für das Eishockey-Spiel heute.« Er ließ die Hände in seine Hosentaschen gleiten, und plötzlich wirkte er nervös – nicht zuletzt, als sein Blick hinter mich zuckte. Als rechnete er damit, dass ein potenzieller fester Freund neben mir zum Vorschein kommen könnte. »Ich hab gedacht, vielleicht willst du ja mit mir hingehen.«

Meine Augen wurden groß, und eine seltsame Wärme erfüllte mich von innen. Ich hatte keine Ahnung, was hier vor sich ging. Wie Kalin mich gefunden hatte oder *warum* er mich auch nur hatte ausfindig machen wollen. Geschweige denn, dass er mich mit etwas überraschte, was ich als Letztes von ihm erwartet hatte: mit einem Date.

Und ich? Ich stand hier vor ihm, gekleidet in ein Spaghetti-Top und Schlabberhosen, und wusste nicht, was ich sagen sollte.

Verlegen räusperte ich mich. »Ich … denke, das wäre an mich verschwendet«, sprach ich die Wahrheit aus, für die ich mich selbst verfluchte. »Ich weiß nicht, ob ich der Typ für so etwas bin.«

Kalin lächelte ein zuckersüßes, fast schon intrigantes Lächeln, das mich sofort in seinen Bann zog, aus dem ich mich doch gerade erst befreit hatte. Ich konnte nicht anders, als seine Lippen zu fokussieren, von denen ich noch genau wusste, wie sie sich

anfühlten – ein Gefühl, nachdem ich mich unwillkürlich sehnte. »Dann finden wir es heraus.«

Das war der Moment, in dem ich mein Schicksal besiegelte.

Nein, Kalin Hadrian war nicht allein schuld daran, dass mein Herz gebrochen war. Ich war selbst dafür verantwortlich.

Ich hätte nie mit ihm kommen dürfen.

Juli: vor einem Monat – nach der Trennung

»Du musst das nicht machen«, sagte ich nach dem Abendessen zu meiner Mutter, als sie sich anschickte, mir beim Abspülen zu helfen. Die Spülmaschine war mal wieder kaputt. »Du hast schließlich schon den ganzen Tag gearbeitet.«

»Genau wie du«, erinnerte sie mich daran, dass ich heute von morgens bis abends gelernt hatte. »Du spülst, ich trockne ab.«

Ich geriet ins Wanken, aber wenn es um so etwas ging, war meine Mutter noch viel sturer als ich. »Na schön.«

Sie lächelte, und ich konnte förmlich spüren, wie der Stolz in ihrer Brust brannte. Ich war die Erste in meiner Familie, die studierte. Es war ein Privileg, das mir nicht zuletzt mein Stipendium ermöglichte – das und die Tatsache, dass ich für meinen Bachelor zu Hause geblieben war, weil von der Förderung nichts mehr übrig gewesen wäre, müsste ich die Miete in einer Großstadt bezahlen.

»Bald ist es vorbei«, seufzte meine Mutter. »Und du hast so lange frei wie ich noch nie in meinem Leben. Hast du schon Pläne gemacht?«

Ich geriet ins Grübeln – und dann passierte dasselbe wie so oft: Eine schwarze Wolke breitete sich in meinen Gedanken aus und sorgte dafür, dass sich mir der Magen umdrehte.

Kalin. Er war immer noch da. Jede einzelne Sekunde. Und er ließ mich nicht los, so sehr ich mich auch von ihm freimachen wollte. Dabei war es jetzt schon zwei Monate her. Wie lange würde es dauern, bis ich endlich frei wäre? Oder wäre ich das jemals?

Ich atmete bebend durch und versuchte, mich auf das Wesentliche zu konzentrieren: mein Studium. Ich stand kurz vor dem Abschluss meines Bachelors und ging zusätzlich arbeiten, weil es andernfalls nicht reichen würde. Weil ich nie das Gefühl hatte, dass es genug war.

Ich hatte schon früh aufgehört, mir etwas anderes vormachen zu wollen: Meine Familie war arm. Meine Eltern hatten zwar ein regelmäßiges Einkommen, aber es war schlichtweg kein hohes. Vor allem nicht, nachdem sich meine Mutter bei einem Arbeitsunfall verletzt hatte und die Branche hatte wechseln müssen. Eine neue Anstellung hatte sie im Büro des Krankenhauses gefunden, in dem mein Vater als Pfleger arbeitete. Einer der ehrwürdigsten Berufe – mit der geringsten Bezahlung.

Sie hatten stets versucht, sich nichts anmerken zu lassen und mir einfach alles zu ermöglichen: Geschenke, Schulausflüge, Handys. Aber ich hatte schon vor Jahren erfahren, wie sehr meine schiere Existenz meine Familie finanziell belastete.

Eines Abends, als ich in die Küche genau an diese Stelle gegangen war, um mir ein Glas Wasser zu holen, hatte ich sie nebenan im Wohnzimmer flüstern gehört. Ich hatte mitbekommen, dass sie Dads alte Vespa, auf der er mich oft auf eine Spritztour um den Block herum mitgenommen hatten, verkaufen müssten, damit wir die Heizkosten für den Winter decken könnten.

Das war der Augenblick gewesen, in dem ich mir geschworen hatte, mich zu revanchieren – und einfach alles für sie zu tun. Schon mit zwölf hatte ich damit angefangen, mir einen Nebenjob zu suchen, Geld zu verdienen und mein Taschengeld abzubestellen. Weil sie nur kopfschüttelnd gelacht hatten, als ich vorgeschlagen hatte, Miete zu zahlen, hatte ich ihnen ab und zu heimlich einen Fünf-Euro-Schein zugesteckt. Ich hatte wirklich geglaubt, es würde helfen.

Zwei Monate später war die Vespa verschwunden gewesen.

Ich wollte die Chance nutzen, die mir meine Eltern verschafft hatten. Meinen Master machen und einen guten Job finden, um ihnen zurückzugeben, was sie für mich geopfert hatten. Ich war ganz anders als Kalin Hadrian, zu dessen einzigen Problemen es gehörte, ein Fünf-Sterne-Resort in Griechenland zu finden, das nichts mit seinen Eltern zu tun hatte.

Dass wir so grundverschieden waren, war uns beiden von Anfang an klar gewesen. Und doch hatte ich den Fehler gemacht, auch nur eine Sekunde lang zu glauben, dass wir trotz unserer Differenzen zueinanderfinden könnten.

Ich hatte mich getäuscht. Aber ich würde es schaffen. Ich würde mich von ihm befreien. Weil es da noch eine Sache gab, in der er sich getäuscht hatte: Ich war verdammt stark. Und das würde ich beweisen.

»Was ziehst du denn für ein langes Gesicht?« Meine Mutter stupste mich liebevoll in die Seite und riss mich aus meinen Gedanken. »Du hast doch nur noch eine Prüfung.«

Ich unterdrückte ein Seufzen. »Weißt du noch?« Meine Stimme wurde immer brüchig, wenn ich ein Thema anschnitt, das sich um das Hadrian-Universum drehte. »Als mich Kalin auf diesen Kreta-Urlaub eingeladen hat?«

Verwirrt hielt meine Mutter inne und runzelte die Stirn. »Was ist denn damit?« Ihre Augen weiteten sich. »Er will jetzt doch nicht etwa Geld von dir, oder?«, fragte sie mit scharfem Unterton.

Schnell schüttelte ich den Kopf. Das hätte er auch gar nicht gekonnt. Schließlich hatte ich ihn überall blockiert – sogar auf den Plattformen, auf denen wir uns in unserer kurzen Beziehung nie als Kon-

takte hinzugefügt hatten. »Es ist nur so, dass nächste Woche der Abflug gewesen wäre.« Ich schnaubte und schrubbte weiter an einem Teller, von dem ich einen Hauch von Tomatensoße einfach nicht herunterbekam. »Ich hab die Reiseunterlagen jeden Tag angestarrt und weiß das Datum, die Uhrzeit und sogar die Flugnummer. Ich hatte mich wirklich darauf gefreut.« Mein erster Urlaub, der nicht nur in die nächste große Stadt oder an die stürmische Nordsee geführt hatte. Nicht einmal nach Rumänien waren wir in den vergangenen Jahren gereist. Es war einfach nicht im Budget gewesen.

Ich befreite den Teller vom letzten Rest Rot und stellte ihn meiner Mutter hin – doch sie machte nicht weiter, auch dann nicht, als ich schon längst mit dem nächsten fertig war.

»Aber wer sagt denn, dass du nicht trotzdem fliegen kannst?«, hob sie nachdenklich an.

Ich hob eine Braue in ihre Richtung. »Er hat die Tickets gebucht. Alles läuft auf seinen Namen.« Seinen göttlichen, teuflischen Namen. »Wahrscheinlich hat er sie längst storniert.« Oder auf eine andere Begleitperson umgeschrieben. Der bloße Gedanke daran sorgte dafür, dass sich mir der Magen umdrehte.

»Ich meine es ernst, Sofia.« Meine Mutter sprach perfekt Deutsch, aber wann immer sie meinen Namen sagte, schlich sich der Hauch eines Akzents in ihre Stimme. Kurzerhand drückte sie auf den Wasserhahn und stellte das Wasser ab. »Was für eine Reise war das genau?«

Unsicher wandte ich mich zu ihr um. »Zwei Wochen, fünf Sterne, direkte Strandlage.« Ich konnte mir absolut nichts davon leibhaftig vorstellen – es hatte sich immer wie ein weit entfernter Traum angefühlt und würde das wohl auch bleiben.

»Wie viel kann das schon kosten?«, überlegte sie laut und schritt zum Schreibtisch hinüber. »Jetzt gibt es bestimmt einen Haufen Last-Minute-Angebote!«

Meine Schultern sackten herab. »Was?« Ich folgte ihr, konnte ihre Aufmerksamkeit aber nicht mehr vollends auf mich lenken. »Warum sagst du das?«

»Du hast dich auf diesen Urlaub gefreut«, sagte sie fest. »Warum solltest du dir diese Vorfreude nehmen? Du brauchst keinen Kalin Hadrian, um dir etwas zu gönnen! Das Leben zu genießen.«

Ich schlang die Arme um meinen Oberkörper. Meine feuchten Hände benetzten den Stoff meines rosafarbenen T-Shirts. »Willst du etwa –« Ich schnaubte belustigt. »Willst du etwa, dass ich mich *alleine* für zwei Wochen in einem Fünf-Sterne-Hotel am Strand von Kreta einbuche?« Als ich es aussprach, klang es einfach nur dämlich, doch mir schwante Böses, als meine Mutter den Blick hob.

»Ich will es nicht«, entgegnete sie. »Es ist allein deine Entscheidung. Aber ich habe das Gefühl, dass es genau das ist, was du brauchst.« Sie berührte meinen Arm mit einer Hand. »Und genau das, was du verdient hast.«

Meine Augen weiteten sich. »Du meinst das wirklich ernst?« Heftig schüttelte ich den Kopf. »Das geht nicht! Viel zu teuer.«

»Warum?«, gab sie zurück und begann, in ihrem Handy zu scrollen. »Deinen Urlaub mit ihm hättest du ja auch selbst bezahlt.«

Mein Magen verkrampfte sich etwas. Ich hatte darauf bestanden. Mich nicht von ihm einladen lassen wollen. Und in den letzten Monaten gefühlt alles von meinem Stipendium zurückgelegt, was ich nicht zum puren Überleben gebraucht hatte. Dass er mir dafür auf jeder Party schier jedes Getränk ausgegeben hatte, hatte die Angelegenheit nicht unbedingt besser gemacht. »Und wenn schon. Einzelurlaube sind viel teurer.« Glaubte ich zumindest. Nicht, dass ich eine Ahnung von so etwas gehabt hätte.

»Hier.« Sie hielt mir ihr Handy so unvermittelt unter die Nase, dass ich zurückzuckte. »Das sieht doch gar nicht so schlecht aus, oder?«

Ich öffnete den Mund, um zu widersprechen – aber dann hatte ich schon einen Blick auf den Bildschirm geworfen, und es war um mich geschehen. Was ich sah, waren die unendlichen Weiten des Meeres. Das satte, strahlende Sonnenlicht. Helle Sandstrände. Einfach alles, wonach ich mich so sehr sehnte – seit Wochen, nachdem ich die Dunkelheit in mein Herz gelassen hatte.

»Glaub mir«, raunte meine Mutter, als wollte sie den Augenblick nicht zerstören. »Es ist genau das, was du brauchst.«

Was ich brauchte. Und was ich verdient hatte – zumindest, wenn ich selbst zu dem Schluss kam.

Ich sah auf und in ihre Augen, die meinen so ähnlich waren. Ich hatte das Gefühl, dass meine Eltern nie die Möglichkeit gehabt hatten, ihre Hobbys und Interessen auszuleben. An melancholischen Tagen erzählte meine Mutter, wie gern sie als Jugendliche Kleidungsstücke entworfen hatte – erst auf dem Papier und schließlich an der Nähmaschine. Aber nach dem Umzug nach Deutschland hatte sie das Design restlos aufgegeben. Dabei hatte sie es womöglich dringend gebraucht. Als Ausgleich. Als Hoffnungsschimmer am Horizont – ehe sie mich bekommen und ich zu diesem geworden war.

Ein Hoffnungsschimmer. Auf einmal war es genau das, was ich auf diesen Fotos sah. Als gäbe es nur einen einzigen Weg, wie ich jemals wieder atmen könnte.

Es musste die Luft auf Kreta sein.

3. Símera

April: vor 4 Monaten – vor der Trennung

»Das ... ist einfach nur der Wahnsinn«, murmelte ich, als wir das Anwesen im Münchner Süden, in dem Kalin lebte, durch die Hintertür verließen. »Ich kann immer noch nicht glauben, dass du hier wohnst.« Und das, obwohl ich inzwischen schon viermal hier gewesen war – genauer gesagt, seit ich einmal beiläufig erwähnt hatte, dass ich gern im Hallenbad schwimmen ging, wenn ich Zeit und Geld übrig hatte. Wenn wir hierherkamen, benötigte ich nur noch Zeit.

Das neue Semester hatte begonnen, und weil wir an unterschiedlichen Enden der Stadt wohnten, bekam ich ihn unter der Woche kaum zu Gesicht. Dafür war klar, dass ich mir an Wochenenden nichts mehr vorzunehmen brauchte – denn jedes davon gehörte allein Kalin. Heute zum Beispiel, um den ungewöhnlich warmen April zu genießen.

»Na ja, *offiziell* wohne ich ja auch gar nicht hier.« Kalin zuckte die Achseln und legte dabei ganz beiläufig einen Arm um meine Schultern. »Ich komme hier nur unter, wenn die Bude sonst niemand braucht.«

Bei der *Bude* handelte es sich um etwas, das ich als Villa bezeichnen würde, er allerdings nicht. Sie gehörte Kalins Hotelmanager-Bruder, der gerade auf Geschäftsreise auf Kreta war. Es war ein eher kleines, dafür aber drei Stockwerke hohes Gebäude, das auf allen Seiten von hohen Hecken umgeben war, die mich an Burgmauern erinnerten. Die Rückseite des Anwesens war deshalb völlig von der Außenwelt abgeschnitten – der perfekte Ort für den länglichen Pool, der dort auf uns wartete.

Ich hatte mich schon drinnen umgezogen und trug nur einen Bikini und einen überdimensionalen Sonnenhut, den mir Kalin vorhin kommentarlos aufgesetzt hatte – keine Ahnung, ob er ihn als Geschenk für mich gekauft hatte oder ob das Teil hier nur zufällig herumgelegen hatte.

»Es ist wunderschön hier«, seufzte ich – und fing seinen amüsierten Blick auf.

»Das kommt dir nur so vor«, entgegnete er und schlang locker die Arme um mich. »Das wird es nämlich immer erst dann, wenn du hier bist.« Ich hätte mich schon längst daran gewöhnen sollen, dass wir zusammen waren, aber als er mich an sich heranzog und mich zärtlich küsste, fühlte es sich genauso an wie am ersten Tag.

Er löste sich beinahe widerstrebend von mir, sodass ich dem sanften Ausdruck in seinen warmen, braunen Augen schutzlos ausgeliefert war. Liebevoll strich er mir über die Wange. »Am liebsten würde ich dich in meine Tasche stecken und überall hin mitnehmen.«

Ich kicherte, und er ließ mich los. »Backpacking mal anders.« Beiläufig rückte ich meinen Sonnenhut zurecht, der vom Kuss etwas nach hinten verschoben worden war. »Wie viele Häuser habt ihr überhaupt?«, fragte ich, wollte die Antwort aber eigentlich gar nicht wissen.

»Ein Wir gibt es nicht«, entgegnete Kalin. »Meine Eltern, meine Brüder und ich haben komplett getrennte Vermögen.« Seine Hand glitt meinen Rücken herab, und er lockerte die Schultern, als wir neben der Reihe aus Liegestühlen stehenblieben. »Ich hab nur meine Wohnung, sonst nichts.«

»Noch nicht«, murmelte ich und drehte mich um die eigene Achse. Ich konnte von der Schönheit der sandsteinfarbenen Hauswände und der bis auf den Millimeter perfekt gestutzten Hecken einfach nicht genug bekommen.

»Noch nicht. Hey.« Er wandte sich zu mir um. »Dimitris ist ja gerade auf Kreta – da könnten wir doch auch mal hin.«

Unsicher ließ ich meine Sporttasche zu Boden gleiten, in der ich alles dabeihatte, was ich brauchte, um ein paar Bahnen zu schwimmen. »Jetzt?«

»Doch nicht jetzt, Dummchen.« Kalin grinste in sich hinein und stupste mich gegen die Nase. »Im Sommer, in den Semesterferien. Zwei Wochen, fünf Sterne, all-inclusive«, schlug er vor.

»Erwachsenenhotel, natürlich. Ansonsten kann man sich gar nicht entspannen.« Er streckte sich. »Vielleicht gleich nach den letzten Prüfungen.«

Ich versteifte mich am ganzen Körper. »Ich denke nicht, dass ich mir das leisten kann.« Ich hatte nicht unbedingt raushängen lassen, aus welcher Art Haushalt ich stammte, aber ich war mir ziemlich sicher, dass Kalin es auch so gemerkt hatte. »Beim besten Willen nicht.«

Fragend sah er mich an. »Das musst du doch auch gar nicht.« Er schnaubte belustigt. »In den Hadrian-Hotels zahlen wir nichts.«

In diesem Moment fiel mir etwas ein, und meine Augen wurden groß. »Augenblick. Meinst du etwa, wir fliegen dorthin, wenn deine Eltern wieder auf Rundreise sind?«

Er geriet ins Stocken. »Ähm –«

»Du hast doch gesagt, dass sie jeden Sommer eine Hoteltour durch Griechenland machen.« Ich berührte ihn am Arm, und ein Lächeln stahl sich auf meine Lippen. »Das wäre doch die perfekte Chance, sie kennenzulernen!«

»Puh.« Er schüttelte den Kopf. »Ich glaube nicht, dass das hinhauen wird.«

Ich ließ von ihm ab. »Ach ja?«

Er wich meinem Blick aus. »Sie sind echt vielbeschäftigt, musst du wissen. Die werden wahrscheinlich gar nicht so viel Zeit haben, und zwischen Tür und Angel muss schließlich auch nicht sein, oder?«

Ich zögerte. »Na ja, besser als nichts, oder?« Ich wollte mich ihm nicht aufdrängen, aber immerhin waren wir schon einige Wochen zusammen, und ich wollte unbedingt ein gutes Verhältnis zu seiner Familie haben.

Ich zuckte die Achseln. »Es macht mir nichts aus, wirklich. Ich finde nur, wenn ich schon in einem ihrer Hotels urlaube, dann … Dann wäre es doch das Mindeste oder?« Ich schluckte. »Ich will nicht so rüberkommen, als würde ich irgendetwas ausnutzen oder –«

»Sofia.« Es sah so aus, als müsste er all seine Willenskraft aufwenden, um mich direkt anzusehen. »Du … Bitte rechne nicht damit, okay?« Er zögerte. »Vielleicht wäre es sowieso besser, wenn wir nicht in einem von unseren Hotels übernachten.« Er strich mir kurz über die Wange. »Dann geht der Urlaub trotzdem auf mich, ja?«

Ich spürte einen Stich in meiner Brust. »Das kann ich nicht zulassen«, entgegnete ich. »Das ist viel zu viel –«

»Viel zu viel Wasser?«, rief er plötzlich aus und schlang beide Arme um meine Taille.

Ich kreischte, als er mich von den Füßen riss, und Augenblicke tauchte ich neben ihm in frisch-kaltes Wasser ein. Das prickelnde Gefühl auf meiner Haut ließ mich jäh vergessen, worüber wir gerade gesprochen hatten. Doch Stunden später, als ich einfach nicht einschlafen konnte, fiel es mir wieder ein – und hinterließ einen bitteren Geschmack auf meiner Zunge.

Er wollte nicht, dass ich seine Eltern kennenlernte. Wussten sie überhaupt von meiner Existenz? Und wenn nicht, war das vielleicht genau das, was Kalin wollte?

Kalin küsste mich, bevor mein Kopf durch die Wasseroberfläche gebrochen war, und meine Unsicherheit drohte beinahe vollends von mir abzufallen. Stattdessen machte sie einer seltsamen Verzweiflung Platz. Und das, obwohl doch alles gut war. Vor allem zwischen uns.

Ich schlang die Arme um ihn und klammerte mich regelrecht an ihm fest, an diesem Augenblick, in dem ich seine Welt und er meine war, und erwiderte den Kuss so sehnsüchtig, als wäre das hier nichts weiter als eine Erinnerung, an der ich mich krampfhaft festhalten musste, um sie am Leben zu erhalten.

Kalin war wundervoll. Aber er war ein Hadrian. Und ich war ein Niemand. Keine Partie für ihn. Die Sache mit Kreta hätte mir eine Warnung sein müssen. Doch ich beachtete sie nicht – bis es zu spät war.

August: heute

Ich konnte es einfach nicht glauben. Konnte nicht fassen, dass ich den spontanen Einfall meiner Mutter einfach so angenommen hatte.

Nicht, dass ich sie nicht für ihre guten Ideen schätzte. Die Entscheidung, nach Deutschland zu kommen, war wahrscheinlich das Beste, was meinem Vater und ihr hatte passieren können! Und auch wenn ich nicht glaubte, dass dasselbe für meinen Trip nach Kreta galt, fühlte ich mich plötzlich wie beflügelt, als ich die Stufen zum Flugzeug hinaufstieg.

Kreta. Die Insel, die ich mit Kalin hatte bereisen wollen. Jetzt würde ich sie allein zu meinem Revier küren.

Als ich zwischen den Sitzreihen hindurchschritt, dachte ich an den Tag zurück, an dem das Thema gemeinsamer Urlaub zum ersten Mal aufgekommen war. An diese eine Situation am Pool, die mir bereits eine Warnung hätte sein müssen.

Er hatte gezögert. Kalin, der sozusagen mit jedem Atemzug Kohlendioxid *und* pures Selbstbewusstsein ausstieß, hatte gezögert. War meinem Blick und meinen Worten ausgewichen. War auf einmal zurückhaltend geworden. Insbesondere als es um seine Eltern gegangen war.

Er hatte nie vorgehabt, dafür zu sorgen, dass ich sie kennenlernte. Wahrscheinlich war ich ihm peinlich gewesen. Weil *ich* offenbar mit jedem Atemzug unter Beweis stellte, dass ich aus keinem guten Hause kam. Ich war keine optimale Partie für ihn gewesen. Das hatte ich von Anfang an gewusst. Und er hatte es mich spüren lassen, ohne dass ich es kapiert hatte.

Unsere ganze Beziehung war eine tickende Zeitbombe gewesen. Doch während Kalin in einem sicheren Bunker, wie ihn sich nur Reiche leisten konnten, seelenruhig auf die Detonation gewartet hatte, war ich ihr schutzlos ausgeliefert gewesen.

Ich hatte ihn unter der Woche kaum zu Gesicht bekommen. Im Gegensatz zu mir studierte er nicht an einer staatlichen Universität, sondern an einer privaten Schickimicki-Hochschule, an der man sich seinen Abschluss wahrscheinlich erkaufen konnte. An den Wochenenden hatten wir uns gesehen – in seiner Wohnung oder im Haus seines Bruders. Verborgen vor dem Rest der Welt. Nie hatten wir uns in die Öffentlichkeit begeben. Und je länger ich darüber nachdachte, desto fester war ich davon überzeugt, dass auch dieser Urlaub eine Farce gewesen war. Er hatte mir die Reiseunterlagen mit vielversprechenden Sommer-Emojis geschickt und ganz nebenbei einen Plan geschmiedet, wie er den Urlaub im letzten Moment ins Wasser fallen lassen könnte. Denn sich der Welt an meiner Seite zu präsentieren, war schlichtweg nichts, was ein Hadrian tun würde. Schon gar nicht er. Ich hätte es besser wissen müssen, doch so hatte ich es auf die harte Tour gelernt.

Es war besser so. Ich hatte ihn überall blockiert, und er könnte mich nie wieder kontaktieren. Nicht, dass es einen Grund gäbe, warum er das wollen könnte. Unsere Beziehung hatte geendet, noch bevor sie begonnen hatte – so schnell, dass sich ein

Teil von mir weigerte, sie so zu nennen. Es war ein Ausrutscher gewesen. Für ihn. Für mich. Nur, dass ich viel härter gefallen war als er.

Ich ließ mich auf meinem Gangplatz nieder und schob meine wuchtige Handgepäcktasche unter den Vordersitz. Weil das Fünf-Sterne-Hotel, das ich gebucht hatte, so unverschämt teuer gewesen war, hatte ich beim Flug gespart und flog in der Holzklasse der billigsten Airline, die ich hatte finden können. Es war zwar ein Direktflug, aber trotzdem hatte ich großen Respekt vor dieser Reise. Denn nicht einmal die ach so sorgfältigste Sicherheitseinweisung würde mich retten können, wenn mich der Direktflug *direkt* ins Meer beförderte.

Ich war noch nie in meinem Leben geflogen und wusste nicht, was mich erwartete. Falls ein Ort steril und schmuddelig zugleich aussehen konnte, perfektionierte dieser Flieger jene Kunst. Die Innenausstattung war hauptsächlich Weiß gehalten, mit Ausnahme der Versuche von Polstern an den Kopfstützen, die genau wie der Boden von einem stechenden Grün waren. Schon vom bloßen Anblick bekam ich Kopfschmerzen.

Ich brauchte drei Anläufe, um mich anzuschnallen, nur um mich fünf Minuten später wieder losketten zu müssen, weil sich noch jemand in meine Reihe quetschen wollte. Obwohl wir nicht mal losgerollt waren, spürte ich schon einen seltsamen Druck auf den Ohren, gemischt mit einer brennenden Nervosität, die ein Lauffeuer in meiner Magengrube entfachte. Nachdem die Tür zum Flieger geschlossen wurde, startete die Sicherheitseinweisung, die ich schon fünfmal auf YouTube gesehen hatte, weil ich mir nicht sicher gewesen war, ob das als Grundwissen vorausgesetzt und den Passagieren nicht mehr mit auf den Weg gegeben wurde. Ich versuchte, ihr aufmerksam zu folgen, doch die beiden Sprachen, in denen die Anweisungen wiederholt wurden, waren Griechisch und Türkisch – und leider hatte ich keine davon perfektioniert.

Kalin sprach einige Brocken Griechisch. *S'agapó* bedeutete *Ich liebe dich*. Das wusste ich aber nicht, weil er es mir gesagt hatte, sondern weil ich es gegoogelt hatte in der Hoffnung, ihn eines Tages damit überraschen zu können. Die Chance würde ich jetzt nicht mehr bekommen. Ich wollte sie auch nicht.

Das Brummen und Grollen der Flugzeugmotoren wurde lauter und lauter, und mein Magen krampfte sich zusammen, als wir schließlich losfuhren. Ich hatte mehrere Videos von Start- und Landeprozessen gesehen, aber die änderten nichts daran, dass meine Hände feucht wurden, bis ich sie in meinem Schoß verkrampfte. Dass mein Atem nur noch flach ging und mein Blick immer wieder nervös in Richtung Fenster zuckte. Dass mein Puls ins Unermessliche schoss und mir das Blut in den Ohren zu rauschen begann.

Was hatte ich mir hier nur eingebrockt? Warum hatte ich meiner Mutter diese Idee nicht ausgeredet? Warum hatte ich nicht einfach Urlaub in einem Münchner Wellnesshotel machen können? Hätte das nicht gereicht?

Nein. Hätte es nicht, und das wusste ich.

Ich brauche das hier, bläute ich mir ein. *Unbedingt*. Ich brauchte es für mich. Weil ich keine Ahnung hatte, wie lange es her war, dass ich irgendetwas für mich getan hatte.

Meine Schulzeit. Meine Noten. Mein Studium. Meine Nebenjobs. All das tat ich für meine Eltern.

Meine Klamotten. Meine Frisur. Meine Figur. Mein Auftreten. All das hatte ich innerhalb kürzester Zeit an Kalin anpassen wollen, um mich seiner etwas mehr würdig zu fühlen.

Aber wann hatte ich jemals etwas getan, einfach nur, weil ich es wollte? Weil es mir guttat? Ich konnte mich nicht daran erinnern. Deshalb musste ich das ändern. Ich musste Erinnerungen schaffen, die nur mir gehörten. Die Pforte zu einem Ort in meinem Herzen öffnen, an den ich immer zurückkehren könnte, wenn mein Leben in einer Sackgasse zu enden drohte.

Und ich war mir absolut sicher, dass Kreta dieser Ort war. Und zwar in einem Hadrian Hotel. Der Unterkunft, in die mich Kalin nie hatte mitnehmen wollen. Ich war des Familiendomizils nicht würdig gewesen. Aber ich war es. Das würde ich vor allem mir beweisen.

Ich hätte jedes Urlaubsziel auf Erden aussuchen können. Doch es hatte Kreta sein müssen. Ganz in

der Nähe eines Lebens, das ich nie hätte haben können – und an das ich keine Sekunde lang hätte glauben dürfen.

Es war ein Zeichen. Ein Statement. Eine Liebes-
botschaft an mich selbst.

*Du bist stärker als das, Sofia. Du bist die stärkste
Frau auf Erden.* Oder zumindest würde ich es werden.

Dieser Gedanke war es, der mich zur Ruhe trieb,
sogar dann noch, als sich die Rollen des Flugzeugs
vom Boden lösten und mich in die höchsten Lüfte
entließen. In die Freiheit.

4. Niachtida

Juni: vor 2 Monaten – Tag der Trennung

Im Nachhinein würde ich mich kaum daran erinnern, wie der bisherige Tag gelaufen war. Ich wusste nur, dass es ein völlig normaler für mich gewesen sein musste: Einer, an dem ich aufgestanden war, mich für die Uni fertig gemacht hatte und aufgebrochen war. An dem ich Kalin eine Guten-Morgen-Nachricht geschickt und immer wieder verstohlene Blicke aufs Handy geworfen hatte, ohne eine Antwort zu bekommen. Für ihn begann das Wochenende meistens schon am Freitag, oft früher. Was bedeutete, dass er auf Partys ging. Wahrscheinlich an mehr Abenden pro Woche, als er zu Hause blieb.

Ich sollte es eigentlich gewohnt sein – schließlich kannte ich es nicht anders. Die einzige Ausnahme waren die ersten, rosaroten Tage gewesen, die er allein mir geschenkt hatte. Außerdem machte es keinen Unterschied: Er studierte hundert Kilometer entfernt in Regensburg. Selbst wenn er nicht ohne mich auf Partys unterwegs gewesen wäre, hätte ich ihn gestern und heute nicht gesehen.

Trotzdem störte es mich. Vielleicht weil ich wusste, dass er sich auf solchen Partys immer hoffnungslos betrank. Oder auch nur, weil ich ihn so sehr vermisste. Aber umso mehr freute ich mich, ihn heute Abend endlich wiederzusehen.

Während ich in der Vorlesung saß, scrollte ich gedankenverloren durch unsere letzten Nachrichten. Sog jedes einzelne Herz, das er mir geschickt hatte, in mich auf, jedes Selfie, jedes noch so kleine Wort, das auch nur die geringste Zuneigung ausdrückte. Es war unglaublich, wie verschwindend klein die Chance gewesen war, dass jemand wie ich jemanden wie ihn kennenlernte. Und doch war es irgendwie passiert. Es war so unwahrscheinlich, dass mich Melissa inzwischen *Cinderella* und Kalin *Prince Charming* nannte. Auch wenn das bedeutete, dass es den Zauber einer guten Fee gebraucht hatte, um uns zusammenzuführen.

Aber das war okay. Ich war ihr dankbar dafür.

Dieses Semester war mehr als langweilig. Ich hatte nur noch ein paar Module übrig, und die meisten davon schlossen nicht einmal mit einer Prüfung ab. Einige Essays hier, vereinzelte Präsentationen und Gruppenarbeiten dort, und der Großteil meines Studiums wäre geschafft – mit Ausnahme von meiner Bachelorarbeit, mit der ich mich ab Herbst herumschlagen dürfte. Das alles war aktuell nicht wichtig genug, als dass ich mich auf die Vorlesung hätte konzentrieren können.

Deshalb sah ich es gleich, als eine neue Nachricht auf meinem Handy-Display aufleuchtete. Mein

Herz machte einen Satz, und ich zog das Teil sofort in die Mitte der Tischplatte vor mir. Sie war von Kalin. Endlich.

KALIN
Sofia??

Ich wollte gerade den Bildschirm entsperren, als sich dieser dunkel färbte – er rief an.

Sofort stieg eine ungeahnte Nervosität in mir auf, und mein Magen krampfte sich zusammen, als ich den Anruf wegdrückte. Hoffentlich nahm er mir das nicht übel. Gleichzeitig war ich einfach nur froh, dass mein Handy stummgeschaltet war. Hatte er schon wieder vergessen, dass ich freitagmorgens in Veranstaltungen saß? Oder hatte er nach der letzten durchzechten Nacht das Gefühl für Raum und Zeit verloren?

Damit er Bescheid wusste, beeilte ich mich, eine Nachricht zu tippen.

SOFIA
Hi, ich sitze gerade in der Vorlesung :) In 20 Minuten bin ich fertig.

Er las meine Nachricht. Mehrere Sekunden lang passierte gar nichts. Dann wurde mir angezeigt, dass er schrieb.

KALIN
Bitte
Es ist dringend

Diese vier Worte ließen mir jäh das Blut in den Adern gefrieren. Kein guten Morgen, kein Emoji, kein Herz. *Bitte.* Mein Herz setzte einen Schlag aus, und mir wurde heiß und kalt zugleich. In einer abgehackten Bewegung riss ich das Handy von der Tischplatte und sprang auf. Ich saß ziemlich genau in der Mitte des hundertfünfzig Personen fassenden Vorlesungssaals und bekam sofort das Gefühl, dass die Aufmerksamkeit des ganzen Raumes auf mir lag, als ich mir einen Weg durch die Reihe bahnte. Der Saal war so alt, dass es hier drinnen noch Pultreihen mit Klappsitzen gab. Das bedeutete: Um mich rauszulassen, musste jeder Einzelne in meiner Reihe aufstehen. Niemand von ihnen machte sich die Mühe, den Gang ganz zu verlassen, um mir Platz zu schaffen. Stattdessen pressten sie sich halbherzig in den Zwischenraum zwischen ihrer und der nächsten Tischplatte, und ich quetschte mich mit vielen gemurmelten Entschuldigungen durch.

Wie unangenehm diese Situation war, realisierte ich spätestens in dem Moment, in dem ich bemerkte, dass mein Dozent aufgehört hatte zu sprechen. Und mich anstarrte. Darauf wartete, dass ich endlich den Saal verließ und seine Veranstaltung nicht länger störte.

Ich wagte es nicht, auch nur in seine Richtung zu sehen. Schnell huschte ich aus dem Raum. Wie peinlich.

Ich schloss die Tür leise hinter mir und riss sofort mein Handy hoch – in dem Augenblick, in dem Kalin ein weiteres Mal anrief.

Schnell hob ich ab und hielt mir das Teil ans Ohr. »Kalin«, keuchte ich. »Alles in Ordnung?« War er irgendwo unter einer Brücke aufgewacht? Sollte ich ihn abholen? Brauchte er Hilfe?

»Sofia?« Seine Stimme klang ruhig, aber belegt, fast schon etwas rau, was kein Wunder war, wenn er letzte Nacht noch lange weg gewesen war. Und doch schwang ein Tonfall darin mit, der mich beunruhigte. Der meine Beine weich werden und mich unwillkürlich nach einer Möglichkeit zum Abstützen Ausschau halten ließ. Der dafür sorgte, dass sich mir der Magen umdrehte.

Ich schluckte. »Ja?«, krächzte ich und wartete darauf, dass er weitersprach. Doch was daraufhin folgte, war mit einem solchen Zögern und Zaudern, mit einem solchen Kampf verbunden, dass sich die Sekunden in die Länge zogen.

»Ich … Ich …« Kalins Stimme brach. »Es tut mir leid, echt. Ich hatte mich nicht im Griff. Ich hab echt viel getrunken und … es war wohl ein klein wenig zu viel.«

Mir stockte der Atem. War er in Schwierigkeiten? Unwillkürlich stellte ich mir vor, dass er mich von einer Arrestzelle aus anrief. Dass es nur noch Sekundenbruchteile dauern würde, bis man ihm das Handy aus der Hand riss und ihn abführte. »Was kann ich tun?«

»W-was?« Er stockte. »Was du tun kannst?« Auf einmal klang er nur noch verzweifelt. »Verstehst du es denn nicht, Sofia?« Seine Verwunderung über meine Frage schien ihm die Kraft zu geben, endlich reinen Tisch zu machen. Ich hörte, wie er am anderen Ende der Leitung einatmete. Dann sagte er: »Ich … Ich schätze, ich hab dich betrogen.«

Die Welt hörte auf sich zu drehen. Der Gang, auf dem ich mich befand, war leer, und doch hallten die Geräusche der Studenten aus den angrenzenden Bereichen von den Wänden wider, leiser, immer leiser, bis ich nur noch das Blut in meinen Ohren rauschen hören konnte, gemischt mit dem schwerfälligen Schlag meines Herzens, das plötzlich eine Last zu tragen hatte, der es nicht gewachsen war.

Ich konnte meine Lippen kaum teilen. Meine Zunge fühlte sich taub an, als ich ihr den Befehl gab, zu sprechen. Doch wieder dauerte es eine ewig lange Zeit, bis endlich gesagt wurde, was zu sagen war. »Was?«, hauchte ich.

»Es tut mir leid, okay?« Wo er am Anfang noch bedrückt geklungen hatte, klang er nun fast erleichtert – vielleicht, weil es endlich raus war. Er hatte den Ballast abgeworfen, und jetzt ging es ihm gut. Einem von uns beiden. »Ich hatte ein paar Tequila zu viel. Totaler Filmriss und … na ja, da ist es wohl einfach passiert. Ich musste echt unglaublich Bock gehabt haben. Wenn du da gewesen wärst, wäre es sicher anders gekommen.«

Etwas in mir drohte endgültig abzusterben. Sollte das jetzt etwa eine Entschuldigung sein?

»Auf jeden Fall kommt es nicht wieder vor.«

Sein Geständnis erfüllte mein Innerstes mit einer gähnenden Leere. Mit einem schwarzen Loch – in dem sich jetzt etwas zusammenbraute. Etwas Gefährliches. Etwas Wütendes. Etwas Tödliches. »Es kommt nicht wieder vor«, wiederholte ich trocken.

»Ja, natürlich!« Er schnaubte belustigt. »Was glaubst du denn?« Auf einmal klang er so locker, als würden wir über unsere Wochenendpläne sprechen. »Jedenfalls … dachte ich, es wäre das Richtige, es dir gleich zu sagen. Auch wenn es nichts bedeutet hat und für uns sowieso keine Rolle spielt.«

Meine Lippen teilten sich. Fassungslos starrte ich ins Leere. »W-wie –« Ich stockte. »Wie kommst du darauf, dass es keine Rolle spielt?«

»Weil wir noch nicht miteinander geschlafen haben.« Inzwischen klang er fast schon spöttisch. »So gesehen kann ich dich überhaupt nicht betrogen haben. Weil zwischen uns noch gar nichts gewesen ist.«

Mir wurde übel.

»Wie auch immer. Du kannst mir glauben, es *wird* nicht wieder vorkommen. Keine Ahnung, was in mich gefahren ist, mit so einer ins Bett zu gehen.« Er stieß ein kurzes, freudloses Lachen aus. »Die muss mich unter Drogen gesetzt haben oder so.«

Ich wusste nicht, wie lange er noch redete, aber während er genau das tat, ohne sich auch nur im Geringsten für das zu interessieren, was ich zu sagen hatte, realisierte ich, wie gerne er das doch tat: Reden. Gehört werden. Seinen Output über den Input aller anderen stellen. Weil es ihn nicht scherte, was die anderen dachten oder fühlten. Niemand außer ihm spielte eine Rolle. Schließlich war er Kalin Hadrian. Und wenn jemand seine Freundin betrügen konnte ohne den Hauch eines schlechten Gewissens, ohne den bloßen Verdacht, dass diese ein Problem damit haben könnte, dann war es ein Hadrian.

Was in mir zu brodeln begonnen hatte, explodierte mit einem Schlag, erschütterte das Paradies in meiner Seele und hinterließ nichts als Schutt und Asche. »Es ist aus«, sagte mein Mund ohne mein Zutun, und zu meiner Überraschung brach Kalin tatsächlich ab.

»Was?«, wiederholte er, als hätte er nicht richtig gehört – oder als glaubte er das, weil ihm alles andere absolut unlogisch erschien.

Dass mein ganzer Körper zu beben begonnen hatte, bemerkte ich erst, als ich langsam das Handy von meinem Ohr nahm und den Bildschirm anstarrte. *Kalin*, stand darauf geschrieben. Ein Name, den ich niemals im Leben wiedersehen wollte. Genauso wenig wie das dazugehörige Gesicht. »Es ist aus!«, brüllte ich in den Hörer, bevor ich auflegte.

Ich brauchte eine geschlagene halbe Stunde, um mich zu beruhigen. In den Hörsaal kehrte ich erst zurück, als alle schon draußen waren, sammelte schnell meine Sachen zusammen und verschwand. Nach Hause. Setzte mich auf mein Bett, auf dem mich meine Mutter Stunden später vorfinden würde – nicht ansprechbar, mit den Nerven am Ende.

»Sofia«, würde sie irgendwann sagen. »Auch wenn es sich gerade wie eine Katastrophe anfühlt, ist es nur ein Fortschritt für dich. Wie sagt man so schön? Lieber ein Ende mit Schrecken als ein Schrecken ohne Ende.«

Und das war es. Das Ende.

August: heute

Bei meiner Ankunft am Flughafen herrschte das absolute Chaos. In Deutschland war ein lange angekündigter, aber nie endgültig terminierter Pilotenstreik eingeläutet worden, und jetzt saß die eine Hälfte der Passagiere in Deutschland, die andere in Heraklion, Kreta, fest. Ich konnte nur froh sein, dass ich mit einer türkischen Airline geflogen war – auch wenn ich bei jeder Durchsage, die ich nicht verstanden hatte, ein noch schlechteres Gefühl bekommen hatte.

Der erste Flug meines Lebens war aber gar nicht so übel gelaufen. Abgesehen von der Landung, die so hart und unsanft gewesen war, dass ich fest damit gerechnet hatte, die Maschine würde in zwei Teile brechen. Als ein paar andere zu klatschen begonnen hatten, war mir definitiv nicht danach zumute gewesen.

Es grenzte an ein Wunder, dass ich sofort das Gepäckband fand und mein Koffer als einer der ersten heranrollte. Obwohl man meinen könnte, dass man für zwei Wochen Strandurlaub nicht viel mehr als ein paar Bikinis brauchte, hatte ich ein riesiges Ding mitgebracht und es bis zum Platzen gefüllt – mit so vielen Gegenständen, die ich mit einem *Man kann ja nie wissen* eingepackt hatte und die ich in einem Fünf-Sterne-Hotel wahrscheinlich nicht brauchen würde.

Doch die eigentliche Herausforderung stand mir noch bevor: Ich musste meinen Fahrer finden. Denn wer ein Zimmer in einem Hadrian Hotel buchte, bekam ein Flughafen-Shuttle gratis dazu. Einen Privatservice, der nur auf einen wartete und mir nichts, dir nichts an sein Ziel bringen würde. Doch schon als ich den Sicherheitsbereich verließ, wurde mir klar, dass das nicht so einfach werden würde: Überall waren Menschen. Wütende Menschen, verzweifelte Menschen, Menschen mit Kindern, Menschen, die ihre Kinder suchten, Kinder, die andere Kinder suchten …

… und ein kahlköpfiger Mann mit Sonnenbrille, der ein Schild hochhielt, das mir sofort ins Auge sprang. Auf ihm war in einer absolut grausigen Handschrift etwas gekritzelt worden, das entfernte Ähnlichkeit mit meinem Namen hatte: Sofia Aldea.

Ich sprach ihn an, und von da an ging alles ganz schnell. Er riss mir förmlich den Koffer aus der

Hand und lief dann regelrecht vor mir davon, bahnte sich einen Weg durch die Menschenmengen und führte mich nach draußen. Die Sonne prallte förmlich auf mein Gesicht, und wo ich in meinem Flugzeug mit meinem dünnen Kapuzenpullover noch gefroren hatte, spürte ich schon, wie erste Schweißperlen auf meine Stirn traten.

Der Fahrer lotste mich über die Straße und zwischen zwei Mietwagenständen vorbei auf einen Parkplatz, wo er vor einem Fahrzeug stehenblieb.

Abrupt hielt ich neben ihm an und starrte das Auto an, in dem wir gleich fahren würden. Ich wusste nicht, warum, doch ich hatte mit einem Taxi gerechnet. Nicht aber mit einem schwarzen Van mit verdunkelten Scheiben, der so aussah, als wäre er für einen Royal gebaut worden.

Der Fahrer, dessen Englisch einen so starken Akzent hatte, dass ich mir manchmal nicht sicher war, ob er nicht einfach ins Griechische gewechselt hatte, räumte meinen Koffer und mein Handgepäck ins Auto und öffnete mir dann die Beifahrertür. Alles, was ich noch selbst tun musste, war es einzusteigen und mich anzuschnallen. Auf der Fahrt plauderte der Fahrer, der aussah wie ein Schlägertyp von den Men in Black, fast schon wie ein kleiner Junge über das Wetter und die kretische Kultur, die nicht nur griechische Einflüsse abbekommen hatte, und ärgerte sich darüber, dass der Flughafen eindeutig zu wenig Parkplätze hatte. Ich hatte mich gerade so in meinen Sitz zurückgelehnt und einen Blick aus dem

Fenster geworfen … als wir schon wieder langsamer wurden.

Der Fahrer setzte den Blinker, und im nächsten Moment bogen wir in eine Einfahrt ab.

Erschrocken öffnete ich den Mund, um ihn zu fragen, ob er die richtige Adresse mitgeteilt bekommen hatte. Doch dann sah ich in letzter Sekunde ein Schild aus dem Augenwinkel, in dem groß und deutlich geschrieben stand: **BLUE BAY RESORT BY HADRIAN HOTELS.**

Meine Gesichtszüge entgleisten. Mein Fahrer musste es im Rückspiegel sehen, denn er lachte plötzlich und nuschelte ein kaum verständliches »*So fast, right?*«, ehe er unmittelbar vor dem Eingang stehenblieb.

Ich hatte gewusst, dass sich das Hotel genau wie der Flughafen im Norden der Insel befanden. Doch ich hatte absolut keinen Peil gehabt, dass sie einander *so* nah waren.

Ich war da. Ich konnte es nicht glauben, aber … ich war da.

Auf einmal breitete sich ein Gefühl in meiner Magengrube aus, das ich nicht greifen konnte. Es sorgte dafür, dass sich meine Finger ganz taub anfühlten und mir mein Herz bis zum Hals schlug. In dem mir irgendwie übel wurde – etwas, womit ich im Flugzeug gerechnet hatte, aber doch nicht hier, in einem Auto, auf dem Boden, im Stehen! So kurz vor meinem Ziel.

Hadrian Hotels. Es fühlte sich an, als würde ich die Höhle des Löwen betreten. Und als wäre ich alles andere als bereit dafür.

»*Are you okay, ma'am?*«, drang die Stimme des Fahrers an meine Ohren.

Ich riss den Blick hoch und sah ihm entgegen. Er stand bereits draußen auf der Beifahrerseite und hatte die Tür aufgezogen. Gerade nahm er sogar die Sonnenbrille ab, um mich richtig in Augenschein nehmen zu können. »*Do you need help?*«

Mit einem dicken Kloß im Hals schüttelte ich den Kopf, stand auf – und wurde von meinem Gurt zurückgehalten. Peinlich berührt schnallte ich mich ab und beeilte mich, aus dem Auto zu kommen. Ich war froh, dass ich dem Fahrer zum Kofferraum folgen konnte, um mein Gepäck entgegenzunehmen und dem Hadrian Hotel den Rücken zu kehren. Der Mann wuchtete zuerst meinen Koffer heraus und reichte mir dann mein Handgepäck. Ich bedankte mich, zog den Griff des Koffers aus und –

»Willkommen im Blue Bay Resort!«, ertönte eine euphorische Stimme so plötzlich in meinem Rücken, dass ich zusammenzuckte. Ich wandte mich um – und mir wurde mein Koffer einmal mehr regelrecht entrissen. Ein Concierge mit weiß-blauer Uniform und dazu passender Kappe nahm mir im selben Atemzug auch noch meine Handgepäckstasche ab und strahlte mich an, als wäre ich der erste Gast, den das Hotel in fünfzehn Jahren gehabt hatte. »Folgen Sie mir gerne, Frau Aldea. Wir checken Sie sofort ein!«

Ich hatte gerade noch genug Zeit, um meinem Fahrer etwas Trinkgeld in die Hand zu drücken und mich verabschieden, als ich auch schon hinter dem Concierge nach drinnen stolperte. Auf der anderen Seite der elektrischen Schiebetüren wartete eine große, geräumige Eingangshalle mit zahlreichen Ledersesseln, auf denen einige Urlauber offenbar Zeit totschlugen, bis ihr Taxi sie zum Flughafen brachte. Zu meiner Rechten erstreckte sich eine lange Theke, hinter der mehrere Rezeptionistinnen herumwuselten, eine am Telefon, eine an einer Info-Ecke für Ausflüge, und eine dritte ... lächelte mich geradewegs an und winkte mich eifrig zu sich herüber.

Ich bremste ab und überbrückte die Distanz zu ihr. Aus dem Augenwinkel erkannte ich, wie der Concierge mein Gepäck auf einem dieser mobilen Ständer aufbahrte, die ich nur aus Film und Fernsehen kannte.

»Herzlich willkommen im Blue Bay Resort, Frau Aldea«, begrüßte mich die dunkelhaarige Rezeptionistin in völlig akzentfreiem Deutsch. Ich hatte keine Ahnung, was mich mehr überraschen sollte – ihre Sprachkenntnisse oder die Tatsache, dass sie wusste, wer ich war, noch bevor ich auch nur einen Ton gesagt hatte. »Ich hoffe, Sie hatten eine schöne Anreise?«

Es war ungefähr die kürzeste Anreise aller Zeiten gewesen. Aber die Überraschung darüber, dass sich das Hotel nur in wenigen Fahrminuten Entfernung zum Flughafen befand, wurde schon bald darauf fortgespült, als mich das Fünf-Sterne-Erlebnis mit einem Schlag traf. Angefangen mit der puren, überhaupt nicht aufgesetzten Freundlichkeit der Mitarbeiter. Dem warmen, feuchten Handtuch, das mir der Concierge reichte, als ich gerade dabei war, auf einem der Ledersessel meine persönlichen Daten in einem Formular einzutragen. Das Sektglas, das er mir gefühlt drei Sekunden später brachte, als könnte er sich quer durch das ganze Hotel beamen, wann immer ich den Blick von ihm abwandte.

Ich war alles andere als multitaskingfähig und völlig überfordert, weshalb ich das Sektglas in zwei Zügen herunterstürzte, während ich mir fieberhaft den Kopf darüber zerbrach, was zur Hölle ich mit diesem Handtuch machen sollte. Rieb ich mir damit die Hände ab? Meine feuchte Stirn? Meinen Nacken? Das Gesicht? Alles davon?

Auf einmal war mir, als würde ich Dutzende Blicke auf mir spüren. Blicke, die mich durchbohrten. Blicke von schöneren, wohlhabenderen, erfolgreicheren Menschen, die sich fragten, was zur Hölle jemand wie ich in einem Hadrian Hotel zu suchen hatte.

Meine Kehle wurde eng, und meine Augen begannen zu brennen. Ich versuchte, ruhig zu atmen. Das hier war nichts, womit ich nicht gerechnet hatte, und traf mich trotzdem völlig unvorbereitet. Aber das war die Herausforderung, die ich mir gestellt hatte: Ich musste beweisen, dass ich ein Recht hatte, hier zu sein. Nicht nur diesen Leuten hier, die am Flughafen noch ihr blaues Wunder erleben würden. Sondern vor allem mir selbst.

Ich kam mir vor wie im falschen Film. Aber je länger ich darüber nachdachte, desto besser fühlte es sich an. Ich war drauf und dran, das Drehbuch meines Lebens zu schreiben. Und ich brauchte keinen Kalin, um für mein eigenes Happy End zu sorgen.

5. Diamáchi

April: vor 4 Monaten – vor der Trennung

»Warte«, würgte ich eher hervor, als dass ich fragte. »*Wer* kommt noch?« Ich hatte gerade so Kalins Apartment betreten, hatte mir das neue, schöne Kleid übergeworfen, das er für mich gekauft hatte, und fühlte mich doch alles andere als bereit für das, was käme.

»Ein paar Freunde von mir.« Kalin, gekleidet in seinen typischen lässig-legeren Look, schloss die Tür hinter mir und zog mir in einer fließenden Bewegung die Jeansjacke aus. Bevor ich antworten konnte, hatte er mich an einer Schulter berührt und vollends zu sich herumgedreht. Sein Blick glitt fast schon fachmännisch an mir herab. »Siehst du?«, fragte er locker. »Hab doch gesagt, dass du gut darin aussehen würdest.«

Ich konnte ihn nicht direkt anblicken. Meine Wangen begannen zu prickeln – weil ich gerührt war, aber auch, weil mir mulmig zumute war. Nachdem er mir bei der Semesterabschlussparty sein Getränk übergeschüttet hatte, hatte er mich wochenlang bearbeitet, mir ein neues Kleid kaufen zu dürfen. Irgendwann war ich eingeknickt.

»Ähm, deine Freunde«, kam ich zum eigentlichen Thema zurück. »Meinst du etwa, sie kommen hier vorbei?« Ich war nur noch verwirrt. Kalin und ich waren zum Abendessen verabredet gewesen. Ich hatte geglaubt, dass wir gleich weiterziehen würden.

»Wohin sollen sie denn sonst kommen?«, fragte er belustigt. Er hängte meine Jacke auf und wir schritten nebeneinanderher durch sein Loft, das aus einem weitläufigen Wohnbereich mit integrierter Küche, einem Schlafzimmer, einem Gästezimmer und zwei Bädern bestand. Wir befanden uns im Stadtzentrum, und durch die verglaste Nordwand konnten wir den ganzen Ort überblicken. Ich bekam immer unglaublichen Respekt vor Kalins Vermögen, wenn ich hier war, aber für ihn war sein Apartment nichts Besonderes.

»Champagner?«, fragte er beiläufig und ließ mich einfach neben der Sofaecke stehen, die sich in unmittelbarer Nähe zu den hohen Fenstern befand. »Ich hab schon mal zwei Flaschen kalt gestellt. Wenn die leer sind, ziehen wir weiter.«

Unsicher ließ ich mich auf das Ledersofa sinken. Es war nicht dasselbe wie das, das ich vor drei Wochen hier vorgefunden hatte. Kalin hatte eine Hausparty abgehalten und sich im Nachhinein über Flecken auf der Sitzfläche beschwert. Anscheinend hatte er es jetzt ausgetauscht. »Weiter zum Essen?«, fragte ich zaghaft.

»Hä?« Eine Hand im Gefrierfach, blickte er mich über die Schulter hinweg an. »Wohl eher zum Trinken.« Er dachte kurz nach. »Aber im *Saturn's* gibt es bestimmt auch was zu essen. Chips, Sandwiches oder so.«

Ich verstand die Welt nicht mehr. Das *Saturn's* war eine absolute VIP-Bar, in die nur geladene Gäste oder solche, deren Gesichter man von Zeitschriften kannte, eingelassen wurden. Zugegeben, das war noch nicht der Teil, den ich nicht kapierte. Sondern die Tatsache, dass er unsere eigentliche Verabredung offenbar vergessen hatte.

Einen Moment lang saß ich einfach nur da und starrte ihn an. Ein Teil von mir sträubte sich dagegen, ihn auf unsere Pläne anzusprechen. Ich wollte ihn nicht vor den Kopf stoßen. Aber ich hatte ihn jetzt wahrscheinlich schon so verwirrt, dass ich damit nicht mehr hinterm Berg halten konnte. »Und ... was ist mit dem Abendessen?«

»Hast du noch nichts gegessen?« Mit einer Flasche Champagner marschierte er zur Küchentheke und löste den ersten Korken binnen Sekunden mit einem fast schon ohrenbetäubenden Knall. Bevor auch nur ein winziger Tropfen verschüttet werden konnte, goss er die goldene Flüssigkeit in zwei Gläser ein, als würde er das jeden Tag tun ... was wahrscheinlich auch stimmte.

»Na ja, ähm ...« Meine Kehle fühlte sich so eng an, dass ich keinen Ton hervorbrachte. »Ich dachte, wir wollten heute ins Steakhaus gehen.«

Mit zwei Gläsern bewaffnet blieb Kalin vor mir stehen und starrte mich ausdruckslos an. »Echt?«

Aus irgendeinem Grund fühlte ich mich wie der schrecklichste Mensch auf der Welt, als ich nickte. »Echt.«

»Oh. Scheiße.« Betreten stellte ich die zwei Gläser vor mir auf dem gläsernen Kristalltisch ab. »Ich hab's total vergessen.« Er warf einen hastigen Blick auf seine Armbanduhr. »Willst du's durchziehen? Ich schreibe nur kurz eine Nachricht an alle, dass sie ausgeladen sind. Keine Ahnung, ob wir auf die Schnelle noch einen Tisch bekommen –«

Mein Herz machte einen Satz. »Nein!«, bekräftigte ich und hob abwehrend die Hände. »Bloß keine Umstände!«

Unsicher musterte er mich. »Sicher?«

Ich rang mir ein Lächeln ab. Kalin war so unglaublich verplant, aber die Tatsache, dass er alles stehen und liegen lassen hätte, um es wiedergutzumachen … machte die Sache wieder gut, ohne dass er alles stehen und liegen lassen musste. »Ich freu mich darauf, deine Freunde kennenzulernen.«

Er entspannte sich sichtlich. »Du wirst sie mögen.« Nur zögerlich wandte er sich ab, um einen Eimer mit Eiswürfeln aus seinem überdimensionalen Kühlschrank zu füllen, in dem ich selten etwas anderes als Bier vorfand. Er verstaute die geöffnete Champagnerflasche darin und brachte ihn mit zur Couch, wo er ihn neben dem Tisch abstellte und sich an meiner Seite niederließ. »Und das mit dem

Steakhaus machen wir morgen. Versprochen.« Als er die beiden Gläser nahm und mir eines davon reichte, war der Ausdruck in seinen braunen Augen so zärtlich und aufrichtig, dass mir warm ums Herz wurde.

Wir stießen an, und ein mulmiges Gefühl machte sich in mir breit. Nicht zuletzt, weil ich wusste, dass wir morgen so verkatert wären, dass wir keinen Schritt aus seinem Apartment machen würden.

Heute: 13 Tage bis zum Rückflug

Der erste Tag auf Kreta war ein Wechselbad der Gefühle. Er war bisher stressig, seltsam, verwirrend, überfordernd gewesen, aber all diese Momente wurden jäh davongespült, als mich der Concierge zu meinem Zimmer brachte. In wenigen Schlagworten: Kingsize-Bett, Fenster mit Balkon, Blick auf den Pool und den dahinterliegenden Strand sowie das Meer. Was könnte man noch wollen?

Während der Concierge meinen Koffer auf die dafür vorgesehene Ablage wuchtete, fasste er mir in gebrochenem Deutsch zusammen, was ich über das Hotel wissen musste: Alle drei Mahlzeiten sowie die Snackbar und die Alkoholbars waren inklusive, genauso wie das Animationsprogramm, das aus Poolgynmnastik, verschiedenen Sportarten und einigen Ausflügen mit den verschiedensten Booten bestand.

Nachdem er mich alleingelassen hatte, zog ich als ersten Amtsakt meinen dunkelgrünen Bikini mit goldenen Elementen an, den ich mir gekauft hatte, gleich als das Thema Kreta-Urlaub zwischen Kalin und mir auf den Tisch gekommen war. Seit ich ihn im Laden anprobiert hatte, hatte ich ihn nicht mehr angehabt, und ich war froh, dass er mir noch genauso gut passte wie damals – trotz der Kilos Schokoladeneis, die ich dank ihm verdrückt hatte.

Ich fühlte mich gut. Ich fühlte mich absolut wohl in meiner Haut, und das, obwohl sie bisher von keinem einzigen Sonnenstrahl geküsst worden war. Bevor ich das Zimmer verließ, cremte ich mich unbeholfen ein, dann packte ich eine Tasche mit allen Dingen, die ich am Pool brauchen würde, und marschierte los. Der Aufzug brauchte mir zu lange, weshalb ich die Feuertreppe nach unten nahm und vom Treppenhaus aus unmittelbar ins Freie trat. Es war fünfzehn Uhr am Nachmittag, und die Sonne strahlte hoch am blauen Himmel. Die Hotelanlage war nicht annähernd so groß, wie ich es von einem Hadrian Hotel erwartet hätte, was vielleicht auch daran lag, dass es sich hierbei um ein Erwachsenenhotel handelte: Keine Gäste unter achtzehn Jahren waren erlaubt. Und da Erwachsene ziemlich anspruchslos waren, gab es nur einen großen Infinity-Pool, zwei Getränkebars und natürlich den schmalen Pfad, der einen in wenigen Schritten zum Strand brachte.

Ich zog mir meine Sonnenbrille von der Stirn, um sie ordentlich aufzusetzen, bewegte mich auf den

Pool zu – und blieb ratlos stehen. Obwohl kaum jemand hier war, waren alle Liegen reserviert. Ihre Besitzer saßen an der Bar, waren aufs Klo gegangen, schwammen im Pool oder waren den ganzen Tag über noch nicht hier gewesen, hatten aber trotzdem die dunkelblauen Hotelhandtücher auf sie geworfen, damit sie sich ja niemand unter den Nagel reißen konnte.

Meine Mundwinkel sackten herab. Ich hatte gedacht, es wäre ein Klischee, dass Deutsche eingefleischte Liegenreservierer waren, aber offenbar war da wie so oft was dran. Allein die Tatsache, dass das ganze Personal mehr oder weniger fließend Deutsch sprach, zeigte mir zumindest, dass hier wohl noch ein paar mehr von zu Hause herumliefen.

Ich trottete in Richtung Strand, und dort waren zu meiner Überraschung noch unzählige Liegen frei. Und sie kosteten nicht mal was! Hier war wirklich alles inklusive. Außerdem befand sich neben jeder davon ein großer Sonnenschirm, den ich erst nach drei Versuchen ausklappen konnte. An dessen Halterung war ein Knopf angebracht, über den man einen der Barkeeper zu sich rufen und Getränke bestellen konnte. Damit hatte ich keinen Grund, meinen Platz je wieder zu verlassen.

Ich breitete mein überflüssigerweise selbst mitgebrachtes Handtuch auf der Liege aus, lehnte mich zurück und schloss für einen Moment die Augen. Ich lag in der zweiten Reihe, das Meer in unmittelbarer Nähe, und der Klang seines Rauschens allein reichte aus, um mich endlich zur Ruhe kommen zu lassen. Nicht nach diesem stressigen Tag, sondern nach den aufwühlenden letzten Monaten.

Was Kalin mir angetan hatte, tat immer noch weh. Und das, obwohl wir nicht lange zusammen gewesen waren. Allein das zeigte mir, wie sehr ich mich in der kurzen Zeit in ihn verliebt hatte. Und dass es mehr brauchen würde, um von ihm loszukommen.

Das hier war doch gar kein so schlechter Anfang, oder?

Es dauerte nicht lange, bis ich es nicht mehr aushielt, meine Flip-Flops zur Seite schob und mich geradewegs in die Fluten stürzte. Das Meer vor Kreta war kühl, aber nicht kalt, das Wasser etwas unruhig, aber nicht stürmisch. Da es sich hier um ein privates Strandabteil des Hotels handelte, waren nicht viele Menschen hier und daher unglaublich viel Platz, um zu schwimmen. In den Sommermonaten liebte ich es, ins Schwimmbad zu fahren und ein paar Bahnen zurückzulegen, aber ich wollte mich nicht schon an Tag eins überanstrengen und ließ es daher ruhiger angehen. Auch dann noch, als ich das Volleyballfeld am entlegenen Ende des Strandbereichs entdeckte. Es begann dort am Strand, wo die Liegen endeten, und gehörte ebenfalls zum Hotel. In diesen Augenblicken sammelten sich dort einige Hotelgäste, angetrieben durch die hippe Musik, die aus einem Lautsprecher dröhnte, und einen braungebrannten Animateur mit schwarzen Locken und einer knallroten Badehose. Ich konnte aus der Ferne nicht viele Einzelheiten erkennen, aber es kam mir so vor, als würden sich hauptsächlich junge Menschen zum Beach-Volleyball zusammenfinden. Unwillkürlich hörte ich Melissas Stimme in meinem Hinterkopf: *Uhhh, Urlaub allein auf Kreta?! Wie geil ist das denn? Da wirst du sicher ein paar hübsche Kerle aufreißen können!*

Ich unterdrückte ein Schnauben und tauchte unter. Als wäre ich der Typ, um überhaupt irgendjemanden aufzureißen.

Vielleicht sollte ich es so machen wie Kalin: Mir ein Getränk nehmen, irgendeinen Mann damit übergießen und sehen, was passierte.

Heftig schüttelte ich unter Wasser den Kopf. Ich war nicht wie er. Das hatte ich schon immer mit jeder Faser meines Körpers gespürt – und jetzt gab es keinen Grund, damit anzufangen. Ich war Sofia. Und ich würde diesen Urlaub auf mich zukommen lassen.

Es stellte sich heraus, dass das auch besser so war. Denn spätestens beim Abendessen realisierte ich, wo ich hier reingeraten war.

6. Monaxía

April: vor 4 Monaten – vor der Trennung

»Wer kommt denn heute alles?«, fragte ich zaghaft. »Leute von der Uni?«

Beiläufig legte mir Kalin einen Arm um die Schultern. »Ja, zum Teil«, dachte er laut. »Manche kenne ich aber auch vom Country Club meiner Eltern. Ganz unterschiedlich.« Er lehnte sich zurück und streichelte mein Schulterblatt mit den Fingerspitzen. »Mal sehen, da hätten wir Deacon Wallace. Seine Eltern machen was mit Immobilien ...«

Damit meinte er Deacon Wallace, den zukünftigen Erben eines milliardenschweren internationalen Immobilienkonzerns, der den ganzen Abend damit zubringen würde, über alle weiblichen Geschlechtsteile zu reden, von denen er schon hatte *kosten* dürfen.

»... Zara, die ... Na ja, die musst du nicht kennen.«

Gemeint war Zara XoXo, die Tochter einer erfolgreichen Popsängerin, die schon mit sechzehn einen ersten Song veröffentlicht hatte, der hoffnungslos gefloppt war. Danach hatte sie ihr wahres Talent erkannt und verdiente ihr Geld nur noch damit, gesehen zu werden – bestenfalls leicht bekleidet und offen im Umgang mit Fotos. Sie war diejenige, mit der er mich Wochen später betrügen würde. Wusste ich aus ihrer Insta-Story.

»Clio, meine Cousine.«

Clio Hadrian, gerade süße achtzehn geworden, jedoch mit einem Selbstbewusstsein, das keine zehn Sofias zusammengenommen aufbringen könnten. Sie würde das ganze Vortrinken damit verbringen, den anderen Frauen ihren neuen Shopping Haul auf YouTube zu zeigen, und sobald sie feststellte, dass ich keine Ahnung von teuren Markenklamotten hatte, würde sie immer wieder beiläufige Kommentare darüber ablassen, dass Kalin einen ungebetenen Gast hatte. Dass ich seine feste Freundin war, ignorierte sie so geflissentlich, dass ich es irgendwann selbst nicht mehr glaubte.

»... und Christian Braun«, sprach er einen Namen aus, der ungewöhnlich normal klang. »Er ist ein Neffe des Bundespräsidenten und der Sohn zweier Anwälte ...« Kalin zuckte die Achseln. »Eigentlich mag ich den Kerl nicht mal, aber was soll's.«

Christian würde mich anders behandeln als der Rest der Runde. Den ganzen Abend über würde er mir immer wieder eindeutige Blicke zuwerfen, und später im Saturn's, als Kalin sturzbetrunken auf die Tanzfläche getorkelt war, würde er sich an der Bar zu mir beugen und mich fragen, ob wir uns nicht woandershin verziehen wollten.

Ich würde mich woandershin verziehen – nämlich nach Hause. Ohne Christian, ohne Kalin.

»Das war's eigentlich«, schloss er in diesem Moment. »Sind wirklich nur ein paar Leute. Kein Grund, sich Gedanken zu machen.«

Es kamen noch fünfzehn weitere Menschen. Mit teurer Kleidung, Adelstiteln im Namen, goldenen Kreditkarten, Gesprächsthemen über Wirtschaft und Politik, denen ich kaum folgen konnte – und denselben verstohlenen Blicken, unterschwelligen Fragen, was meine Eltern denn machten und woher ich Kalin kannte, und demselben spöttischen Zug um den Mundwinkel, wann immer ihnen klar wurde, dass ich ihnen nicht das Wasser reichen konnte. Dass ich nicht dazugehörte. Und wenn es nach ihnen ging, gehörte ich auch nicht zu Kalin.

Was mich später am meisten schmerzen würde, war, dass sie von Anfang an recht gehabt hatten.

Heute: 13 Tage bis zum Rückflug

Wo ich tagsüber noch einen kleinen Hoffnungsschimmer am Horizont erblickt hatte, folgte beim Abendessen die große Ernüchterung. Einerseits, weil ich so ausgehungert war, dass ich eine ganze Kuh hätte essen können, nach drei Runden am Buf-

fet aber feststellen musste, dass mein Magen doch nicht so groß war, wie ich es gerne hätte. Weil ich ein schlechtes Gewissen hatte, etwas übrigzulassen, stocherte ich noch eine halbe Stunde in meinen Resten herum und stürzte sie mit gratis Rotwein herunter. Bei dieser Gelegenheit beobachtete ich die anderen Hotelgäste, die sich teilweise in kleinen Grüppchen, hauptsächlich aber in Paaren zusammenfanden. Und damit meinte ich: Liebespaare.

Im Hadrian Hotel hielten sich Menschen verschiedensten Alters auf. Die jüngsten Gäste mussten jünger sein als ich, und ich fragte mich, woher in aller Welt sie die Kohle hatten, um hier unterzukommen. Auch wenn ich die Antwort wahrscheinlich schon kannte: von ihren Eltern. Die ältesten waren Senioren, Rentner, die nicht annähernd genug aßen, als dass sie die Kosten für all-inclusive hätten einspielen können. Vereinzelt waren auch Familien mit erwachsenen Kindern da, aber selbst wenn ich darunter einen *hübschen Kerl* entdeckt hätte, wären das nicht unbedingt die besten Bedingungen gewesen, ihn kennenzulernen. Offenbar war ich ja kein geeignetes Material, um von wohlhabenden Eltern gesehen zu werden.

Dann würde ich in diesem Urlaub wohl allein bleiben. Aber das war okay. Schließlich sollte es in den nächsten zwei Wochen nur um mich gehen.

Dennoch fühlte es sich nicht richtig an. Etwas später saß ich allein an der Bar und sah den Paaren zu, die sich nach und nach im Loungebereich drinnen und draußen neben dem Pool einfanden. Immer zu zweit. Wie auf der Arche Noah. Hier gab es keinen Platz für jemanden wie mich. Mal wieder.

Auf einmal fühlte ich mich leer. Im Hotel jemanden kennenzulernen, war aussichtslos. Aber vielleicht lag es nur daran, dass es abends hauptsächlich Paare an die Bar verschlug und die jungen Singles lieber die Gegend außerhalb des Hadrian Hotels unsicher machten. Ich beschloss, es heute ruhiger angehen zu lassen und tagsüber Kontakte zu knüpfen. Vielleicht war die Animation die perfekte Gelegenheit dafür.

Und selbst wenn nicht – ein bisschen Sport und viel Sonnenlicht waren sowieso alles, was ich brauchte. Und mehr nicht. Auch keinen Partner. Vor allem fanden sich hier wahrscheinlich sowieso nur Leute, die Kalin in Sachen Arroganz und Rücksichtslosigkeit sogar noch in den Schatten stellten.

Als ich so an meiner Rum-Cola nippte und mich umsah, wurde mir schlagartig klar, was gerade vor sich ging: Ich, Sofia, die Unwürdige, war zu Gast im Hadrian Hotel. Dem Hotel, in das mich Kalin niemals mitgenommen hätte, weil ich nicht willkommen war. Der pure Triumph erfüllte mich und lockte ein Lächeln auf meinen Lippen. Eigentlich hatte ich schon gewonnen.

Am nächsten Tag war ich hochmotiviert. Ich frühstückte ordentlich (aber nicht zu viel), marschierte an den Poolliegen vorbei, die wahrscheinlich schon um fünf Uhr morgens restlos reserviert worden waren, und schnappte mir eine Strandliege in der ersten Reihe, die sich so nah am Wasser befand, dass ich beinahe die letzten Reste der kleinen Wellen mit den Zehenspitzen berühren konnte, die sich immer wieder über den Sand zogen.

Ich hatte mich inzwischen an die anderen Gäste angepasst und mir ein blaues Hotelhandtuch ausgeliehen. Auf dem Weg hierher hatte ich mich bei der Rezeption für alle möglichen Ausflüge und Animationsprogramme angemeldet – von einer Kanufahrt über ein Bowling-Turnier bis hin zu einem Trip zu einem waschechten Palast war alles dabei, und ich wollte diesen Urlaub in vollen Zügen genießen.

Das Wetter auf Kreta war einfach unglaublich. Wir hatten stabile achtundzwanzig Grad, aber selbst am frühen Nachmittag fühlte es sich nicht unerträglich heiß an, in der Sonne zu sein. Weil ich gestern trotz Sonnencreme und -schirm an mehreren Stellen verbrannt hatte, blieb ich dennoch lieber im Schatten – so lange, bis eine männliche Stimme irgendwo in meinem Rücken »Volleyball!« rief. Der Animateur.

Mein Herz machte einen Satz. Schnell blickte ich mich nach dem Feld um, auf dem sich bereits erste Gäste zögerlich versammelten – hauptsächlich Pärchen, natürlich. Ich ließ mich davon nicht entmutigen. Nicht zuletzt, weil mich der definierte Rücken des Animateurs in seinen Bann zog. Seine Badehosen waren heute in demselben Blau wie die Markenfarben von Hadrian Hotels. Auf dem Kopf trug er einen ausgefransten Strohhut, unter dem seine dunklen Locken hervorblitzten. Einen Ball unter den Arm geklemmt, marschierte er gerade in Richtung Feld und rief dabei konstant »Volleyball!« in verschiedenen Sprachen und Betonungen.

Ein seltsames Prickeln stieg in mir auf, als ich aufstand, meinen Hut auf der Liege ablegte und mich über den heißen Sand auf das Feld zubewegte. Wenn es eine Person auf diesem ganzen Gelände gab, die allein hier war, dann war es mit Sicherheit dieser braungebrannte Animateur.

Ich beeilte mich, die Distanz zu ihm zu überbrücken, während er ein paar Männer und Frauen auf seiner Seite des Spielfelds versammelte und die anderen nach drüben schickte. Er schien mehrere Sprachen gleichzeitig zu sprechen, weshalb ich unsicher war, ob ich Deutsch oder Englisch benutzen sollte, riss mich dann jedoch am Riemen und fragte: »Ist noch ein Platz in deinem Team frei?«

»Selbstverständlich!«, antwortete er überschwänglich. Er drehte sich zu mir um, eine Sonnenbrille und ein gewinnendes Lächeln im Gesicht – und erstarrte.

Genau wie ich, als ich ihn zum ersten Mal aus der Nähe und von vorn sah.

Es war Kalin.

Nein. Nein, das konnte nicht sein. Es konnte unmöglich Kalin sein. Was sollte er hier auch tun? Seinen Eltern gehörte dieses Hotel. Er hatte absolut keinen Grund, hier in einem unterbezahlten Job zu arbeiten. Vor allem in keinem, in dem er gewissermaßen anderen Menschen diente. Ich musste ihn verwechseln. Die Haare passten sowieso nicht, genauso wenig wie der abgeranzte Hut, den Kalin nicht einmal mit der Kneifzange angefasst hätte …

Die Gesichtszüge meines Gegenübers entgleisten. »Sofia?« In einer langsamen, steifen Bewegung nahm er die Sonnenbrille herunter und entblößte seine warmen, braunen Augen, die ich seit mehreren Wochen nicht zu Gesicht bekommen hatte.

Kalin.

Er war nicht ganz so sprachlos wie ich. »Was …?« Sein Mundwinkel hob sich zu einem kaum merklichen, verwirrten Lächeln, und er schüttelte den Kopf. »Was machst du denn hier? Ich –«

Ich hab dich betrogen, hallte seine Stimme in meinem Bewusstsein wider und erschütterte meine gerade so angeheilte Seele einmal mehr in ihren Grundfesten. In diesem Augenblick hasste ich mich selbst. Ich hatte vor meiner Vergangenheit, vor Kalin entkommen wollen – im Hotel seiner Eltern? Wie bescheuert war ich eigentlich?

Meine Beine drohten unter mir nachzugeben, und ich stolperte einen Schritt rückwärts. Meine Lippen teilten sich, doch ich brachte keinen Ton heraus. Das hier fühlte sich wie ein Traum an. Ein wunderschöner Traum, der sich jäh zum schlimmsten Alb-traum verwandelte. Einer der Sorte, bei der man sich wochenlang davor fürchten würde, einzuschla-fen.

Ich musste aufwachen. Und zwar schnell.

Auf einmal knallte die Hitze der Sonne so abrupt auf meinen Schädel, dass mir eine Sicherung durch-zubrennen drohte. In einer abgehackten Bewegung wirbelte ich herum – und rannte. Ich rannte, so schnell der Sand zu meinen Füßen es zuließ, und stürzte zurück zu meinem Platz.

»Sofia!«, vernahm ich Kalins Stimme in meinem Rücken, dann jedoch leiser, als hätte er sich wieder den Spielern zugewandt. Ja, klar. Die waren jetzt wichtiger. Dass ich hier war, hatte überhaupt keine Bedeutung für ihn. *Ich* hatte keine. Und ich sollte andersherum genauso denken.

Aber ich konnte nicht. Ich konnte keinen klaren Gedanken fassen. Kalin sah so anders aus als noch vor ein paar Wochen. Braungebrannt mit länge-ren Haaren, die sich so kräuselten, wie ich es noch nie zuvor an ihm gesehen hatte. Ohne das kleine Bäuchlein, das er früher gehabt hatte und das in-zwischen wie von Zauberhand verschwunden war. Dafür jedoch mit einem leichten Bartwuchs und diesem Hut, der eigentlich überhaupt nicht zu ihm passen sollte, der aber so perfekt an ihm aussah, als wäre er damit geboren worden.

Nichts davon änderte etwas daran, dass er es war. Der Mann, von dem ich mich endlich hatte lösen

wollen. Er war hier. Arbeitete aus irgendeinem Grund hier. In dem Hotel, in dem ich noch für die nächsten zwölf Tage eingecheckt war.

Ich bekam keine Luft mehr. Fühlte mich ganz taub, als ich mir unbeholfen meinen Sonnenhut auf den Kopf setzte, mit einem Ruck mein Handtuch von der Liege riss und meine Tasche schulterte. Ich wandte mich von der Liege ab –

In dem Augenblick, in dem Kalin vor mir zum Stehen kam. »Sofia.« Obwohl er auf die kurze Distanz wohl kaum erschöpft sein konnte, war sein Atem unstet.

»Nein!«, entwich es mir. Ich wollte an ihm vorbeigehen, doch zu meiner Rechten war der Schirm im Weg. Daher wandte ich mich nach links, um umständlich um meine Liege herumzugehen. »Sprich mich nicht an!«

»Sofia, bitte.«

»Nein!«, stieß ich erneut hervor, Sekundenbruchteile, bevor mir Kalin auf der anderen Seite der Liege den Weg abschnitt.

Er wirkte immer noch fassungslos, mich in diesem Bereich der Erdkugel zu sehen. »Was tust du hier?«, brach es aus ihm heraus, und ich hielt zwangsläufig an. »Woher …« Er verengte halb die Augen. »Woher wusstest du, dass ich hier bin?«

Mir blieb der Mund offen stehen. »Das«, sagte er wie von selbst, »ist einfach unglaublich.« Ich stieß ein freudloses Lachen aus. »Du denkst allen Ernstes, ich wäre *deinetwegen* hergeflogen?!«

»Na, weswegen denn sonst?« Er schnaubte ungläubig, und auf einmal wirkte er mindestens so gereizt, wie ich es war. »Du weißt doch, wo du hier bist, oder?« Er riss den Arm hoch und deutete in Richtung Hotel. »Auf den Schildern steht buchstäblich mein Name geschrieben!«

Ich presste die Kiefer zusammen. »Wenn dort dein Name geschrieben steht, warum zur Hölle spielst du dann den Bespaßer?«

Er versteifte sich etwas. »Psst!« Verstohlen sah er sich um, doch keinem der anderen Urlauber um uns herum schien unser Gespräch aufzufallen: Das Meeresrauschen und die Chartmusik, die hier aus einigen Lautsprechern drang, taten ihr Übriges, um uns mitten in der Öffentlichkeit Privatsphäre zu verschaffen. »Man könnte sagen …« Er stieß die Luft aus seinen Lungen und rückte seinen Strohhut zurecht. »Ich bin undercover hier, verstehst du?«

Ein Zucken ging durch mein Augenlid. »Mit versteckten Kameras?« Es überraschte mich selbst, dass ich in der Lage war, eine gefasste Unterhaltung mit ihm zu führen.

Betreten schüttelte er den Kopf. »Nein, einfach nur so. Ohne Fernsehen. Niemand weiß, dass ich hier bin, teilweise noch nicht mal das Personal, und das soll besser so bleiben. Wenn sich das bis zu meinen Eltern rumspricht, bin ich dran!« Er machte eine Pause. »Und jetzt du.«

Ich machte einen halben Schritt zurück. »Ich was?«

Auffordernd sah er mich an. »Warum bist du hier?«

Frustriert rückte ich den Riemen meiner Tasche zurecht, die mir in die nackte Schulter schnitt. Erst jetzt wurde mir klar, dass ich nur einen Bikini trug und viel zu viel Haut zeigte für einen Mann, der mich betrogen hatte. Mehr als er verdient hatte. »Ich bin dir rein gar keine Erklärung schuldig.«

Sein Mund öffnete und schloss sich mehrmals wie bei einem verzweifelten Fisch. »Na ja, ein kleines bisschen aber schon, findest du nicht?«

Auf einmal fühlte ich mich wie ein Kaninchen, das in seinen eigenen Bau zurückgetrieben worden war und sich jetzt in einer Sackgasse wiederfand. Meine Brust hob und senkte sich nur noch flach. Das Blut rauschte in meinen Ohren und ein Anflug der Panik machte sich in mir breit. Ich wollte nicht hier sein. Keine Faser meines Körpers wollte das. Ich musste weg, auf der Stelle. Und ich wusste genau, wie ich das schaffen könnte.

»Weißt du, worauf ich jetzt große Lust habe?« Ich reckte das Kinn. »Jedem, dem ich über den Weg laufe, zu erzählen, dass niemand Geringeres als Kalin Hadrian in diesem Hotel als –«

»Okay, okay!«, unterbrach er mich und hob abwehrend die Arme. »Ist ja gut!« Er atmete tief durch. »Ich hab's verstanden.« Er machte einen großen Schritt zurück und wandte sich halb dem Spielfeld zu, auf dem die anderen Hotelgäste schon mit Spielen begonnen hatten. Seine Lippen teilten sich noch einmal, und auch wenn ein Teil von mir ihm nicht zuhören wollte, spann ein anderer die Szene bereits weiter. Was würde er zu mir sagen? Es gab so viele Möglichkeiten.

Ich werde dich nicht weiter bedrängen.

Was passiert ist, tut mir leid.

Schön, dass du da bist.

Ich hab dich vermisst.

Du sollst wissen, dass ich es bereue.

Hab einen schönen Urlaub.

Aber einmal mehr irrte ich mich in Kalin. Denn er sagte nichts davon. Stattdessen schenkte er mir nur einen letzten Blick und kehrte zum Feld zurück.

7. Zoumeró

April: vor 4 Monaten – vor der Trennung

Ich lag im Bett und dämmerte nur so vor mich hin. Es war ein dünnhäutiger Schlaf, so wie immer, wenn ich lange wach gewesen war und viel getrunken hatte. Sogar die kleinsten Geräusche konnten mich dann aufwecken. Manchmal waren es nur Gedanken.

Diesmal jedoch war ich nicht selbst der Grund dafür, dass ich aus dem Schlaf glitt, sondern die große, warme Hand, die mir über die Schulter strich. Ich lag auf der Seite, Kalin hinter mir, die Decke um uns beide geschlungen. Ein wohliger Schauer rann über meinen Rücken und riss mich ein klein wenig aus der Müdigkeit, als seine Finger immer weiter wanderten, meinen Oberarm hinab und dann wieder hinauf, hinab und schließlich über meine Hüfte, meine Taille entlang.

»Was ist los?«, fragte ich benommen, ehe seine Lippen über mein Ohrläppchen strichen.

»Nichts«, flüsterte er. »Ich hab nur so unfassbare Lust auf dich.«

Mir wurde heiß und kalt zugleich, weil ich genau wusste, was diese Worte bedeuteten. Und ich war noch nicht so weit. Definitiv nicht.

Ich hatte das Gefühl, es ihm schonend beibringen zu müssen, also legte ich meine Hand vorsichtig auf seine und hielt sie fest, ehe sie noch weiter auf Wanderschaft gehen konnte. »Nicht heute Nacht, okay?«, murmelte ich müde und hoffte, dass ihm das als Gegenwehr reichte.

Kalin verbarg sein Gesicht in meinem Haar. »Und wenn ich dir sagen würde«, schnurrte er förmlich, »dass du voll und ganz auf deine Kosten kommen würdest?«

Das Prickeln in meiner Magengrube wurde stärker – aber genauso sehr das unangenehme Ziehen darin. Das hier ging nicht. Es war mir zu spontan. Nach zwei Beziehungen, in denen es viel zu schnell zu mehr gekommen war, nur damit sie wenige Wochen später in die Brüche gegangen waren, war ich jetzt noch nicht bereit dafür, weder körperlich noch mental.

»Ich mein's ernst, Kalin«, presste ich mit letzter Willenskraft hervor. »Nicht heute Nacht.«

Ein paar Sekunden lang blieb es still. Dann zog er seine Hand weg. »Das hast du schon letztes Mal gesagt.«

Ich rappelte mich auf, als er es tat. »Ich weiß«, lenkte ich ein, während sich mein Körper daran gewöhnte, jetzt doch wieder wach zu sein. »Aber –«

»Wir sehen uns schon seit einem Monat«, unterbrach er mich gereizt. »Ich meine, worauf wartest du noch? Darauf, dass die Sterne günstig stehen?«

Ich biss die Zähne zusammen. »Ich warte, bis es sich richtig anfühlt.«

Sein Mund klappte zu. »Also fühlt sich das zwischen uns falsch an?«

Entgeistert riss ich die Augen auf. »Das habe ich nicht gesagt!«

»Aber du hast es –« Er unterbrach sich selbst. »Ach, was soll's. Alles gut. Vergiss es.« Damit legte er sich wieder hin, doch seinem Tonfall nach war definitiv nicht alles gut. Nichts war gut.

Heute: 12 Tage bis zum Rückflug

Ich musste weg von hier. Auf der Stelle. Je mehr Zeit ich in meinem Zimmer verbrachte und die letzten Minuten Revue passieren ließ, desto mehr drehte sich mir der Magen um. Ich konnte immer noch nicht glauben, dass das gerade geschehen war. Dass Kalin tatsächlich hier war. Der Mann, dessen Eltern dieser ganze Laden gehörte! Der sich geziert hatte, gemeinsam mit mir hier Urlaub zu machen – und der jetzt trotzdem den Sommer hier verbrachte.

Und zwar als Animateur.

Ungläubig schüttelte ich den Kopf. Ich saß auf der äußersten Kante meines Betts und hielt mich am Rand der Matratze fest. Die Gleichung ging nicht auf. Warum sollte Kalin einen auf *Undercover Boss* machen?

Ach, eigentlich konnte es mir auch egal sein. Je weniger ich über ihn wusste, von ihm sah, von ihm mitbekam, desto besser.

Aber eines war klar: Wenn ich hierblieb, würde ich wohl oder übel mehr von ihm sehen, mitbekommen, wissen. Mehr, als mir lieb war. Ich konnte nicht bleiben, nicht in seiner Nähe sein. Die bloße Vorstellung, dass er irgendwo da draußen Volleyball spielte, drohte mir den Boden unter den Füßen wegzuziehen.

Meine Gedanken schlugen Purzelbäume, genau wie mein Herz, das unangenehm in meinem Brustkorb hämmerte. Die Panik schnürte mir die Kehle zu und ließ meine Finger beben, als ich mein Handy aus meiner Strandtasche kramte. Sie schienen ein Eigenleben zu entwickeln und riefen zielstrebig die Seite der griechisch-türkischen Airline auf, über die ich meinen Flug gebucht hatte. Ich loggte mich ein und suchte nach Optionen, meinen Rückflug umzubuchen – aber es gab keine. Erstens weil die reine Umbuchung mehr kosten würde als die ganze Flugreise, zweitens weil die Fluggesellschaft nur zweimal pro Woche nach Kreta und zurückflog. Das erste Mal war gestern gewesen, das zweite wäre erst in vier Tagen, und die Verbindung war schon ausgebucht.

Okay – vielleicht eine andere Airline?

Nein. Bereits wenige Minuten später landete ich unsanft auf dem Boden der Tatsachen. Der Pilotenstreik war in vollem Gange, unzählige Flüge fielen aus und alle anderen waren ausgebucht, womöglich sogar überbucht. Genauso sah es mit meinen Hotelperspektiven aus. Nicht, dass ich hier kostenfrei hätte stornieren können – schließlich war ich schon da! Aber die Aussicht, die sich mir auf den verschiedensten Hotelseiten bot, mit nicht einmal einer winzig kleinen Chance, die Unterkunft wechseln zu können, hätte ich es mir leisten können, nahm mir jeglichen Mut.

Ich hatte keine Wahl. Ich musste bleiben. Ich saß hier fest.

Den restlichen Tag über fühlte ich mich wie gelähmt. Ich wusste nichts mit mir anzufangen und fürchtete mich sogar davor, vor die Tür zu gehen. Gleichzeitig arbeitete mein Gehirn auf Hochtouren, suchte nach Möglichkeiten, diesen Urlaub irgendwie hinter mich zu bekommen, ohne Kalin über den Weg zu laufen. Zumindest verriet mir der Animationsplan, auf den ich noch gar keinen Blick geworfen hatte, wann er am Strand, im Poolbereich oder in der Lounge zu finden wäre – und wann ich definitiv nicht dort aufkreuzen sollte. Aber abgesehen davon? Was machten Animateure, wenn sie gerade niemanden animierten? Von welchen Bereichen sollte ich mich fernhalten, wenn ich ihm nicht über den Weg laufen wollte?

Meine eigenen Gedanken sorgten dafür, dass sich ein dicker Kloß in meinem Hals bildete und meine Augen zu brennen begannen. Irgendwann lag ich nur noch in Embryo-Stellung auf meinem Bett und versuchte, den altbekannten Schmerz herunterzukämpfen, der einmal mehr in mir hochkochte.

Ich hab dich betrogen.

Heiße Tränen drangen aus meinen Augenwinkeln, rollten über meine Wangen, meine Nase, meine Schläfen und benetzten meine Matratze. Mein Herz drohte erneut zu brechen – das konnte allein Kalins Anblick in mir ausrichten. Und ich wollte nicht wissen, was geschah, wenn er einmal mehr zu mir sprach. Mich berührte. Es würde mich endgültig von innen heraus zerstören.

Bei Sonnenuntergang schlurfte ich zum Abendessen, obwohl sich mein Magen wie ein dicker, zusammengepresster Kaugummiball anfühlte. Neben dem Buffet hatten sie heute einen Schokobrunnen aufgebaut, unter den man verschiedenste Gebäckstücke halten konnte. Obwohl ich alles liebte, was mit Schokolade zu tun hatte, ging ich daran vorbei, ohne einen zweiten Blick darauf zu werfen. Schokolade hatte mir bisher nur dabei geholfen, meine Probleme zu verdrängen, nicht sie zu lösen.

Ich nagte an ein paar Fritten und beobachtete lustlos die Menschen um mich herum. Auf einmal fühlte es sich an, als hätte mich Kalin in eine triste, graue Blase eingeschlossen. Das Lachen, die guten Unterhaltungen und die ausgelassene Stimmung der

anderen Hotelgäste reichten nicht an mich heran. Ich war kein Teil des großen Ganzen mehr. Ich war ein Schatten, ein Geist.

Irgendwann begann ich mich zu fragen, ob die Angestellten hier auch essen durften, schlug mir die Vorstellung dann jedoch aus dem Kopf. In einem Fünf-Sterne-Hotel war es unmöglich, dass das Personal Seite an Seite mit den Gästen aß. Vielleicht durften sie zugreifen, wenn die offizielle Essenszeit um halb zehn vorbei war. Aber bis dahin …

Es war, als hätte er meine Gedanken gelesen, noch bevor ich sie zu Ende gedacht hatte. Da er jetzt keine Badehosen, sondern lange Jeans und ein ordentliches Hemd trug, erkannte ich Kalin erst auf den zweiten Blick, als er mit einem weiteren Mann und einer Frau eintrat. Das gesamte Animationsteam. Ihren gepflegten Klamotten nach waren sie nicht hergekommen, um die Gäste zu bespaßen, sondern um zu essen.

Ich stand so abrupt auf, dass mein Stuhl hinter mir polternd zu Boden ging. Im nächsten Moment war es, als läge die Aufmerksamkeit des ganzen Raumes auf mir. Auch die von Kalin.

Unsere Blicke trafen sich. Ich starrte ihn an, er starrte mich an, doch zu meiner Überraschung las ich in seiner Miene ganz andere Gefühle, als ich erwartet hatte. Ein fast schon gequälter Ausdruck lag darin. Einer, der mich noch dann verfolgte, als ich längst den Speisesaal verlassen hatte – gemessenen Schrittes, weil ich nicht dramatischer wirken wollte als ohnehin schon.

Er folgte mir nicht. Einerseits war ich froh darüber, weil ich nicht wusste, wie ich sonst reagiert hätte. Andererseits spürte ich einen Stich der Enttäuschung – fast so, als würde ein Teil von mir genauso sehr leiden wie er.

Ich hab dich betrogen. Auch wenn es für uns sowieso keine Rolle spielt. Weil wir noch nicht miteinander geschlafen haben.

Die Erinnerung drohte mich in die Knie zu zwingen. Wie dieser Kerl es nur hatte wagen können, in dem Augenblick, in dem er mich aufs Übelste verletzt hatte, auch noch auf jene Nacht anzuspielen, in der ich ihn nicht an mich rangelassen hatte. Als wäre ich diejenige, die Schuld daran war, dass er mich betrogen hatte. Als wäre ich diejenige von uns, die unsere Beziehung auf dem Gewissen hatte.

Der Schmerz verwandelte sich in Ärger. Und der Ärger blieb. Er war nicht einmal bis zum nächsten Morgen verraucht, als ich mit deutlich mehr Appetit beim Frühstück saß. Für heute Vormittag hatte ich mir einen Platz auf einem Kanu-Trip reserviert. Ich hatte noch nie zuvor gepaddelt und hoffte, dass ich mich nicht blamieren würde – aber jede Ablenkung war besser, als hierzubleiben und Kalin am Strand zu sehen, der zur selben Zeit ein Boccia-Turiner abhalten sollte. Zumindest für eine Stunde könnte ich vor ihm entkommen.

Die Stunde würde aber erst später anbrechen. Und das schien mir Kalin unter die Nase reiben zu wollen. Ich versuchte gerade verzweifelt, einen Pfann-

kuchen vom Buffet, den ich mit Nutella bestrichen hatte, mit Messer und Gabel zusammenzurollen, weil ich das Gefühl hatte, dass es sich hier nicht geziemte, die Hände zu benutzen, als plötzlich ein zweiter Teller auf meinem Tisch abgestellt wurde. Erstaunt blickte ich auf, in einer seltsamen, festen Überzeugung, dass ich das Interesse eines attraktiven Single-Manns auf mich gezogen hatte – doch stattdessen sah ich nur Kalins Rücken, während sich dieser wieder von mir entfernte.

Ratlos sah ich den Teller an, den er mir hingestellt hatte, und meine Augen weiteten sich. Es war Kuchen. Der schokoladigste Schokokuchen, den ich je gesehen hatte. Es sah so aus, als hätte man ihn nach dem Backen nochmal mit hundertprozentig schokoladiger Schokosoße überzogen, die – hatte ich schon Schokolade gesagt?

Ein paar Sekunden lang starrte ich die Kreation aus Perfektion einfach nur an. Das hier war nichts vom Buffet. Kalin musste es irgendwo außerhalb gekauft haben. Für mich. Weil er genau wusste, wie er mich um den Finger wickeln –

Mein Herz verkrampfte in meiner Brust. Was zum Teufel sollte das? Was wollte er mir damit sagen? Dass er mich immer noch haben konnte, wenn ihm danach war?

Ich musste mich erst sammeln, ehe ich den Blick hob und nach ihm Ausschau hielt.

Ich fand ihn gefühlt am entgegengesetzten Ende des Speisesaals, als wollte er mir den Abstand geben, den ich brauchte – und noch mehr. Da saß er, mit dem Rücken zu mir, und blickte nicht einmal annähernd in meine Richtung. Fast so, als fürchtete er sich vor meiner Reaktion.

Die Frage war nur: Was wäre meine Reaktion? Ich hatte nicht die geringste Ahnung.

Ich sollte den Kuchen stehen lassen. Ihn nicht einmal mit dem Hintern ansehen. Mich um meinen erbärmlichen, erkalteten Pfannkuchen kümmern und dann von hier verschwinden. Aber noch während ich auf meinem eigentlichen Essen herumkaute, ertappte ich mich dabei, wie mein Blick immer wieder zurück zu dem Schokoküchlein wanderte. Ganz beiläufig und in der Hoffnung, dass man von außen keinen Zusammenhang erkennen konnte, zog ich mein Handy aus der Tasche meiner Hotpants und versuchte, herauszufinden, was in aller Welt mir Kalin da gebracht (und vielleicht vergiftet) hatte. Wenn er es nicht aus dem Hotel gemopst hatte, musste es eine griechische oder kretische Speise sein.

Tatsächlich wurde ich schon bald fündig: *Zoumero*, eine Mehlspeise aus der nahegelegenen Stadt Chania. Nach dem Backen wurde der Kuchen mit einer Art Schokoladensirup überzogen. Der Name bedeutete übersetzt *saftig* und bezog sich auf die feuchte Konsistenz des Kuchens, der dem einsickernden Schokosirup zu verdanken war …

Ich wurde schwach. Binnen Sekunden lief mir das Wasser im Mund zusammen, und ich wusste genau, dass meine Chance, von diesem Tisch aufzustehen, ohne von dem Kuchen gekostet zu haben, verstrichen war. Das klang wie der absolute Traum! Und zur Abwechslung war es mal ein schöner.

Okay, Sofia. Nur ein winzig kleines Stück. So wenig, dass man nicht mal bemerken wird, dass etwas fehlt. Und dann lässt du es ganz schnell von der nächsten Kellnerin abräumen. Kalin wird keine Ahnung haben.

Ich warf einen verstohlenen Blick in seine Richtung, aber natürlich renkte er sich nicht den Kopf aus wie ein Uhu, um mich beim Essen zu beobachten. Dann führte ich die Zacken meiner Gabel vorsichtig an das Gebäck heran und schabte etwas davon ab. Schnell schob ich mir die Krümel in den Mund – und schmolz dahin. Es war süß. Es war feucht. Es war klebrig und schokoladig. Es war einfach alles, was ich den Rest meines Lebens essen wollte.

Okay, das war ja gefühlt nichts. Nur noch ein kleines bisschen …

Auf meinem Handy las ich, dass man den Kuchen traditionell mit einer Kugel Vanilleeis servierte. War wahrscheinlich etwas schwierig aufzutreiben gewesen – oder Kalin erinnerte sich daran, dass ich kein Fan von Vanilleeis war, weil ich mein Herz einzig und allein der … Schokolade verschrieben hatte.

Mit einem stummen Seufzer schob ich mir die nächste Gabel in den Mund, setzte das Handy ab – und geriet ins Stocken. Das halbe Küchlein war weg. Weil sich mein gieriges, gieriges Unterbewusstsein nicht mit weniger als *allem* zufriedengeben wollte.

Hastig sah ich zu Kalin, doch der war inzwischen selbst mit Essen beschäftigt. *Jetzt oder nie!* Wenn ich den Kuchen nur schnell genug aufaß und den Teller zurückgehen ließ, würde er nicht wissen, ob ich auch nur davon gekostet hatte.

Noch bevor ich runtergeschluckt hatte, ergriff ich das restliche Küchlein mit der Hand und schob es mir als Ganzes in den Mund. Eine geschlagene Minute verbrachte ich in einem Zustand zwischen Kauen, Ersticken und Auf-Wolke-Sieben-Schweben, dann war der Traum ausgeträumt.

Augenblicklich fixierte ich Kalin, sog jede seiner Regungen in mich auf und hätte beinahe erleichtert aufgeatmet, als meine beiden Teller abgeräumt und damit jegliche Beweise vernichtet wurden, dass ich sein unerwartetes Geschenk angenommen hatte.

Doch selbst dann noch konnte ich einfach nicht aufhören, in seine Richtung zu blicken.

11 Tage bis zum Rückflug

Während ich vor dem Frühstück fest entschlossen gewesen war, mich bis zu meinem Paddelausflug wie ein Ninja durch das Hotelgelände zu bewegen und immer dann zu verschwinden, wenn Kalin auftauchte, ging ich die Sache letzten Endes viel entspannter an. Ich verbrachte die nächsten Stunden am Pool – oder besser gesagt *im* Pool, weil ich sowieso keine Liege abbekam –, und wurde völlig überraschend in eine Runde Wasser-Aerobic hineingezogen, weil ich nichtsahnend durch die Gruppe älterer Damen hindurchschwamm, als plötzlich die Musik anging. Zum Glück wurde die Session von der weiblichen Animateurin begleitet, die mich im nächsten Moment mit einer Poolnudel bewarf. Immerhin nicht Kalin – das hätte mir gerade noch gefehlt.

Schließlich stand der Kanu-Ausflug an. Der Bootsverleih befand sich einige Meter hinter dem Beachvolleyballfeld – man erkannte ihn einerseits an den unzähligen Booten, die im Sand darauf warteten, ins Meer gezogen zu werden, und andererseits an der Traube aus Menschen, die sich dort bereits versammelt hatten und nach dem zweiten männlichen Animateur, Christos, Ausschau hielten.

Der Anblick machte mir Hoffnung: Hier waren hauptsächlich junge Leute aufgetaucht. Nur Paare und mit einem leichten Frauenüberschuss, aber letzterer lag an einer sechsköpfigen Freundinnengruppe, die hier offenbar einen Mädelsurlaub veranstaltete. Ihre blondierten Haare und gemachten Fingernägel erinnerten mich sofort an Zara und Clio, und ich hielt großzügig Abstand zu ihnen.

»*Kalí méra!*«, ertönte plötzlich eine vertraute Stimme in meinem Rücken und sorgte dafür, dass sich mir die Nackenhaare aufstellten. Das durfte doch nicht wahr sein!

8. Synántisi

Mai: vor 3 Monaten – vor der Trennung

Heute war ein mehr als fauler Tag. Kalin und ich waren gestern bis spät in der Nacht unterwegs gewesen, uns brummten die Schädel und das Wetter draußen war zum Kotzen. Wir lagen um sechzehn Uhr immer noch in seinem Bett. Er hatte locker einen Arm um meine Schultern gelegt und spielte lustlos auf seinem Handy herum – so lange, bis sich dieses plötzlich regte und sich sein Griff versteifte.

Kalin fluchte, und ich riss erschrocken den Kopf zu ihm herum. »W-was ist denn los?«

»Meine Eltern«, stieß er hervor und hatte sich im nächsten Moment aus dem Bett geschält. »Sie sind in der Stadt und auf dem Weg hierher.« Er stöhnte. »Das hat mir gerade noch gefehlt.«

»Oh.« Ich räusperte mich und schlüpfte ebenfalls aus dem Bett. »Ich schätze, dann ziehe ich mir besser was an.«

Er lachte trocken. »Das wäre wirklich besser.« Während ich noch meine Kleidung vom Boden und aus meinem Rucksack zusammensuchte, den ich übers Wochenende hierher mitgenommen hatte, verschwand er schon aus dem Zimmer und vermutlich ins Bad.

Ich kannte Kalins Eltern bisher nur von Fotos und hatte großen Respekt davor, sie kennenzulernen. Andererseits konnte ein Ehepaar, das in der Hotelindustrie arbeitete, wohl kaum aus blutrünstigen Tyrannen bestehen – also, was hatte ich schon zu befürchten?

Ein Teil von mir freute sich sogar darauf. Ich war ein Familienmensch durch und durch und konnte es kaum erwarten, dass Kalin mal bei meinen Eltern zum Essen vorbeikam. Nicht, dass ich ihn danach gefragt hätte. Ich hatte Angst, ihn damit zu bedrängen oder so. Aber wenn es sich andersherum zufällig von selbst ergab, war das doch umso besser.

Ich schlüpfte in ein frisches T-Shirt, eine lange Jeans ohne Löcher und Socken und verließ das Schlafzimmer, um Kalin auf halber Strecke zum Bad zu treffen.

Abrupt blieb er stehen und beäugte mich verwirrt. »Du bist ja immer noch nicht angezogen.«

Mein Herz setzte einen Schlag aus. Ich sah an mir herab, entdeckte jedoch schon auf den ersten Blick alle Kleidungsstücke, mit denen sich ein Durchschnittsmensch als angezogen bezeichnen könnte.

Dann leuchtete es mir ein. »Du meinst ... *ganz* angezogen?«

»Natürlich.« Er schnaubte belustigt und ging auch schon in Richtung Garderobe. »Was? Hast du gedacht, du würdest bleiben?«

Unsicher beobachtete ich ihn dabei, wie er meine Jacke vom Haken nahm. »Ich … hab es zumindest nicht ausgeschlossen.«

Kopfschüttelnd kehrte er zu mir zurück. »Nein, Sofia …« Er stockte. »Einfach nur nein.« Damit half er mir in meine Jacke und verschwand dann von meiner Seite, um meinen Rucksack und meine Handtasche aus dem Schlafzimmer zu holen. »Ich geb dir Geld fürs Taxi. Reicht ein Fünfziger?«

Eine gähnende Leere breitete sich in meinem Inneren aus. Es war meinem reinen Muskelgedächtnis zu verdanken, dass ich den Weg zu meinen Schuhen fand. »Und warum, wenn ich fragen darf?«

»Weil ich dich sonst nach Hause gefahren hätte, natürlich«, kam mir seine Stimme wieder näher. »Aber jetzt ist das zu knapp. Sie sind schon fast da.«

Und aus irgendeinem Grund durfte ich ihnen auf keinen Fall unter die Augen treten. Ich, jemand ohne bedeutenden Familiennamen aus einer der untersten Schichten, denen man in Deutschland angehören konnte.

Ich drehte mich zu Kalin um, als mir dieser gerade meine Taschen hinhielt. Vielleicht irrte ich mich ja. Vielleicht verstand ich etwas grundlegend falsch.

»Ich meine, warum soll ich gehen, wenn sie kommen?«, fragte ich deshalb geradeheraus und versuchte, nicht eingeschnappt oder verletzt zu klingen.

Kalins Brauen schossen in die Höhe. »Warum?«, wiederholte er in einem Tonfall, als läge das klar auf der Hand. »Weil das nicht gut enden würde. Überhaupt nicht gut.« Obwohl darauf eine Verabschiedung, ein inniger Kuss und ein Fünfzig-Euro-Schein folgten, waren diese Worte von ihm jene, die mich danach noch am längsten begleiten sollten.

Heute: 11 Tage bis zum Rückflug

»Alles klar, teilt euch bitte in Paare auf, dann kann's auch schon losgehen.«

In einer mechanischen Bewegung drehte ich den Kopf und starrte Kalin Hadrian an, der wenige Schritte von mir entfernt stehenblieb, den Blick in die Runde gewandt, als hätte er mich nicht schon aus hundert Metern Entfernung erkannt – und spontan den Platz mit seinem Kollegen getauscht.

»Machen wir nicht erst noch Trockenübungen?«, fragte ein Mitglied des Girl-Squads betroffen.

Kalin, der sich wieder seinen zerrupften Strohhut und eine Sonnenbrille aufgesetzt hatte, grinste. »Wozu Trockenübungen, wenn man auch Nassübungen machen kann?«, winkte er ab. »Wenn ihr nicht weiterkommt, schieben euch die anderen eben an.«

Ein schrilles Kichern ertönte, das ich nicht einordnen konnte. Wahrscheinlich fanden die ihn heiß und suchten nach irgendwelchen Vorwänden, mit ihm zu reden.

Während sich die anderen in Paaren zusammenfanden, (falls sie das nicht sowieso schon waren,) blieb ich stocksteif stehen und blickte Kalin so lange an, bis er es nicht mehr ignorieren konnte. Ich bildete mir ein, dass er für einen Moment die Kontrolle über seine Mimik verlor – vielleicht wegen des Feuers, das in meinen Augen loderte.

»Was zur Hölle tust du hier?«, zischte ich in der Hoffnung, dass niemand mitbekam, wie ich den Animateur zusammenstauchte.

Kalin blinzelte hinter seiner Sonnenbrille und überbrückte mit zwei Schritten die Distanz zu mir. »Ich arbeite hier.«

Heftig schüttelte ich den Kopf. »Das ist nicht dein Ernst!« Ich riss die Hand hoch und deutete in Richtung Pool. »Was ist mit dem Boccia-Turnier?«

Unsicher trat er von einem Fuß auf den anderen. »Das findet drüben am Pool statt. Wenn du lieber dorthin gehen willst …«

»Warum bist *du* nicht dort?«

Er stöhnte. »Das hab ich schon die letzten zwei Wochen abgehalten. Ist echt öde. Außerdem hat sich Christos gestern den Magen verstimmt.« Er zuckte die Achseln. »Deshalb haben wir heute getauscht.« Plötzlich geriet er ins Stocken. »Also, nicht hier den Magen verstimmt!«, schob er hilflos hinterher. »Unser Essen ist großartig. Einwandfrei!«

»Um Gottes willen«, hauchte ich und berührte meine Stirn mit einer Hand. »Das darf doch nicht –« Ich brach ab. »Vergiss es!« In einer scharfen Bewegung drehte ich mich weg …

… und wurde an der Schulter wieder zurückgedreht. »Hey!« Kalins Tonfall war überraschend sanft. »Ich bin nicht hier, um dir den Ausflug zu vermiesen, Sofia.« Er rang sich ein Lächeln ab. »Ich steh dir nicht im Weg, versprochen.« Als er hinter sich nickte, folgte ich dem Zeig mit dem Blick. Dort befand sich das einzige Zweierkanu, das noch nicht voll besetzt war. Ein Mann in meinem Alter mit hellblonden Haaren und etwas angekokelter Haut zog es gerade in Richtung Wasser. Von einer besseren Hälfte weit und breit nichts zu sehen.

»Ich bin hier sozusagen nur die Aufsicht«, fuhr Kalin fort. »Beachte mich einfach gar nicht. Vollkommen in Ordnung.«

Ich atmete tief durch. Seltsamerweise erfüllte mich seine Geste mit einer wohligen Wärme. So wütend ich heute Morgen gewesen war, so wenig war ich jetzt dazu in der Lage, ganz egal, wie sehr ich es versuchte. Vielleicht, weil ich immer noch süße Schokolade auf meiner Zungenspitze schmeckte. »Okay«, entschied ich, bevor ich die Sache zerdenken konnte. »Von mir aus.« Damit schob ich mich an Kalin vorbei und schloss zu dem jungen Mann auf, der mir ein zaghaftes Lächeln schenkte.

»Hey«, sprach ich ihn auf Deutsch an, weil sich Kalin auch nicht die Mühe gemacht hatte, es anders zu machen. »Ist zufällig noch ein Platz in deinem Kanu frei?«

»Ähm, na ja.« Mein Gegenüber ließ von dem Boot ab und stellte sich aufrecht hin. »Gerade eben schon, ganz offensichtlich«, wand er sich um das Thema herum. »Aber ehrlich gesagt warte ich auf meine Oma.«

Ein Zucken ging durch mein Augenlid. »Deine –«

»Sie wollte unbedingt auf diesen Ausflug mit mir und verspätet sich etwas, weil sie auf Toilette musste. Ihre Blasenschwäche hat wieder zugeschlagen …«

Ausdruckslos starrte ich ihn an. Dieser Kerl besuchte ein Fünf-Sterne-Hotel auf Kreta in perfekter Strandlage mit seiner …

Mit seiner Oma.

Das war's. Dieser Tag, das Hotel, dieser ganze Urlaub waren verflucht!

Ich drehte mich um und blickte in Kalins verdatterte Miene. »Ähm«, hob dieser an, und ich riss einen Zeigefinger nach oben.

»Sag bloß nichts!«, zischte ich, während ich an ihm vorbei marschierte – und einmal mehr von ihm zurückgehalten wurde.

»Hey, in meinem Kanu wäre auch noch ein Platz frei –«

Abrupt blieb ich stehen, und plötzlich war ich sehr wohl wieder in der Lage, Ärger zu empfinden – obwohl mich hauptsächlich das blonde Omasöhnchen auf die Palme gebracht hatte, war es gar nicht mal so schwer, meine Gefühle auf Kalin zu projizieren. »Wag es ja nicht.«

Sein Mund öffnete sich, seine Lippen bewegten sich, aber er brachte keinen Ton heraus. »Ach, verdammt«, stöhnte er und kickte halbherzig etwas Sand zur Seite. »Ich will doch nur helfen.«

Ich schnaubte. So etwas aus dem Mund von Kalin Hadrian zu hören, grenzte an ein Wunder. Ein Wunder, das ich nicht bereit war zu glauben. »Du willst mir helfen?«, fragte ich schroff. »Also gut. Dann nehme ich das letzte Kanu alleine.«

Ich erspähte es hinter ihm und schritt geradewegs darauf zu.

»B-bist du dir sicher?«, fragte er meinen Rücken. »Du wirst deutlich mehr Kraft und Koordination brauchen, um –« Er stockte, als ich das Kanu an seiner Sitzöffnung packte und mit einem Ruck in Richtung Meer schob. »Warte, ich helfe dir!«

»Ich komme gut allein klar!«, sagte mein Mund wie von selbst, ehe er sich zu einem Ächzen öffnete, das ich augenblicklich bereute. »Bestens!«

Ich kam überhaupt nicht klar. Denn im Gegensatz zu den anderen Booten, die sich einigermaßen in Wassernähe befunden hatten, war dieses gefühlte Kilometer vom Meer entfernt. Aus eigener Kraft schaffte ich es genau zweieinhalb Schritte weit – und dann ging es plötzlich ganz leicht. Weil Kalin auf die andere Seite getreten war, um mit anzuschieben.

Bevor ich mich beschweren konnte, landete die Vorderseite des Boots auch schon im Wasser, dort, wo die zwölf anderen Hotelgäste bereits mit ihren Paddeln um sich schlugen.

»Alles einsteigen!« Kalin versuchte wohl, locker zu klingen, aber ich konnte ihm anhören, dass er unsicher war. Und das, obwohl ich diese Emotion überhaupt nicht von ihm kannte. Er hielt das Kanu für mich fest, und wenngleich ich mir einreden wollte, dass ich auch ohne ihn hätte einsteigen können, stellte sich mein Vorhaben als absolute Wackelpartie heraus. Ich schwang ein Bein über den Rand des Boots wie bei einem Pferd, krallte mich dann irgendwo fest und wuchtete den Rest von mir in etwa so elegant hinein wie ein Walross beim Stabhochsprung. Mir schoss das Blut vor Scham in den Kopf, doch wo ich fest damit gerechnet hatte, dass sich Kalin über mich lustig machen würde, kommentierte er es nicht weiter.

»Alles klar, Leute«, sagte er lauter. »Wer sich sicher fühlt, kann schon mal loslegen. Zielpunkt ist die kleine Insel da hinten.« Er deutete in ihre Richtung – sie sah nicht besonders weit entfernt aus, aber nachdem ich an meinem ersten Tag in einem Schwimmversuch auf halber Strecke zu einer Boje beinahe abgesoffen wäre, hatte ich großen Respekt vor Wasserdistanzen. Insbesondere weil ich keine Ahnung hatte, wie man paddelte. Brauchte es dafür wirklich Übung? »Ich komme mit dem Tretboot hinterher, wenn alle so weit sind. Und deine Oma da ist«, fügte er trocken in Richtung des Blonden hinzu und ließ für einen Sekundenbruchteil den Kalin durchscheinen, den ich gekannt und verlassen hatte. »Okay«, sagte er in normaler Lautstärke und hielt mein Boot noch einen Moment länger fest. »Warte kurz.«

Als hätte ich eine andere Wahl gehabt. Schließlich war er derjenige, der von meiner Seite wich, um einen der Paddel zu holen, die zuvor auf einem großen Haufen auf uns gewartet hatten und von denen nur noch vier übrig waren. »Okay, es ist eigentlich gar nicht so schwer«, erklärte er, als er zurückkehrte und es mir reichte. »Du umfasst es ungefähr hier.« Noch während ich meine Hände darum schloss, rückte er sie auch schon zurecht. Fasste mich an. Sorgte dafür, dass mir heiß und kalt zugleich wurde. »Der Trick ist es, abwechselnd senkrecht ins Wasser einzutauchen.« Auf einmal wurde mir bewusst, wie nah er mir war. »Nicht zu tief.« Zu nah. »Und achte darauf, dass du auf jeder Seite in etwa gleich viel –«

»Schon kapiert!« Hastig stieß ich das Paddel auf meiner anderen Seite ins Wasser und schob es mit aller Kraft weg. Das Kanu kam in Bewegung, aber leider nicht annähernd so schnell, wie ich mir gewünscht hätte. Umso schlimmer noch, als mir Kalin mit einem »Von mir aus« einen Schubs von hinten gab, der deutlich mehr ausrichtete als mein kläglicher Versuch zu paddeln.

Ich warf keinen Blick zurück. Die anderen Boote waren schon etwas weiter vom Ufer entfernt, und ich musste unbedingt zu ihnen aufschließen – weil ich weder mit Kalin noch mit dem Typen und seiner Oma allein zurückbleiben wollte. Ich bemühte mich um einen gleichmäßigen Atem, gleichmäßige Bewegungen, gleichmäßige –

O mein Gott. Meine Schultern begannen schon in der ersten Minute zu brennen – und das nur, weil ich das Paddel abwechselnd links und rechts eintauchte! Die Bewegung war quasi nicht vorhanden, jedoch offenbar zu viel für meinen untrainierten Körper.

Ich schnappte nach Luft, weil normale Atemzüge auf einmal nicht mehr reichten, um genug Sauerstoff für meinen Körper zu sammeln. Angestrengt tauchte ich das Paddel wieder und wieder ins Wasser, bildete mir ein, dass es zu tief war und ich mir damit nur das Leben schwermachte, versuchte es mit etwas weniger und bekam umso mehr das Gefühl, dass ich einfach nicht vorwärts kam, bis …

Mein Boot prallte lustlos gegen einen Widerstand. Eine der Bojen, die die Einflugschneise zum Bootshaus markierten und verhinderten, dass sich irgendwelche verirrten Schwimmer in den Weg eines Jetskis warfen. Ich war beim Paddeln zu weit nach links abgedriftet.

Stöhnend tauchte ich mein Werkzeug neben der Boje ein, um gegenzusteuern, aber anstatt zu wenden, schrammte ich nur an ihr entlang. Für jeden Zentimeter, den ich mich bewegte, warf mich eine Miniwelle zwei Zentimeter zurück.

Ein Scheppern ertönte in meinem Rücken, und ich unterdrückte ein Seufzen. Sekunden später kam Kalin in einem knallpinken Flamingo-Tretboot neben mir zum Stehen. »Alles in Ordnung?«

»Alles bestens«, wehrte ich ab, ohne ihn anzusehen.

»Kann man dir helfen?«

Ich presste die Zähne zusammen. »Wenn du jemandem helfen willst, warum nicht diesem Typen und seiner Oma?«

Kalin verschränkte lässig die Arme und ließ den Blick schweifen. »Ich glaube, die kommen auch ganz gut ohne mich klar.«

Irritiert sah ich in dieselbe Richtung – und erspähte den Blondschopf hinter einer Frau mit kurzen, grauen Haaren, die beim Paddeln einen Affenzahn hinlegten, als wäre auf dem Festland eine Zombie-Apokalypse ausgebrochen. Sie hatten mich längst abgehängt. Genau wie alle anderen und sogar der Girl-Squad, bei denen eines der Mädchen bereits zum dritten Mal ihr Paddel ins Wasser warf.

Entnervt stieß ich die Luft aus meinen Lungen. Und ich hatte schon geglaubt, der Tag könnte nicht mehr schlimmer werden. »Vergiss es«, murrte ich. »Ich geh zurück zum Strand.« Energisch tauchte ich das Paddel ins Wasser, um endlich zu wenden, und Kalin trat vorsichtshalber ein paar Mal in die Pedale, um Platz zu machen. In ein paar Schritten Entfernung drehte er mithilfe seiner Steuervorrichtung um und beobachtete meine absolut peinlichen Versuche, mich auch nur im Neunzig-Grad-Winkel zu bewegen.

»Ich will dir echt nicht zu nahe treten«, hob er irgendwann an, »aber ich glaube, da wärst du schneller, wenn du aussteigen und es ziehen würdest.« Er machte eine Pause. »Das Wasser hier ist noch nicht wirklich tief.«

Ich warf die Hände samt Paddel in die Luft. »Ist ja gut! Ich hau ab.« Ich packte das Teil fester, schwang umständlich ein Bein über die Kante des Boots und –

»Warte«, hielt mich Kalin natürlich wieder um des Zurückhaltens willen zurück. »Ich helfe dir.«

»Ich will deine Hilfe nicht!«, brach es aus mir heraus, eine halbe Sekunde, bevor ich das Gleichgewicht verlor. Mit einem spitzen Schrei landete ich im Wasser, das tatsächlich noch so seicht war, dass der Länge nach auf dem sandig-steinigen Untergrund aufschlug, ehe ich mich wieder aufrappeln konnte – unterstützt von einer Hand, die mich wie selbstverständlich am Unterarm ergriff.

Ich schnappte nach Luft und warf die Haare zurück, während ich mich aufrecht hinstellte. »Danke«, entwich es mir, bevor ich mich selbst davon abhalten konnte.

Kalin ließ mich nicht los. Stattdessen betrachtete er mich mit einem undeutbaren Gesichtsausdruck, den ich nicht einmal dann hätte entschlüsseln können, hätte er seine Sonnenbrille abgesetzt. »Willst du vielleicht lieber Tretboot fahren?«

Ich schnaubte. »Bei meinem Glück kann ich das doch auch wieder nicht.« Damit legte ich das Paddel ins Kanu und zerrte das Boot zurück zum Strand.

Natürlich half mir Kalin dabei, und natürlich hielt ich ihn nicht davon ab, weil ich jetzt schon keine Kraft mehr hatte. »Also bitte«, winkte er ab. »Dafür muss man nicht viel können.«

Ich verdrehte die Augen. »Wow, danke!«

»Du hast einen Bootsausflug gebucht«, beharrte er. »Also kriegst du auch einen. Komm schon.« Als das Boot gerade so sicher im Sand gelandet war, zupfte er mich am Arm. »Rauf mit dir!«

Unsicher blieb ich am äußersten Rand des Strands stehen. Meine Haare trieften, und ein Anflug von Salzwasser brannte in meinen Augen. »Das ist echt nicht nötig.«

»Und wie es das ist!« Er stapfte durch das Wasser und zog sich deutlich eleganter als ich in das Tretboot. Binnen weniger Augenblicke kehrte er damit zu mir zurück. »Beeilung, bevor uns die anderen davonpaddeln.«

Ich zögerte – doch dann hielt er mir eine Hand hin, und ich ließ mir von ihm aufs Boot helfen.

Kalin vergewisserte sich, dass ich sicher saß, ehe er die längliche Steuervorrichtung drehte und erneut in die Pedale trat. Es war ein Zweiertretboot, weshalb ich es ihm gleichtat, damit wir schneller waren.

Das war also die Situation. Ich war mit meinem Ex, der mich betrogen hatte, im selben Hotel gelandet, ich als Hotelgast, er als Animateur, und nun fuhren wir mit einem pinken Flamingo-Tretboot aufs offene Meer hinaus. Sonst noch Fragen?

9. Eirini

April: vor 4 Monaten – vor der Trennung

Am Tag nach der spontanen Party bei Kalin waren wir selbstverständlich nicht im Steakhaus gewesen. Wir hatten getrennt geschlafen, und er hatte sich erst am späten Nachmittag bei mir gemeldet. Ich war irgendwie sauer und auch enttäuscht gewesen, hatte mir das aber nicht anmerken lassen. Kalin war der Letzte, der meinen Ärger zu spüren bekommen sollte. Schließlich waren es seine Freunde gewesen, die mir den Abend zur Hölle gemacht hatten.

Dennoch war es viel zu verdauen. So viel, dass ich mich den ganzen Montag und Dienstag über kaum auf meine Vorlesungen konzentrieren konnte. Das neue Semester war noch frisch und es war unglaublich wichtig für mich, dass ich von Anfang an am Ball blieb – nicht zuletzt, weil das mehr oder weniger die Grundvoraussetzung für mein Stipendium war. Aber meine Gedanken schweiften immer wieder zu Kalin ab. Ich vermisste ihn – weil ich nicht das Wochenende mit ihm verbracht hatte, auf das ich mich so gefreut hatte. Es fühlte sich so an, als hätte man mir etwas weggenommen. Etwas Wichtiges.

Am frühen Abend saß ich mit meinem Laptop am Esstisch und unterhielt mich mit meiner Mutter, die gerade dabei war, das Essen zu kochen. Mein Handy lag irgendwo in meinem Zimmer, und es war reiner Zufall, dass ich WhatsApp in meinem Browser geöffnet hatte, als eine Benachrichtigung über eine neue Nachricht von Kalin in der rechten unteren Ecke meines Bildschirms eintrudelte.

KALIN
Überraschung ;)

Ich runzelte die Stirn. Hatte er noch eine zweite Nachricht mit besagter Überraschung geschickt, die ich nicht bekommen hatte? Verwundert wechselte ich zum entsprechenden Tab und –

Es klingelte an der Tür. Hin- und hergerissen stand ich halb auf, die Hände noch auf der Tastatur, ließ meine halb gesendete Nachricht dann jedoch stehen und begab mich zur Tür. In der festen Erwartung, dass sich der Postbote heute wieder verspätet hatte, öffnete ich und –

Meine Augen weiteten sich. »Kalin?!«

Mein Freund kam auch schon den schmalen Weg zur Veranda hinauf. »*Kalispéra!*«, begrüßte er mich lässig und hielt mir eine Hand hin, noch bevor er vor mir stehengeblieben war. »Bereit, ausgeführt zu werden?«

Ich blinzelte und musterte ihn mit einer Mischung aus Sorge und Vorsicht. »Du weißt, dass heute Dienstag ist, oder?«

Meine Worte taten seinem Lächeln keinen Abbruch, als er mir ein langgezogenes »Jaaa« schenkte.

»... und dass wir nicht verabredet waren, oder?«

»O doch, waren wir.« Sein Gesichtsausdruck wurde ernst. »Und es tut mir leid, dass ich das verzettelt habe. Deshalb holen wir es jetzt nach.« Etwas Zärtliches mischte sich in seine Miene. »Ich hab für heute Abend noch einen Tisch bekommen. Bist du dabei?«

Mir blieb der Mund offen stehen. »Du ...« Ich konnte kaum einen klaren Gedanken fassen. »Du bist heute extra hierhergefahren? Nur, um mit mir essen zu gehen?«

Kalin legte den Kopf leicht schief. »Streich das *Nur* und du liegst goldrichtig.«

»Sofia?«, ertönte die Stimme meiner Mutter in meinem Rücken. »Alles in Ordnung?«

Unsicher machte ich einen Schritt zur Seite. »Alles gut«, winkte ich ab, als sie zu mir trat. »Es ist nur –«

»Ah«, Kalin streckte sich förmlich an mir vorbei, um ihr eine Hand hinzuhalten. »Kalin Hadrian. Wenn Sie erlauben, bin ich hier, um Ihre Tochter zu entführen.«

Mir stockte der Atem in der unendlich langen Schrecksekunde, in der ich die Reaktion meiner Mutter abwartete. Diese lächelte. »Schön, dich endlich kennenzulernen!«, gab sie zurück und schüttelte seine Hand. »Iulia. Sofia hat mir schon so viel von dir erzählt!«

Grinsend sah Kalin zu mir. »*So viel* also?«

Ich schluckte. »Na ja, ich hab ein bisschen von dir erzählt. Ähm.« Ich schlang die Arme um meine Brust. »Was das Steakhaus betrifft –«

»Das ist doch hervorragend«, warf meine Mutter ein. »Ich hatte heute sowieso nichts zu essen für dich eingeplant, Sofia.« Eine dreiste Lüge. Sie tätschelte meine Schulter. »Steakhaus also? Dann brauchst du noch was Passendes zum Anziehen.« Damit verließ sie uns auch schon und kehrte ins Innere des Hauses zurück.

Etwas ratlos wandte ich mich Kalin zu, doch als mein Blick auf seinen traf, realisierte ich endlich, was vor sich ging: Es war eine Wiedergutmachung. Er wollte mir geben, was mir am Wochenende genommen worden war. Er hatte unser Date am Samstag vielleicht vergessen, aber er wollte mir unter Beweis stellen, dass das kein zweites Mal passieren würde.

Er verzog die Lippen zu seinem sanften Lächeln. »Hi.«

Während er sich in eine schicke Stoffhose und ein Hemd geworfen hatte, trug ich ein Tank-Top und Jogginghosen. Es war ein Sinnbild für unsere ganze Beziehung. »Hi.«

Genauso sehr wie der Moment, in dem er sich zu mir beugte und mich sanft zur Begrüßung küsste.

»Hey!«, rief Kalin plötzlich so laut, dass ich den Kopf einzog. »Nicht die Insel betreten! Nicht die Boote verlassen! Hier gibt es Seeigel!« Wenig überzeugt lehnte er sich auf seinem Sitz zurück. »Keine Ahnung, ob das jetzt alle gehört haben.«

»Wenn sich hier jemand verletzt«, mutmaßte ich, »ist das dann ein Verstoß gegen deine Aufsichtspflicht?«

»Auf jeden Fall wäre ich dann gefeuert«, murmelte er. »Die fackeln hier nicht lange. Wer nicht performt, fliegt.«

Ich hob eine Augenbraue. »So wie Christos?«

»Der ist doch nicht rausgeflogen.« Er zögerte, während wir in gleichmäßigem Tempo in die Pedale traten. »Noch nicht.«

Abschätzig musterte ich ihn. »Diese Magenverstimmung. Hat der etwa auch vergifteten Kuchen von dir bekommen?«

»Vergiftet?« Kalin schenkte mir einen ehrlich irritierten Blick. »Selbst als Witz … Glaubst du etwa, ich hasse dich oder so?«

Ich sah in die andere Richtung, und plötzlich fühlte sich meine Kehle ganz eng an. »Ich weiß nicht«, murmelte ich. »Was muss man für jemanden empfinden, um ihm … so etwas anzutun?« Es war klar, dass ich damit nicht diese Bootsfahrt meinte, und es überraschte mich selbst, dass ich so ruhig bleiben konnte, während ich es ansprach.

Kalin stieß ein kaum hörbares Seufzen aus. »Sofia …«

»Nein«, unterbrach ich ihn fest. »Du musst verstehen …« Ich rang nach Worten. »Du musst verstehen, dass ich eigentlich überhaupt nicht mit dir reden will! Egal, ob zu Hause oder hier.«

Als ich ihn fixierte, hatte Kalin den Gesichtsausdruck eines getretenen Hundes aufgesetzt. »Das verstehe ich.« Er zögerte. »Was, wenn ich dir sagen würde …?«

Entschieden schüttelte ich den Kopf, und er verstummte. »Ich will auch keine Entschuldigungen hören«, nutzte ich den Moment aus. »Ich will überhaupt nichts von dir hören.«

Gedankenverloren musterte er mich. »Überhaupt gar nichts?«, fragte er gedehnt, und mein Selbstbewusstsein geriet ins Wanken.

»Nein«, presste ich irgendwie hervor.

Ein verheißungsvolles Zucken ging durch Kalins Braue. »Nicht mal, wo du noch mehr von diesem Kuchen herbekommen kannst?«

Meine Augen wurden groß. Erwartungsvoll sah ich ihn an – und spielte ihm damit umso mehr in die Karten.

»Nee, vergiss es.« Grinsend wandte er sich wieder nach vorn. »Das behalte ich jetzt für mich.«

Meine Schultern sackten herab. »Arsch!«

»Ach, jetzt bin ich trotzdem der Arsch?«, fragte er fast schon triumphierend. »Dir kann man's aber auch nicht recht machen, oder?« Ehe ich etwas erwidern konnte, trat er plötzlich in die Pedale, als hinge unser beider Überleben davon ab.

Ich quietschte vor Schreck, als wir jäh an Fahrt aufnahmen. Keine Ahnung, warum, aber einem Impuls nach tat ich es ihm gleich, als hätte er mich zu einem Wettbewerb herausgefordert, den ich auf keinen Fall verlieren wollte. Als wollten wir uns gegenseitig etwas beweisen.

Unwillkürlich klammerte ich mich am Rand des Boots fest und ging in Kauerstellung, um mehr Energie in meine Beine lenken zu können. Ein Keuchen entwich meinen Lippen, was Kalin nur mit einem umso breiteren Grinsen quittierte. »Na, los!«, drängte er mich. »Die Oma düst uns sonst noch davon!«

Ich hätte beinahe gelacht, hätte ich mich nicht um ein Haar an der salzigen Meeresluft verschluckt. »Seit wann bist du überhaupt so fit?«

»Seit wann?«, fragte er empört und wurde sofort langsamer. »Entschuldige mal!«

»... sagt derjenige, der ein einziges Mal ins Fitnessstudio gegangen ist und die Mitgliedschaft zwei Jahre weiterlaufen lassen hat, weil er zu faul war, den Kündigungsantrag auszudrucken.« Das hatte ich dann für ihn gemacht, weil mein Herz beim Anblick der Mitgliedschaftsbeiträge geblutet hatte.

Kalins Mund klappte zu. »Touché. Na ja«, antwortete er achselzuckend, und ich war froh, dass wir wieder ins genüssliche Treten übergingen. Wir hatten die Distanz zur Insel schon fast zur Hälfte überbrückt. »Ich bin seit gut zwei Monaten hier. Da geht es dann sehr schnell mit Kraft und Kondition.«

»Oh, wow«, kommentierte ich. »Seit zwei –« Ich brach ab, als mir etwas auffiel. Entgeistert riss ich den Kopf zu ihm herum. »Seit *zwei* Monaten?!« Ich rechnete nach. »Aber das Semester –«

»Hach ja, das Semester«, brummte er, den Blick auf die Insel gerichtet, um die bereits die ersten Vertreterinnen des Girl-Squads kreisten. »Ja, das hab ich abgebrochen.«

Entgeistert lehnte ich mich vor, um seine Aufmerksamkeit wieder auf mich zu ziehen. »Du hast das Semester abgebrochen?«

»Hm?« Er sah mich an. »Oh, nein!«, korrigierte er sich dann. »Ich hab das ganze Studium abgebrochen.«

Meine Gesichtszüge entgleisten. »Was? Einfach so?«

»Klar einfach so«, antwortete er leichthin – ehe sich seine Miene verfinsterte. »Nein, natürlich nicht einfach so! Was denkst du denn?«

Ratlos hörte ich auf zu treten. »Ich weiß überhaupt nicht, was ich denken soll.« Ich schob mir eine nasse Haarsträhne hinters Ohr. »Lief es nicht gut? Ich dachte, deine Noten wären ganz passabel gewesen.«

Er schenkte mir ein freudloses Lächeln. »Wenn du wirklich glaubst, dass mich *Noten* zu irgendetwas verleiten könnten, hast du dich geschnitten.« Er trat langsamer und setzte seine Sonnenbrille ab, um sie neben sich ins Wasser zu halten.

»Ich fass es nicht.« Ich starrte auf das blaue Nass, doch es half mir nicht dabei, zu verarbeiten, was er gerade gesagt hatte. »Du wirfst dein Studium und fliegst nach Kreta, um als Animateur zu arbeiten?« Ich stockte. »Wissen deine Eltern, dass du hier bist?«

»Nope. Nur Dimitris.« Das war sein jüngerer Bruder, der schon jetzt ins Familiengeschäft der Eltern eingestiegen war – und ihm wahrscheinlich dabei geholfen hatte, den Teil seines Plans mit dem *undercover* durchzuziehen. Ich hatte ihn nie kennengelernt, hatte aber das Gefühl, dass er noch der Umgänglichste der Hadrians war. »Ist auch besser so. Die würden sonst nur wieder ihren Senf dazugeben, und das kann ich gerade am allerwenigsten gebrauchen.«

Ich faltete die Hände in meinem Schoß und dachte gar nicht mehr daran, zu treten. »Aber –«

»Hey!«, rief Kalin plötzlich. »Ich hab gesagt, nicht aussteigen!« Er stöhnte. »Ich bin doch der, der die Probleme bekommt«, murrte er und trat auf einmal wieder in die Pedale – geradewegs auf den Girl-Squad zu, das angefangen hatte, sich über zwei Kanus hinweg mit ihren Paddeln zu schlagen. Seltsamerweise sorgte Kalins bloße Anwesenheit dafür, dass sie sich ganz schnell artig auf ihre Plätze setzten, begleitet von einem Kichern, wie ich es zuletzt in der fünften Klasse gehört hatte.

Die Stunde, die für den Inseltrip reserviert war, war viel zu lang. Schon bald klagten die ersten über Muskelkater und sonstige Schmerzen in Armen, Rücken oder Hüften (wer nur?), und die Kanus machten sich nach und nach auf den Weg zurück zum Strand.

»Ich muss so lange draußen bleiben, bis die letzten keine Lust mehr haben«, erklärte Kalin, ohne dass ich gefragt hätte, fast so, als glaubte er, ich könnte es kaum erwarten, von ihm wegzukommen.

Aber seltsamerweise war das nicht so. Jetzt, wo ich ihm näher war denn je, hatte ich kein Problem damit, etwas länger mit ihm hierzubleiben.

Außer uns war nur noch ein Pärchen übrig, das mit seinen Paddeln im Wasser herumstocherte, als wären sie auf der Suche nach einem Schatz. Kalin betrachtete sie mit einem halben Auge, während er hinter mich nickte. »Wenn du willst, kannst du dich etwas sonnen.«

Ich folgte seinem Zeig und scannte das längliche Ende des Tretboots, auf dem ich im Liegen mit angezogenen Knien locker Platz hätte. »Um noch mehr zu verbrennen, als sowieso schon?«

Er lächelte schief. »Der Bikini sieht zu roter Haut bestimmt auch gut aus.« Unwillkürlich glitt sein Blick meinen Körper hinab – nicht auf lustvolle Weise, sondern fast schon … sehnsüchtig. »Ich weiß noch, als du ihn dir gekauft hast.«

Und ich erst. Ich hatte es noch so klar und deutlich vor Augen, als wäre es gestern gewesen. Weil ich den Chat auch Tage, Wochen nach unserer Trennung immer wieder aufgerufen hatte. Ihn in mich aufgesogen hatte. Mich gefragt hatte, ob der Mann, der mir auf meine schlecht beleuchteten Umkleide-Bikinifotos so unglaublich süße Nachrichten geschrieben hatte, wirklich derselbe sein konnte wie der, der mich im Rausch betrogen hatte.

KALIN
Wow!!! Kauf ihn dir.
Zehnfach.
Und zieh nie wieder was andres an!

SOFIA
Auch nicht im Winter??

KALIN
Ich halte dich warm, omorfiá 🖤

Ich biss mir auf die Unterlippe. Da waren sie. Die Erinnerungen, die ich in der letzten Zeit gnadenlos verdrängt hatte. Die ich in die hinterste Ecke meines Bewusstseins geschoben hatte, damit ich mich nur auf die schlechten, die negativen, die albtraumhaften konzentrieren konnte. Ich hatte es beinahe geschafft, zu glauben, dass es nichts außer ihnen gab. Dabei machten die nur einen verschwindend kleinen Teil des großen Ganzen aus. Insbesondere, wenn man bedachte, dass meine schlimmen Erfahrungen nie allein mit Kalin zu tun gehabt hatten: Da waren immer noch andere gewesen. Seine Eltern. Seine Freunde.

Es war anders gewesen als in Situationen wie diesen. Situationen, in denen wir allein zu zweit gewesen waren. So wie jetzt.

»Siehst du die Insel da drüben?«, fragte er plötzlich. Er deutete in Richtung eines größeren Umrisses, der seit gestern immer wieder meinen Blick auf sich gezogen hatte. »Das ist Dia. Sie ist unbewohnt, hat aber ein paar der schönsten Buchten in der ganzen Umgebung.«

Sofort wurde ich hellhörig. Klang nicht gerade wie ein Touri-Hotspot – und das, obwohl sich die Insel doch nur ein kurzes Stück von uns entfernt bestand. »Warst du schon dort?«

»Nope, hab mir nur Bilder bei Google Maps angesehen.«

Nachdenklich sah ich zu der leicht hügeligen Silhouette hinüber. Eine einzelne Wolke schwebte über der Insel am Himmel und tauchte sie in Schatten. »Könnte man nicht einfach mit einem Boot rüberfahren?« Ich musterte den Flamingohals. »Vielleicht sogar mit einem –«

Kalin lachte leise. »Mit einem Tretboot? Das sind gut zwölf Kilometer, Sofia.«

Meine Schultern sackten herab. »Zwölf Kilometer?!« Ich kniff die Augen zusammen. »Sieht gar nicht so weit weg aus.«

»Weil sie so groß ist«, entgegnete er. »Aber das täuscht.« Er drehte den Kopf, als das übriggebliebene Pärchen angestrengt an uns vorbeipaddelte. »Also dann«, hob er an. »Wollen wir?«

Mein Magen krampfte sich zusammen – eine völlig irre Reaktion meines Körpers auf die eine Sache, die ich doch eigentlich wollen musste: von ihm wegzukommen. Aber … ich war noch nicht so weit.

Als er den Steuergriff berührte, legte ich eine Hand auf seine, damit er innehielt. »Du hast vorhin vom Thema abgelenkt.«

Seine Brauen schossen in die Höhe. »Hm?«, fragte er unbeeindruckt, während seine Finger mit seiner Sonnenbrille spielten.

Ich rückte etwas von ihm ab, damit ich den Oberkörper in seine Richtung drehen konnte. »Warum bist du hier, Kalin?«

Er schnaubte. »Dasselbe könnte ich dich auch fragen.«

Meine Mundwinkel bogen sich nach unten. »Ich verbringe hier meinen wohlverdienten Urlaub«, entgegnete ich schnippisch. »Jetzt du.«

Kalin befeuchtete seine Lippen. Wich meinem Blick aus. Und fand doch zu ihm zurück. »Ich hab eine Auszeit gebraucht, okay?« Er machte eine wegwerfende Handbewegung. »Ich denke, für mich war es einfach an der Zeit, gewisse Dinge in meinem Leben umzukrempeln.«

»Und dein Studium zu schmeißen?«, hakte ich verwirrt nach.

Er zog die Schultern hoch. »Mein Studium zu schmeißen. Mich von meinen Eltern abzunabeln. Mich nicht mehr mit meinen Brüdern zu vergleichen. Mein eigenes Ding durchzuziehen.«

Zweifelnd legte ich den Kopf schief. »Hier.«

»Doch nicht für immer!« Er verdrehte die Augen und ließ den Blick übers Meer schweifen, das sich inzwischen etwas beruhigt hatte – fast so, als wollte es keine noch so kleine Welle riskieren, uns zu weit in Richtung Ufer zu tragen. »Es war nur …« Kalin rang mit sich, doch er schien schon bald zu realisieren, dass es hier draußen auf dem offenen Meer kein Entkommen vor diesem Gespräch mehr gab. »Es … war so anstrengend, ich zu sein!«, stieß er plötzlich hervor und holte mich jäh auf den Boden der Tatsachen zurück.

Langsam schüttelte ich den Kopf, während ein altbekannter Anflug des Ärgers in mir aufstieg. »Wow.« Diese Worte aus seinem Mund waren einfach nur das Letzte.

Kalin nahm seinen Hut ab und fuhr sich durch die langgewachsenen Haare. »Nicht so, wie du jetzt meinst!«, beteuerte er. »Ich … fand mich *selbst* anstrengend.« Noch immer konnte er mich nicht direkt ansehen. »Dieser Druck, den ich mir gemacht habe. Dieser ständige Drang, unter Leuten sein zu müssen. Ihnen irgendetwas beweisen zu müssen.« Als wäre ein böser Bann gebrochen, purzelten die Worte plötzlich nur so aus ihm heraus. »Jeden beeindrucken zu müssen. Nie zur Ruhe kommen zu können. Nie einfach nur an mich denken zu können. An das, was ich wirklich will. Mit mir selbst nicht zufrieden zu sein, bloß weil ich glaube, dass andere es nicht sein könnten. Das will ich nicht mehr.«

Stille legte sich über uns. Obwohl wir uns keine Weltreise entfernt vom Strand befanden, drang die Musik von dort genauso wenig an unsere Ohren wie die Stimmen der Hotelgäste. Da war nur das Rauschen des Meeres um uns herum.

Es war seltsam. Ich hätte erwartet, dass es mir nicht möglich wäre, ihm in die Augen zu sehen – aber jetzt war es genau andersherum. Es sorgte dafür, dass ich mich mächtig fühlte, oder zumindest nicht mehr ganz so unwohl in meiner Haut. Mächtig und wohl genug, um die eine Frage zu stellen, die mir noch auf dem Herzen lag: »Was hat sich verändert?«

Kalin blickte mich von der Seite an. »Wie bitte?«

Ich wählte meine nächsten Worte weise. »Was hat sich verändert, dass du zu diesem Schluss gekommen bist, dein Leben umkrempeln zu wollen?«

Kalin schnaubte leise. »Dass du das noch fragen musst.«

Seine Antwort traf mich mitten ins Herz. Abrupt senkte ich den Blick, und das Blatt wendete sich. Jetzt war er es, der sich stärker in meine Richtung drehte. Der nach den richtigen Worten suchte. Der zu mir durchdringen wollte. »Sofia. Ich … Ich muss dir was sagen. Schon lange.«

Plötzlich machte es Klick. Das war zu viel. Viel zu viel auf einmal. Ich wollte es nicht hören. Durfte es nicht hören. Nicht, wenn mein Seelenheil bewahren wollte. Wenn ich mein geschundenes Herz retten wollte, bevor es vom Regen in die Traufe geriet. »Kalin.«

»Bitte, Sofia. Du hattest mich überall blockiert, und ich wollte nicht einfach bei dir zu Hause reinschneien. Ich … Ich muss es dir sagen, sonst finde ich mein Leben lang keinen Frieden.«

Abrupt ballte ich die Hände zu Fäusten. »Nein!« Meine Stimme brach. »Ich habe gesagt, ich will es nicht hören, Kalin! Nichts davon. Keine Rechtfertigungen, keine Entschuldigungen –«

»Es ist keine –«

»Nichts davon!«, rief ich verzweifelt aus. Mein ganzer Körper erbebte, und meine Augen begannen zu brennen.

Ich hab dich betrogen.

Ich hatte es in den letzten Minuten verdrängen können. Wegen seiner Bräune, seines Bartwuchses, seiner Haare, seines dämlichen Huts. Aber jetzt konnte ich es nicht mehr: Das war der Mann, der mir das Herz aus der Brust gerissen hatte. Und ganz egal, was er sagte, was er behauptete, wie sehr er sich doch verändern wollte – es änderte nichts an dem, wer er war. »Ich will zurück zum Strand.«

Kalin schnappte nach Luft. »Ich will nur –«

»Also gut.« Kurzentschlossen schwang ich beide Beine über den Rand des Boots.

»Nein!« Schnell packte er mich an der Schulter. »Ist ja gut, Sofia! Okay? Ich sage kein Wort mehr!«

Argwöhnisch blickte ich ihn an. Mehrere Sekunden vergingen, in der er meinen dumpfen Herzschlag sogar über die Verbindung zu meinem Arm spüren musste. Dann zog ich meine Beine langsam wieder an Bord, und er ließ mich los.

Er hielt sein Versprechen und sprach nicht mehr, bis wir am Strand angekommen waren – etwas, woran er einen größeren Anteil hatte als ich, deren Oberschenkel jetzt genauso sehr schmerzten wie ihr Oberkörper.

Ich half Kalin dabei, das Boot wieder an Land zu bekommen, falls meine Hilfe überhaupt etwas wert war, weil sich meine Arme wie Gummi anfühlten. Zeitgleich richteten wir uns auf. Erneut trafen sich unsere Blicke, und erneut breitete sich Stille zwischen uns aus.

Kalin wollte etwas sagen, das konnte ich ihm ansehen. Aber er rang mit sich – denn er wusste nur zu gut, was ich vorhin zu ihm gesagt hatte: *Ich will überhaupt nichts von dir hören.*

Als hätte er einmal mehr meine Gedanken gelesen, nickte er langsam. Wie ein General, der feststellen musste, dass er mit jedem weiteren Tag im Krieg nur noch mehr Leben in seinen Reihen opfern würde. Und der sich dazu entschied, aufzugeben, um Schadensbegrenzung zu betreiben, weil das Gefecht nicht mehr zu gewinnen war.

Schließlich holte Kalin Luft. Alles, was er dann noch sagte, war: »Hab einen schönen Urlaub.«

Damit wandte er sich den Kanus zu, die es aufzuräumen galt, und ich ging meines Weges zurück in Richtung Hotelkomplex.

Es war alles ausgesprochen. Alles, was ich hatte hören wollen, und keine Silbe mehr. Und doch beschwor die Stimmung zwischen uns ein höllisches Brennen in meiner Brust herauf – beinahe so schlimm wie das, das mich befallen hatte, als mich Kalin während meiner Vorlesung angerufen hatte.

10. Allagí

April: vor 4 Monaten – vor der Trennung

Ich konnte es kaum glauben, als ich mich gegenüber von Kalin niederließ – im Blind Pig, dem teuersten und seltsamerweise beliebtesten Steakhaus der Stadt. Ich hatte keine Ahnung, wie Kalin so spontan einen Tisch dort hatte bekommen können. Wobei, vielleicht hatte ich die ja doch.

Schon auf dem ganzen Weg hierher (wir hatten ein Taxi genommen) hatte eine unglaubliche Wärme mein Innerstes erfüllt. Er war hier. Nur meinetwegen. Um mir eine Freude zu machen. Und ich war die glücklichste Frau auf Erden.

Ganz abgesehen davon, wie vorbildlich er sich meiner Mutter vorgestellt hatte!

Unser Tisch befand sich in einer Art Zwischenstockwerk, das über eine lange Treppe erreichbar war und von wo aus man das restliche Steakhaus überblicken konnte. Die Einrichtung war geprägt von kräftigen Pinktönen, Ledersitzen und einem durch und durch amerikanischen Flair. An den Wänden hingen gerahmte Schwarz-Weiß-Fotos aus

Western-Zeiten, und die üppigen Lampen an den Decken spendeten ein rötliches Licht.

Ich trug ein dunkelgrünes Kleid, in dem ich mich hier trotzdem underdressed fühlte. Als der erste Kellner zu uns trat, fragte er erst gar nicht, was wir trinken wollten. Stattdessen hob er nur an: »Rot oder weiß?« Dass er nicht von Pommes sprach, sondern von Wein, dämmerte mir erst, nachdem ich ein verwirrtes »beides« hervorgewürgt hatte und letzten Endes einen Rosé-Wein vorgesetzt bekam.

»Also«, hob Kalin an, nachdem wir das Essen bestellt hatten. »Das von Samstag tut mir leid, Sofia. Wirklich.« In seinen tiefbraunen Augen erkannte ich etwas Reumütiges, fast schon Gequältes. »Ich bin zurzeit etwas durch den Wind. Ich weiß nicht mal mehr, wann du gegangen bist«, murmelte er. »Hab ich das überhaupt mitbekommen?«

Hatte er nicht. Ich wandte den Blick ab und ließ ihn über die zwanzig bis dreißig Tische schweifen, die sich im Stockwerk unter uns befanden – alle davon restlos besetzt, hauptsächlich mit Paaren, teilweise mit Geschäftsleuten. »Du solltest weniger trinken.«

Verdattert blinzelte Kalin und tippte dann belustigt gegen sein Glas. »Das hättest du mir mal fünf Minuten vorher sagen sollen!«

Ich rang mir ein Lächeln ab, obwohl ich mich nicht unbedingt danach fühlte.

Nachdem uns das Essen gebracht worden war, kamen wir kaum dazu, uns wirklich zu unterhalten –

nicht zuletzt, weil mein Gericht ein hohes Maß an Konzentration erforderte.

Ich hatte Kalin deutlich angesehen, wie sehr es ihn überrascht hatte, dass ich Spareribs aß. Wahrscheinlich bestellten sich Weiber wie Zara oder Clio nichts als Salat, Salat, Salat. Aber Hand aufs Herz: Das Leben war zu kurz für Salat.

Irgendwann räusperte er sich. »Sofia, du hast da … was«, schob er nachträglich hinterher.

Fragend sah ich auf und tupfte mir mit meiner Serviette den Mundwinkel ab, der sich wirklich etwas verschmiert anfühlte. Weil ich das Fleisch mit Messer und Gabel einfach nicht runterbekam, aß ich mit den Fingern. »Da?«

Kalin rang sichtlich um die Kontrolle über seine Miene. »Eigentlich … überall.«

»Oh.« Dann spielte es auch schon keine Rolle mehr. Ich legte die Serviette weg und nahm das nächste Rippchen in die Hände.

Kalin grunzte belustigt. »Willst du das nicht wegmachen?«

Teilnahmslos zuckte ich die Achseln. »Solange ich noch esse und mich sowieso vollschmiere, ist es doch auch schon wieder egal.«

Nachdenklich lehnte er sich zurück und betrachtete mich von der anderen Seite des Tischs aus. »Ich meine ja nur«, schlug er plötzlich einen anderen Tonfall an. »Wenn noch mehr Soße in deinem Gesicht landet, habe ich irgendwann das Bedürfnis, sie herunterzulecken.«

Ich prustete. »Igitt!«

»Komm schon!« Er reckte das Kinn. »Ich würde es auf ganz erotische Weise machen. Du würdest dich jeden Abend mit Soße einreiben, damit ich es nochmal mache. Überall.«

Ich konnte nicht anders, als zu kichern. »In deinen Träumen vielleicht!«, gab ich zurück und wischte mir doch noch die restliche untere Gesichtshälfte ab. »Und?«, fragte ich zwischen zwei Rippchen. »Fährst du heute noch nach Regensburg?«

Kalin dachte kurz nach. »Ich glaube nicht. Ich werde wohl hier pennen.« Ein altbekanntes Funkeln legte sich in seinen Blick. »Kommst du mit?«

In meiner ganzen Magengrube begann es zu prickeln wie Hölle. »Ich muss heute arbeiten.«

Er stutzte. »Heute?« Irritiert sah er auf seine silberne Armbanduhr. »Dienstagnacht?«

»Ich übernehme doch Nachtschichten im Kino«, erinnerte ich ihn. »Beispielsweise Dienstagnacht.«

Als mich Kalin wieder direkt ansah, wirkte es fast so, als wäre etwas in seinem Inneren gestorben. »Warum?!«, brach es aus ihm heraus.

Ich blinzelte. »Weil ich das Geld brauche?«

Langsam schüttelte er den Kopf. »Aber warum? Du bekommst doch ein Stipendium.«

Ich wich seinem Blick aus. Ich vertiefte solche Themen nicht gerne, weil sich die soziale Kluft zwischen uns sonst größer anfühlte als ohnehin schon. »Ja, und das reicht gerade so. Aber ich will mir

143

auch noch was für später zurücklegen. Und dafür brauche ich eben mehr.«

»Zurücklegen«, murmelte er. »Du klingst wie eine alte Frau.«

Ich schnaubte. »Legst du denn überhaupt nichts zurück?«

Er wirkte ehrlich verwundert über meine Frage. »Warum sollte ich? Wenn ich was will, kaufe ich es mir. Wozu warten?«

Ich war so verdattert, dass ich mein Rippchen wieder hinlegte, ohne davon abgebissen zu haben. »Glaubst du wirklich, der Reichtum deiner Familie beruht darauf, dass deine Eltern planlos all ihr Geld rausgeworfen haben?«

Nachdenklich wiegte Kalin den Kopf hin und her. »Na ja, so viel, wie meine Mom für seltsame Kunstobjekte ausgibt …«

Heute: 10 Tage bis zum Rückflug

Ich war zerrissen. Seit mich Kalin aufs Tretboot geholt hatte, wurde ich von Erinnerungen eingeholt, an die ich nicht denken wollte. Weil mein Unterbewusstsein versuchte, mit ihnen alles zu relativieren, was jemals schiefgelaufen war – allen voran die eine Angelegenheit, die unsere Beziehung beendet hatte.

Aber es war nicht zu relativieren. Er hatte mir wehgetan, und wenn es eine Sache gab, die ich mit jeder Faser meines Körpers wusste, dann dass Menschen, die mir wehtaten, nicht gut für mich waren, und dass ich ihnen nicht die Chance geben durfte, es ein weiteres Mal zu tun.

Aber das änderte nichts daran, dass ich Kalin vermisste. Dass ich die Erinnerungen nicht mehr aufhalten konnte, jetzt wo sie meinen Geist wie ein reißender Strom überschwemmten. Dass ich mich nach ihm sehnte – nach dem Mann, der mich auf der Semesterabschlussparty überrascht hatte. Mit dem ich die ganze Nacht durchgetanzt hatte. Der nur Augen für mich gehabt hatte. Der alles getan hatte, um mich glücklich zu machen.

Außer an den Tagen, an denen er das nicht getan hatte.

Den ganzen restlichen Tag über konnte ich mich nicht entspannen – und nachts fand ich kaum Schlaf.

War das diese Art von Sehnsucht, die man nur für etwas empfand, das man nicht haben konnte?

Wobei das nicht einmal stimmte. Schließlich hatte ich es beendet. Ich hätte Kalin haben können. Aber gleichzeitig wusste ich, dass er nie ganz mir gehören könnte. Bei ihm zu sein, war die süßeste Form von Schmerz und ebenso die tödlichste.

Ich konnte nach wie vor nicht verarbeiten, wie sehr er sein eigenes Leben auf den Kopf gestellt hatte. Der Hoteliersohn mit einem sicheren Studienplatz an einer Privathochschule, der es sich leisten konnte, jeden Tag mit anderen Leuten einen draufzumachen. Der sich keine Sorgen um seine Zukunft machen musste und nicht auf einen Job angewiesen war. Er hatte alles geschmissen und war hierhergekommen, um ... einfach alles zu tun, was ein Kalin normalerweise niemals getan hätte.

Ich erkannte ihn kaum wieder – und das lag nicht mehr nur an seinem Aussehen. Es war, als hätte er etwas nach außen gestülpt, das zuvor in seinem Innersten verborgen gewesen war. Zumindest hatte er mir das weismachen wollen: dass er Veränderung wollte. Sich selbst verändern wollte. Und zwar meinetwegen: *Dass du das noch fragen musst.*

Aber konnte ich das wirklich glauben?

Ich wusste es nicht. Und ich wusste auch nicht, ob ich es herausfinden wollte. Denn das würde bedeuten, dass ich Kalin weiterhin um mich hätte. Und das wäre nicht gut für mich.

Ich brauchte Zeit und Ruhe – etwas, das mir der alte Kalin niemals gegeben hätte. Das wäre nun seine erste Herausforderung. Seine erste Chance, mir zu beweisen, dass er sich verändert hatte – falls er das überhaupt wollte. Aber der Ausdruck, den er bei den Booten in den Augen gehabt hatte, war eindeutig gewesen.

Besagte Chance bot sich ihm am nächsten Tag beim Frühstück. Er war schon da, als ich mich mit einem Pancake-Stapel bewaffnet auf die Suche nach einem Tisch machte. Unsere Blicke trafen sich, als ich an seinem Platz vorbeiging, an dem er mit den anderen Animateuren saß. Für einen Sekundenbruchteil war ich fest davon überzeugt, dass er gleich aufstehen, die Distanz zu mir überbrücken, mich ansprechen würde. Er zuckte schon – aber dann blieb er sitzen, wo er war, und wandte sich wieder seinem Essen zu.

Womit ich nicht gerechnet hatte, war, dass mir dieser Augenblick *meine* nächste Entscheidung schwerer machen würde. Plötzlich suchte ich nicht mehr nach irgendeinem freien Platz, sondern nach einem in strategisch bester Lage. Denn wenn ich zu viel Abstand zu Kalin gewann, würde er glauben, dass ich ihn hasste. Wenn ich mich in seiner Nähe niederließ, könnte er auf die Idee kommen, dass ich wollte, dass er zu mir kam. Wenn ich mich in Blickrichtung zu ihm setzte, könnten wir uns aus Versehen, zufällig oder mit purer Absicht ansehen. Damit waren all diese Optionen ausgeschlossen, und ich riss mir einen mittelweit entfernten Platz unter den Nagel, auf dem ich mit dem Rücken zu Kalin sitzen konnte.

Wow, das Frühstück hatte ich also schon mal hinbekommen. Und ich hatte bereits jetzt Schweißperlen auf der Stirn! Wie sollte ich das noch ganze zehn Tage aushalten?

Die Antwort war so einfach wie schmerzhaft: Gar nicht. Ich würde es niemals aushalten. Das wurde mir spätestens dann klar, als ich es mir am Nachmittag auf meiner Strandliege erlaubte, einen ganz kurzen Blick auf Kalins und meinen WhatsApp-Verlauf zu werfen. Ein kurzer Blick, der sich immer mehr in die Länge zog.

KALIN

Wenn du vorbeikommst, habe ich eine Überraschung für dich ;)

SOFIA

Was für eine Überraschung denn?

KALIN

Du wirst es lieben!

Das Kleid hing nach wie vor in meinem Schrank. Manchmal, wenn ich mich wieder das ganze Wochenende über zu Hause verkrochen hatte, hatte ich es herausgeholt und vor dem Spiegel vor mich gehalten. Es musste immer noch wie angegossen passen. Ich wuchs nicht heraus. Genauso wenig wie ich aus meiner Beziehung zu Kalin herauswuchs.

KALIN

Rate mal, wer unseren Urlaub schon gebucht hat
Kreta
5 Sterne
Erwachsenenhotel
AI
Und es gehört NICHT meiner Familie!

Im Nachhinein überraschte es mich, dass Letzteres überhaupt ein Kriterium gewesen war. Natürlich, er hatte nicht die beste Beziehung zu seinen Eltern gehabt, aber dass er es nicht einmal wagte, Urlaub in einem Hotel zu machen, das ihnen gehörte? Hatte er so große Angst davor gehabt, sie könnten dort auftauchen? Und mich sehen?

Und siehe da, was aus seinem Plan geworden war ...

KALIN
Überraschung ;)

Es konnte doch kein Zufall sein, dass wir beide hier waren. Zur selben Zeit am selben Ort.

KALIN
Wow!!! Kauf ihn dir.

Aber wenn es wirklich Schicksal sein sollte, was hatte dieses dann für mich vorgesehen?

KALIN
Und zieh nie wieder was andres an!

Dass mir erneut das Herz gebrochen wurde?

KALIN
Ich halte dich warm, omorfiá ♥

Ich konnte das nicht mehr. Ich konnte nichts mehr davon ertragen.

KALIN
Bitte
Es ist dringend

Meine Augen begannen zu brennen. Ich durfte das Risiko nicht eingehen. Gleichzeitig wusste ich bereits in diesem Moment, dass ich nicht annähernd so stark war, wie ich sein wollte.

11. Syrtáki

April: vor 4 Monaten – vor der Trennung

Wenngleich er das Thema rund um meine finanzielle Situation herunterspielen wollte, konnte ich ihm noch in den nächsten Minuten ansehen, dass ihn die Sache beschäftigte. Deshalb überraschte es mich auch nicht, als er nach einem weiteren Glas Wein den Kellner zum Zahlen herbeizitierte und mit einem »Mit Karte. Das geht zusammen« wieder wegschickte.

Mein Mund öffnete sich, aber der Mann war so schnell weggesprintet, dass ich ihn nicht aufhalten konnte. Daher lehnte ich mich halb über den Tisch. »Nein, das geht nicht zusammen.«

Kalin runzelte kaum merklich die Stirn. »Doch.«

»Nein.« Entschieden schüttelte ich den Kopf. »Ich bin wirklich glücklich, dass du heute gekommen bist. Dass wir das hier nachgeholt haben.« Ich beschrieb eine ausschweifende Handbewegung in Richtung der anderen Tische. »Aber wenn du jetzt auch noch die Rechnung übernimmst, ist das zu viel. Du bist doch schon extra hierhergefahren.«

Er zuckte die Achseln. »Das ist doch kein Problem.«

»Für mich ist es ein Problem«, beharrte ich. Es gab nur wenige Augenblicke, in denen ich vergessen konnte, aus welchen Familien wir stammten. Ich wollte es mir selbst nicht noch mehr unter Beweis stellen.

Ich wusste nur zu gut, was in Kalin vorging: Als wir über meinen Job geredet hatten, hatte er sich genau an diese Tatsache erinnert gefühlt – und jetzt wollte er bezahlen, damit ich nichts ausgeben musste. Aber ich konnte auf eigenen Beinen stehen – mit dem Geld, das ich mir selbst erarbeitete. Ich wollte nicht, dass er mich einlud, vor allem, weil ich genau wusste, wie seine Freunde jetzt schon über mich sprachen. Ich wollte niemandem einen weiteren Grund geben, zu glauben, ich würde Kalin seines Geldes wegen ausnutzen.

»Sofia«, gab er sich nicht geschlagen. »Mir ist das wichtig, verstehst du?« Er unterdrückte ein Seufzen. »Bitte lass zu, dass ich mich wie der Mann in der Beziehung fühlen darf.«

Ich schnaubte belustigt. »Wenn du so etwas brauchst, um dich wie der Mann in der Beziehung zu fühlen, würde mir das an deiner Stelle echt zu denken geben.«

Kalins Augen weiteten sich. Er hob zu einer Erwiderung an, sprach sie aber nie aus. Ein unergründlicher Ausdruck mischte sich in seine Miene, und einige Sekunden lang musterte er mich einfach nur, bis ich eine leichte Gänsehaut bekam.

Aus dem Augenwinkel sah ich, dass der Kellner zu uns zurückkehrte. Doch bevor er auch nur den Mund aufmachen konnte, sagte Kalin, ohne ihn anzublicken: »Das geht getrennt.«

Die Bedienung geriet ins Stocken. »O-okay«, murmelte der Mann und betrachtete überfordert den Kassenbeleg, den er gerade erst ausgedruckt hatte. »Ich bin gleich zurück.« Damit verschwand er wieder und erfüllte wahrscheinlich allein unseretwegen sein heutiges Sport-Soll.

Keine Sekunde lang hatte Kalin den Blick von mir gewendet. Deshalb sah er es auch sofort, als ich die Lippen zu einem leichten Lächeln verzog. Ein Lächeln, das er erwiderte.

Einige Minuten später hatte er mir in meine Jacke geholfen, in die ich wahrscheinlich auch ohne ihn gefunden hätte, und hielt mir die Tür nach draußen auf. Ich trat vor ihm auf die Straße und entdeckte sofort ein Auto mit einem leuchtenden Schild in einigen Schritten Entfernung. »Ist das da hinten ein Tax-«

Weiter kam ich nicht. Denn im nächsten Moment hatte mich Kalin an einer Hand zu sich herumgedreht. Die andere legte er auf meine Wange, und dann küsste er mich, wie er mich noch nie zuvor geküsst hatte.

Wie schwach ich eigentlich war, musste ich mir am Abend eingestehen, als ich beim Sonnenuntergang allein mit einem All-Inclusive-Getränk im Poolbereich saß, wo in diesen Sekunden die Abendunterhaltung losging. Das Hotel hatte einen griechischen Sänger angeheuert und mit ihm eine dreiköpfige Tanztruppe, bestehend aus zwei Männern und einer Frau in traditioneller griechischer oder kretischer Tracht. Während der Sänger sofort die ersten Töne anstimmte und sein mitgebrachter Gitarrist ihn musikalisch begleitete, fingen die Tänzer mit … Sirtaki an! Was denn auch sonst?

Sirtaki war dieser eine Tanz, bei dem jeder absolut überzeugt war, ohne jeden Tanzkurs mit den Profis mithalten zu können. Aber diese Truppe zeigte, was es wirklich bedeutete, Profi zu sein.

Die nächsten Minuten waren der absolute Wahnsinn und ließen mich sogar vergessen, dass ich mich mutterseelenallein mit Alkohol zuschüttete. Während die Männer zu zweit wilde Performances hinlegten, die mich an Breakdance erinnerten, zeigten sie gemeinsam mit der Frau phasenweise die traditionellere Seite des Tanzes – und blickten sich schließlich suchend in der Menge um.

Erschrocken duckte ich mich, obwohl die drei nicht annähernd in meine Richtung sahen. Augenblicke später hatten sie zwei mehr oder weniger freiwillige Pärchen auf die Tanzfläche gezogen, begleitet vom schrillen Kichern des Girl-Squads, die sich auf der anderen Seite mit einer ausgeliehenen Shisha-Pfeife auf ein großes Sofa verzogen hatten.

Auf Griechisch-Englisch und mit vielen Sprachbarrieren versuchten die drei, den Pärchen schnell beizubringen, was sie zu tun hatten, und es klappte. Irgendwie. Wenn man die Messlatte ganz unten ansetzte.

Ich unterdrückte ein Kichern. Im Prinzip war es gar nicht so schwer. Man wischte mit dem Fuß nach rechts, dann nach links und schließlich, wenn man gerade das Bedürfnis hatte, dieselbe Bewegung nochmal rechts zu beschreiben, setzte man den Fuß doch ab und machte zwei Schritte. Eigentlich gar nicht so schwer, vorausgesetzt, man tanzte in einer Gruppe, in der es keine Bewegungslegastheniker gab, die einen mit ihren unkoordinierten Tanzschritten verwirrten.

Dass es unter den beiden Pärchen mindestens einen solchen Kandidaten gab, sah man daran, dass niemand von ihnen es schaffte, mehr als drei Takte zu tanzen, ohne dass sich ihnen schier die Beine verknoteten. Nach zwei Minuten waren sie zum Glück schon wieder erlöst, und das normale Programm ging weiter. Doch genau da kam ich auf eine Idee.

Ich betrachtete die Rum-Cola auf dem Tisch vor mir. Bis vor ein paar Monaten hatte ich das klebrige Zeug gehasst, aber seit mich Kalin damit angeschüttet hatte, kam ich einfach nicht davon los.

Kalin. Ich hatte ihn schon vor einer Weile in einer dunklen Ecke entdeckt, in der er mit den ande-

ren beiden Animateuren hockte, als wäre es nicht gern gesehen, wenn Angestellte auch mal ein paar Minuten Pause machten und die Show genossen. Das war sie – seine Chance, sich zu beweisen. Der bloße Gedanke daran entzündete ein Feuer in mir, das mich keine Sekunde länger über meiner Idee grübeln ließ.

Er saß halb mit dem Rücken zu mir, sodass er sich halb den Hals hätte ausrenken müssen, um zu mir zu blicken. Deshalb sah er mich auch nicht kommen, als ich die Distanz zu ihm überbrückte und ihm auf die Schulter tippte.

Er wandte den Kopf in meine Richtung – und erschrak. »S-Sofia.« Sofort sprang er auf die Füße, stieß sich dabei dem Geräusch nach mindestens einen Körperteil an der Tischplatte an, und stellte sich aufrecht hin. »Hi.«

Er wirkte so unsicher, dass ich mich einerseits mächtig fühlte, andererseits ein schlechtes Gewissen hatte. Und das, obwohl ich noch gar nichts gesagt hatte. Aber das bedeutete nicht, dass ich jetzt einen Rückzieher machen würde.

»Du willst mit mir reden?«, hob ich an. »Okay.«

Kalin machte große Augen. »Wirk-«

»Unter einer Bedingung.«

Seine Miene wurde ausdruckslos. »Ach ja?«, fragte er lauernd. »Und die da wäre?«

Ich verschränkte die Arme und nickte in Richtung der Tänzer. »Ich hab dich eben gar nicht auf der Tanzfläche gesehen. Das solltest du schnell ändern.«

Kalins Blick war undurchdringlich. Wir hatten die volle Aufmerksamkeit seiner Kollegen, als er mir auffordernd eine Hand hinhielt.

Ich grunzte auf so unerotische Weise, dass es mir schon fast wieder peinlich war. »Du sollst doch nicht mit mir tanzen! Sondern mit den Profis.«

»W-was?« Verdattert sah er von mir zu den Tänzern und zurück. »Du meinst ... *jetzt?*«

Ich reckte das Kinn. »Wenn sie Feierabend machen, ist es definitiv zu spät.« Abwehrend hob ich eine Hand. »Tu's oder lass es sein. Ist mir egal. Aber so lauten die Regeln.« Ehe er etwas erwidern konnte, wandte ich mich ab und kehrte zufrieden zu meinem Platz zurück, wo mir hoffentlich niemand zwischenzeitlich K.O.-Tropfen ins Getränk gekippt hatte. Auf einmal kam ich mir so vor, als hätte ich die Zügel in der Hand, und es fühlte sich mindestens so gut an wie damals im Steakhaus, als ich darauf bestanden hatte, dass wir die Rechnung teilten.

An diesem Abend war ich mit einem Kuss belohnt worden, der selbst jetzt, Monate später, noch ein verräterisches Prickeln auf meinen Lippen auslöste. Aber so würde es diesmal nicht laufen. Nicht einmal annähernd.

Denn der Kalin, den ich kannte, würde sich nie im Leben zu so etwas herablassen. Sich die Blöße geben. Irgendetwas tun, das seinem Ansehen schaden könnte – und sein Ansehen umfasste auch alles, was irgendwelche umstehenden Menschen über ihn

dachten, die er sowieso nie wiedersehen würde. Kein Wunder, dass er so gehetzt gewesen war, nachdem er mich auf der Semesterabschlussparty mit Cola besudelt hatte. Sogar meine Meinung war ihm wichtig gewesen, damals, als ich nichts weiter als eine Randerscheinung in seinem Leben gewesen war.

Kalin würde es nicht machen. Ich hatte es schon in der Sekunde gewusst, als mir dieser Einfall gekommen war. Aber ich hatte es trotzdem auf die Probe stellen müssen – weil er mir jetzt den Beweis liefern würde, den ich brauchte, um endlich zur Ruhe zu kommen. Den Beweis, dass ich nichts verpasst hatte. Dass alles gut so war, wie es war.

Als ich mich hinsetzte, sah ich, dass Kalin dasselbe getan hatte. Er hatte sich etwas verdreht auf seinem Stuhl niedergelassen, sodass sein Blick abwechselnd von der Tanzfläche zu mir und zurückwandern konnte. Gerade eben waren die Showleute damit beschäftigt, ihre nächste Choreographie aufzuführen. Kalin hätte noch Zeit, bis sie wieder nach Freiwilligen unter den Hotelgästen Ausschau hielten. Aber ich glaubte nicht daran, dass er wirklich darüber nachdachte. Wahrscheinlich brütete er gerade über seinen Optionen, wie er bekommen konnte, was er wollte, ohne tun zu müssen, was *ich* wollte. Doch die gab es nicht.

Als Kalin aufstand, rechnete ich fest damit, dass er einfach abhauen würde. Weil ich ihn herausgefordert, provoziert hatte. Weil er keine Lust hatte, sich auf mein Spiel einzulassen. Doch anstatt an meinem Platz vorbei zum Hauptgebäude zu gehen, schlug er die entgegengesetzte Richtung ein – und breitete euphorisch die Arme aus, während er zu den Sirtaki-Tänzern trat, die noch gar nicht fertig mit ihrer Nummer waren. »Hey, hey, heeeey!«, rief er aus und hatte sich im nächsten Moment bei der sehr, sehr irritierten Frau untergehakt.

Mir blieb der Mund offen stehen und die Spucke weg. *Was?!*

Obwohl sie gerade überhaupt nicht den Standard-Move getanzt hatten, fing Kalin auf einmal mit der klassischen Beinarbeit an: rechts, links, Schritt, Schritt. Die Tänzerin hatte gar keine andere Wahl, als mitzumachen, und in diesem Augenblick zeigte sich, dass wir es nicht nur mit Tanzprofis, sondern mit wirklich Professionellen zu tun hatten: Die ganze Truppe warf ihr eigentliches Programm über Bord, die beiden Männer ergriffen Kalin und die Frau bei den Händen, bis sie alle vier in einer Reihe tanzten. Es war Perfektion. Und es war alles, wofür ich Kalin nicht gehalten hatte.

Ich schlug mir eine Hand vor den Mund, konnte jedoch nicht verhindern, dass ich kicherte. Wenn auch nicht so laut wie der Girl-Squad, das vor Freude zu kreischen begann. Von mehreren Seiten gab es Applaus – aber Kalin hatte nur Augen für mich. Mit einem breiten Grinsen im Gesicht blickte er zu mir hinüber, ohne auch nur ein kleines bisschen aus dem Takt zu kommen. *Gewonnen!*, schien er mir sagen zu wollen.

Ich konnte gar nicht anders, als meine Hand herunterzunehmen und ihm das Lächeln zu schenken, das er sich redlich verdient hatte. Wer in aller Welt war dieser Mann, und was hatte er mit Kalin Hadrian gemacht?

Der Song, den er mit seiner Einlage gecrasht hatte, endete, und das Vierergespann löste sich auf. In einer übertriebenen Geste verbeugte sich Kalin vor der Gruppe und erntete diesmal auch von ihnen tobenden Beifall. Dann wandte er sich um und schritt zielstrebig auf mich zu.

Und an mir vorbei.

Verdattert registrierte ich den Luftzug, als er mich passierte, und riss den Kopf herum, um seinem Weg mit dem Blick zu folgen.

Es war nicht so, als würde sich Kalin einen Stuhl holen, weil ihm der, der mir gegenüber am Tisch stand, nicht passte. Nein, er marschierte immer weiter und verschwand im Inneren des Hotels.

Meine Schultern sackten herab. Okay, das kam jetzt unerwartet. Hatte er gerade allen Ernstes getan, was ich von ihm verlangt hatte, nur um *nicht* mit mir zu sprechen? Was für eine verdrehte, umgekehrte Psychologie war das? Und warum enttäuschte mich das so sehr? War mir doch egal, ob er verschwand oder nicht! Er war derjenige gewesen, der unbedingt mit mir hatte sprechen wollen.

Mit verschränkten Armen lehnte ich mich zurück und widmete meine Aufmerksamkeit wieder den Tänzern – begleitet von einem schmerzhaften Ziehen in meiner Brust. Hatte ich irgendetwas falsch gemacht? Oder war die ganze Nummer während der Bootsfahrt nur ein einziger Trick gewesen, mich aus der Reserve zu locken und dann in die Pfanne zu hauen?

Ja, das hörte sich schon eher wie der alte Kalin an. Wie jemand, der sich nicht zu schade dafür war, sich zum Affen zu machen, wenn es seinem eigenen –

»So!«

Erschrocken zuckte ich zusammen, als sich niemand Geringeres als Kalin mir gegenüber niederließ und zwei kleine, dünne Gläser vor mir abstellte. Sie beinhalteten eine klare Flüssigkeit und viel Eis.

Er nutzte die Sekunde, die ich brauchte, um mich von dem Schreck zu erholen, und schob mir eines davon hin. »Kommen wir jetzt zum Geschäftlichen.«

Ich rümpfte die Nase und beäugte sein Geschenk argwöhnisch. »Was ist das?«

»Tsikoudia«, antwortete er gönnerhaft. »Oder auch Raki.«

»Raki?« Das kannte ich nur aus diesem einen türkischen Restaurant bei mir zu Hause um die Ecke. »Warum kein Ouzo?«

Er fuhr sich mit einer Hand über die gegelten Haare. »Weil wir hier nicht in Griechenland sind, sondern auf Kreta«, mimte er den Besserwisser.

Ich hob eine Braue. »Ich glaube, wir sind wohl politisch als auch wirtschaftlich *und* geographisch gesehen in Griechenland.«

»Aber nicht kulturell gesehen«, setzte er mich Schachmatt. »Kreta hat in den letzten Jahrhunderten bei weitem nicht nur griechische Einflüsse abbekommen. Raki ist unser Nationalalkohol, könnte man sagen.«

»Unser?«, wiederholte ich verdattert. »Deine Eltern kommen doch vom Festland.«

»Aber ich bin schon ein paar Wochen länger hier als du«, gab er zurück und stupste mich spielerisch gegen die Nase. »Also hör besser auf mich.« Damit hielt er mir sein Glas hin. »Wie sagt man auf Griechisch?«

Beinahe hätte ich die Augen verdreht. »*Jámas* – oder heißt das hier etwa auch anders?«, fragte ich schnippisch.

Kalin grinste. »Das war goldrichtig.«

Wir stießen an, ich nahm einen großen Schluck – und hätte ihn beinahe wieder ausgespuckt. Ich hielt die Luft an und presste mir den Mund zu, danach noch die Nase, weil mir der Geruch des Schnapses erst nachträglich hineinstieg und das Grauen perfektionierte. Es kostete mich all meine Kraft, die Flüssigkeit herunterzuschlucken. »Um … Gottes willen«, stöhnte ich, während sich Wasser in meinem Mund ansammelte, der erfahrungsgemäß erste Vorbote eines Brechreizes.

Kalin lachte mich gnadenlos aus. »Bis zu deiner Abreise musst du aber noch an dir arbeiten.«

Ich wischte mir über die Lippen, an denen nach wie vor der Geschmack des Rakis haftete. »Danke für den Tipp, Coach«, brummte ich und stellte enttäuscht fest, dass Kalin genauso viel getrunken hatte wie ich, jedoch nicht einmal das Gesicht verzog. »Aber da arbeite ich lieber an meiner Bräune.«

Nachdenklich legte Kalin den Kopf schief. »So was aus deinem Mund zu hören … Das überrascht mich.«

Ich wandte den Blick ab. »Warum? Weil Stipendienempfängerinnen nicht eitel sein dürfen?«

»Du hast es nicht nötig, eitel zu sein«, entgegnete er. »Das hattest du noch nie.«

Ich griff nach meinem deutlich besseren Longdrink und nippte daran, einfach nur, um Zeit zu schinden. Immerhin war die Sonne inzwischen weit genug untergegangen, dass er wahrscheinlich nicht sehen konnte, wie ich rot wurde. »Man gönnt sich ja sonst nichts.«

»Ist das der Grund, warum du hierhergekommen bist?«, fragte er gedehnt. »Allein? Um dir was zu gönnen?«

Ich schürzte die Lippen. »Ich weiß nicht, ob du dir das vorstellen kannst«, sagte ich trocken, »aber ich hatte mich auf unseren Urlaub gefreut. Und dann habe ich mich entschieden, mir das nicht von dir nehmen zu lassen.«

Kalin senkte den Blick. »Ja, ich … Ich weiß.« Mit zwei Fingern hielt er sein Glas fest – betont locker, gleichzeitig aber, als wäre es sein letzter Halt auf Erden. »Ich … Es tut mir leid, Sofia.«

Ich biss die Zähne zusammen, während er den alten Schmerz erneut heraufbeschwor. »Ich hab doch gesagt, ich will es nicht hören.«

»Es ist aber nicht so, wie du denkst«, warf er sofort ein und nahm mir die Luft aus den Segeln.

Ich runzelte die Stirn. »Hä?« Er wollte sich also gerade *nicht* dafür entschuldigen, mich betrogen zu haben? Wofür denn dann? Dass er nicht trotzdem mit mir in den Urlaub gefahren war?

»Ich muss dir was sagen«, hob er mit rauer Stimme an. »Ich weiß aber nicht wirklich, wie.«

Ich versteifte mich etwas. »Dabei kann ich dir auch nicht helfen.« Dass sich mir der Magen umdrehte, hatte nichts mehr mit dem grässlichen Raki zu tun – wie sollte ich nur die zweite Hälfte davon trinken? –, sondern mit all den Theorien, die plötzlich durch meinen Geist zuckten. Wollte er jetzt etwa ins Detail gehen? Mir sagen, was genau mit Zara gelaufen war? War es vielleicht nicht nur sie gewesen? War es nicht das erste oder einzige Mal gewesen?

Meine Kehle wurde eng, und ich musste all meine Kraft aufwenden, um Kalin weiterhin anzusehen.

Dieser rang mindestens so sehr damit wie ich. »Okay, dann einfach geradeheraus.« Er holte tief Luft. »Ich … habe dich nicht betrogen.«

Stille breitete sich zwischen uns aus. Na ja, Stille, wenn man von der Musik, dem Gesang, den Geräuschen von der Bar und dem andauernden Sprechen, Lachen, Quietschen um uns herum absah. Doch ich nahm nichts davon mehr wahr. Da waren nur noch Kalin, ich – und der absolute Stuss, den er mir gerade weismachen wollte! »Wow.«

Ich wusste genau, worauf er anspielte, und konnte es einfach nicht fassen. *Auch wenn es nichts bedeutet hat und für uns sowieso keine Rolle spielt. Weil wir noch nicht miteinander geschlafen haben.*

»Lass mich erklären –«

»Du bist doch betrunken!«, brach es aus mir heraus.

Sein Mund klappte zu, und er blickte zu seinem Raki-Glas. »Das ist Wasser.«

Ich stutzte. »Was?!«

»Ich … trinke keinen Alkohol mehr. Schon seit einigen Wochen nicht mehr.« Er ließ zu, dass ich ihm das Glas aus der Hand nahm und daran roch. Nichts. Wasser. »Darf ich hier auch nicht, vor den ganzen Gästen«, fügte er leiser hinzu, ehe er sich am Riemen riss. »Darauf wollte ich aber gar nicht hinaus.« Er lehnte sich etwas nach vorne, damit ich nicht auf die Idee kam, den Blick abzuwenden. »Sofia. Ich … Ich weiß, das klingt hier und jetzt echt unglaubwürdig –«

»Ja«, sagte ich schroff und stellte sein Glas mit einem leisen Klirren ab.

»Aber ich habe dich nie betrogen.«

Stöhnend schüttelte ich den Kopf und fragte mich, warum ich nicht schon aufgestanden und gegangen war. Warum ich nicht längst in Tränen ausgebrochen war, weil dieser Mann es tatsächlich wagte,

nachzutreten. Vielleicht weil ich inzwischen doch ein klein wenig stärker geworden war. »Du kannst mich mal, Hadrian.«

»Ich weiß.« Er hob beide Hände, als würde ich eine Waffe auf ihn richten. »Ich weiß. Wirklich. Aber ... tut mir leid, ich muss das einfach loswerden. Auch wenn es aus ist. Ich habe es schon so lange mit mir herumgetragen, und wenn ich es nicht bald ausspreche, platze ich!« Er atmete tief durch. »Ich meine, dass du hier bist, kann doch kein Zufall sein. Und wenn es Schicksal ist, muss ich das nutzen.«

Meine Augen weiteten sich. Warum hatte er schon wieder dieselben Gedanken wie ich? Das konnte doch nicht normal sein!

Uhh, Seelenverwandte!, zuckte mir Melissas Stimme durch den Kopf, und ich biss mir auf die Zunge, bis es wehtat. Ich musste mich auf das Wesentliche konzentrieren. Nämlich, dass Kalins Sätze voller Ichs waren. Weil es ihm nur um sich selbst ging. So wie sonst auch immer.

Das war es, worauf ich mich versteifte, als er fortfuhr: »Ich glaube, du weißt, warum ich mit dem Alkohol aufgehört habe«, murmelte er. »Du hast es ja selbst mitbekommen. Die Wahrheit ist, als wir uns kennengelernt haben, war ich völlig am Ende. Ein Wrack. Bin ich schon immer gewesen. Ich mochte es, betrunken, betäubt zu sein – ein wenig zu sehr. Konnte gar nicht genug davon bekommen.«

Ich erschauderte leicht. Zumindest dieser Teil klang nachvollziehbar.

»Man könnte sagen, ich hab den Knall nicht gehört. Bis ich ihn dann doch gehört habe.« Er sah mich direkt an. »An diesem Tag.« Er räusperte sich. »Ich ... Ich hab dir gesagt, dass ich dich betrogen habe. Weil ich das geglaubt habe. Aber ... es stimmt nicht.«

Ich kniff die Augen zusammen. »Was zur Hölle willst du mir damit sagen?«, fragte ich gereizt.

»Ich *dachte*, ich hätte es getan«, schob er schnell hinterher, als befürchtete er, ich könnte jede Sekunde abdampfen. Vielleicht sollte ich das auch. »Ich bin total verkatert in meiner Wohnung aufgewacht und –« Er würgte beinahe. »Zara war da. Sie hatte nicht viel an, ich hatte nicht viel an, und ...« Er ballte beide Hände auf der Tischplatte zu Fäusten. »Sie hat sich für die *wundervolle Nacht* bedankt.« Jetzt sah er so aus, als würde er sich gleich übergeben – genau wie ich.

Bebend atmete ich durch, brachte aber kein Wort heraus.

»Ich habs dir direkt gebeichtet«, fuhr er fort. »Auf ziemlich uneinfühlsame Weise, wie mir später aufgefallen ist. Ich war einfach nur so angewidert von mir selbst und ... hab irgendwie versucht, das vor dir zu rechtfertigen.« Ich schnaubte, und er schüttelte den Kopf. »Hab ich nicht geschafft, ich weiß. Na ja, dann war es vorbei, und ...« Mir war, als würde seine Stimme immer schwächer werden. »Das war der Knall. Ich hatte auf einmal so viel Zeit, um nachzudenken. Weil du nicht mehr da warst. Und ich hab mich gefragt, wie betrunken ich gewesen sein muss, um etwas zu tun, dass ich nüchtern nie, *niemals* getan hätte. Hab alles an Alk ins Klo gekippt, was ich zu Hause hatte.« Er stockte. Sah so aus, als wollte er noch tiefer einsteigen, entschied sich dann aber offenbar dagegen und sprang weiter: »Den anderen hat das natürlich nicht gefallen. Ich bin zur Spaßbremse geworden. Und Zara hat gleich zehnmal nicht verstanden, warum ich … nicht mehr ganz so freundlich zu ihr war. Sie hat mir erst Wochen später gesagt, dass zwischen uns nichts gelaufen ist – als sie sich an mich ranmachen wollte und ich sie nicht rangelassen habe.« Er rang mit sich. »Jedenfalls war ich in dieser Nacht so betrunken, dass sie sich selbst zu mir eingeladen hat. Als ich dann ausgeknockt im Bett lag, hat sie sich ausgezogen, versucht, mich scharfzumachen … Du weißt schon.«

Ich presste die Zähne zusammen. »Erspar mir die Details.«

Kalin biss sich auf die Unterlippe. »Sorry.« Er schluckte. »Ich kann mich an nichts davon erinnern. Aber es ist nichts passiert. Am nächsten Morgen habe ich es allerdings keine Sekunde lang hinterfragt.«

Nichts in mir regte sich. Ich hatte die Arme verschränkt, und meine Nägel bohrten sich so tief in ein Fleisch, dass Funken aus Schmerz durch meinen ganzen Körper zuckten.

»Ich hätte es hinterfragen müssen. Weil ich mich selbst nicht wiedererkannt habe. Und dann ist mir aufgefallen, dass ich … mich schon lange nicht mehr wiedererkannt habe.« Als er mich wieder direkt ansah, schimmerten seine Augen feucht und zogen mir endgültig den Boden unter den Füßen weg. »Es ist nichts passiert, Sofia«, sagte er so leise, dass ich ihn kaum hören konnte. »Aber ich hab dir trotzdem wehgetan. Ich hab dir so sehr wehgetan, dass ich mir das nie verzeihen werde.«

Ich hielt die Luft an, als sich das Gespräch plötzlich in eine ganz andere Richtung entwickelte. In eine Richtung, auf die ich alles andere als vorbereitet war. Auf einmal fühlte ich mich nackt, Kalins Worten schutzlos ausgeliefert und ohne ein Versteck, in dem ich zur Ruhe kommen, Kräfte sammeln, heilen konnte.

Vor allem, als er über den Tisch hinweg nach meiner Hand griff. »Es tut mir leid, Sofia. Wenn ich die Zeit zurückdrehen könnte …«

Abrupt entzog ich mich ihm. »I-ich muss jetzt –« Ich war so durcheinander, dass ich mitten im Satz den letzten Rest Raki herunterstürzte und mir nicht einmal die Gelegenheit gab, mich davor zu ekeln. »Ich muss gehen.«

»Nein.« Seine Gesichtszüge entgleisten. »Sofia, bitte!«

Ich hörte nicht auf ihn. Stattdessen sprang ich auf die Füße, drehte mich in einer mechanischen Bewegung um und stakste in Richtung Hotel. Meine Nackenhaare stellten sich auf, als ich mir einbildete, dass er mir folgte, und ich beschleunigte meinen

Schritt, um so schnell wie möglich ins Gebäude zu kommen. Ich steuerte mein Zimmer auf einem Umweg an – nämlich an der Rezeption vorbei, sodass mehrere Mitarbeiter davon Wind bekommen würden, wenn er als Angestellter einen Hotelgast stalkte.

Als ich die Treppe nach oben erreichte, musste ich mich zwangsläufig umdrehen und sah – nichts. Er war nicht nach drinnen gegangen. Wieder versuchte er nicht, mich aufzuhalten. Gab mir genau das, was ich von ihm verlangte, nämlich Abstand. Wieder sollte ich erleichtert darüber sein – und war es nicht.

12. Synaisthímata

März: vor 5 Monaten – vor der Trennung

Als Kalin angekündigt hatte, mich auf ein Eishockey-Spiel mitnehmen zu wollen, hatte ich damit gerechnet, dass wir in einer unterkühlten Halle stehen würden, dicht gedrängt mit hunderten anderen Besuchern, und ich dem Grölen der Männer und Frauen um mich herum schutzlos ausgeliefert wäre.

Aber es war anders. Und irgendwie seltsam.

Ein VIP-Ticket zu haben, bedeutete, nicht mit dem Fußvolk zusammen stehen zu müssen. Oder überhaupt stehen zu müssen. Wir befanden uns in einem abgetrennten, beheizten Bereich, der mich an eine Kreuzung aus Bahnhofs-Lounge und Nobel-Restaurant erinnerte. Die VIPs saßen auf cremefarbene Ledersessel verteilt, mit einem riesigen Buffet auf einer Seite der Wand und unzähligen Bildschirmen, die überall von der Decke hingen, sodass man sie von jeder erdenklichen Sitzposition aus gut erkennen konnte. Von dort aus wurde das Spiel übertragen, das man auch über die lange Fensterwand aus hätte beobachten können, an der aber so gut wie nie-

mand stand, weil sie alle mit Buffetessen und Sekt-
schlürfen beschäftigt waren. Irgendwie paradox:
Man kam extra den ganzen Weg hierher, nur um
sich das Spiel doch auf einem Fernseher anzusehen.

Während ich mich bemühte, etwas von dem
Match aufzuschnappen, aber schon Probleme hatten, den Puck im Auge zu behalten, machte Kalin
gar keine Anstalten, das Spiel zu verfolgen: Auch
wenn ich nonstop versuchte, mir etwas anderes einzureden, konnte ich irgendwann nicht mehr leug-
nen, dass er nur Augen für mich hatte.

»… und weil meine anderen Freunde schon in
irgendeiner Bar versumpft waren, habe ich meine
Pläne geändert«, erzählte er gerade. »Hab auf
Instagram gesehen, dass ein paar Bekannte von
mir auf dieser Semesterabschlussparty waren.«
Er grinste. »Und dann hab ich mich an sie
drangehängt.«

Ich lehnte mich in meinem Sessel zurück, in dem
ich schier zu versinken schien, und drehte mein
Sektglas in den Händen. »Du studierst also gar
nicht an meiner Uni?«

»Ich studiere nicht mal in München«, entgegnete
er locker. »Sondern in Regensburg.«

Ich blinzelte. »Oh.« Das kam überraschend. »Warum das denn?«

Ein neckisches Zucken ging durch seine Braue.
»Was hast du gegen Regensburg?«

Abwehrend hob ich die freie Hand. »Gar nichts!
Ist eine schöne Stadt. Ich dachte nur, wenn man an

einem Ort wie München wohnt, würde man fürs Studium dortbleiben.«

»Ja«, antwortete er gedehnt und zuckte die Achseln. »Wäre ich auch. Aber in Regensburg bin ich besser reingekommen, wenn du verstehst, was ich meine.«

Ich nickte langsam. »Was studierst du denn?«

»BWL.«

Ich stutzte. »Echt jetzt?«, brach es etwas unkontrolliert aus mir heraus. »Gibt es für so ein Fach überhaupt einen NC?«

Kalin wandte den Blick ab, als würde das Gespräch in eine für ihn unangenehme Richtung gehen. »Auch Privathochschulen haben eine begrenzte Anzahl Plätze«, erklärte er, und mir dämmerte nur nach und nach, worauf er hinauswollte: Für München hatte es notentechnisch nicht gereicht, aber für Regensburg war er gut genug gewesen, um sich ins Studium kaufen zu können. Mir drehte sich beim Gedanken daran der Magen um, wie leicht man es sich machen konnte. »Und eine staatliche Hochschule hätte es nicht getan?«

Er schnaubte belustigt. »Ein Hadrian? Auf einer staatlichen Hochschule?« Ein fast schon spöttisches Lächeln umspielte seinen rechten Mundwinkel. »Hätte ich etwa auch auf ein staatliches Gymnasium gehen sollen?«

Ich blinzelte. »Warst du nicht?«

»Natürlich nicht.« Er unterdrückte ein Seufzen. »Meine alten Leute haben mich erst auf eine

Privatschule geschickt und mich mit elf dann auf ein Internat abgeschoben, damit sie mich endlich los waren.«

Ich spürte einen Stich in meiner Brust. »Sie sind viel unterwegs, oder?«

»Ja, das schon.« Er zuckte die Achseln. »Bis sie mich aufs Internat geschickt haben, hatte ich fünf verschiedene Nannys, die sich um mich gekümmert haben. Hauptsache, sie mussten es nicht.«

»Das klingt ... irgendwie furchtbar.«

Er machte eine wegwerfende Handbewegung. »Es war nicht das Schlechteste. Hatte viele Freiheiten.«

»Aber du hattest keine Eltern.«

Er geriet ins Wanken und schenkte mir einen ehrlich erstaunten Blick. »Na ja, was heißt das schon? *Eltern zu haben?* Sie existieren ja.«

»Vergiss es«, ruderte ich zurück und fragte mich, ob ich gerade eine Grenze überschritt. Wahrscheinlich schon, wenn man bedachte, dass das hier unser erstes Date war und ich eindeutig zu viel in seiner Vergangenheit bohrte. »Ich will nicht über sie urteilen. Ich kenne sie schließlich nicht.«

»Nein.« Kalin beugte sich auf der Tischplatte vor und fixierte mich mit einem verheißungsvollen Funkeln in den Augen. »Du hast damit angefangen. Jetzt will ich es wissen.«

Ich schluckte und könnte förmlich schon das Taxi heranrollen hören, das er mir gleich rufen würde, wenn ich weitersprach. Ich spürte einen Stich in meiner Brust. Ich war wirklich nicht gut in Sachen Flirten oder Dating, doch ich hätte nie gedacht, dass ich mich schon so früh ins Aus schießen würde. »Sie sind deine Eltern, aber wenn sie deine ganze Kindheit über nie für dich da waren, haben sie ihre Rolle anscheinend nicht ernst genug genommen. Und damit meine ich nicht einmal, dass sie nicht für dich gekocht oder deine Wäsche gewaschen haben«, schob ich hinterher. »Sondern, dass sie nicht bei dir waren. Sie haben dich nicht gesehen, nicht mit dir geredet –« Ich rang nach Worten. »Dir nicht bei deinen Hausaufgaben geholfen, dir nicht beim Spielen zugesehen, deine Freunde nicht kennengelernt.« Unwillkürlich fluteten all die Dinge mein Bewusstsein, die ich an meiner Familie so sehr schätzte. »Sie waren nicht an den guten Tagen da und auch nicht an den schlechten. Sie haben einfach alles verpasst.« Ich konnte förmlich spüren, wie ich die entscheidende Grenze überschritt, und biss mir auf die Zunge. »Tut mir leid!« Ich senkte den Blick. »Das war übergriffig.«

»Nein, überhaupt nicht«, antwortete er zu meiner Überraschung. »Du hast den Nagel auf den Kopf getroffen.«

Erstaunt sah ich auf. »Wirklich?«, fragte ich und hoffte, dass ich mich irrte.

»Wirklich.« Er ließ den Blick durch den Raum schweifen. »Ich hatte die meiste Zeit über das Gefühl, dass sie die ganze Elternsache schon oft genug mit meinen Brüdern durch hatten und sich das nicht nochmal antun wollten. Aber es ist in

Ordnung, echt.« Lässig deutete er auf sich. »Aus mir wird ja trotzdem noch was.«

Unsicher musterte ich ihn. »Ist es denn inzwischen besser?«

Er stutzte. »Ist was besser?«

»Siehst du sie öfter?«, fragte ich zaghaft. »Sind sie jetzt, wo du kein Kind mehr bist, ... offener für die *Elternsache*?«

Ein paar Sekunden lang starrte mich Kalin einfach nur an, als würde ich ihm mit dieser Frage endgültig den Wind aus den Segeln nehmen. »J-ja«, antwortete er dann mit wankendem Unterton und wandte den Blick ab. »Ja, klar. Wir haben ein tolles Verhältnis.«

Es war unser erstes Date. Ich kannte ihn kaum. Deshalb beschloss ich, ihm einfach zu glauben, auch wenn da so viele Signale waren, die mich eines Besseren belehren wollten.

Heute: 7 Tage bis zum Abflug

Ich wusste nicht mehr, was ich tun, denken, fühlen sollte. Vor zwei Monaten hatte Kalin mein ganzes Leben durcheinandergebracht, als er mir seinen Seitensprung gebeichtet hatte. Es hatte einfach alles verändert – nicht zuletzt ihn und mich. Und jetzt, wo ich mich gerade mit meiner Zukunft ohne ihn hatte arrangieren wollen, tauchte er auf einmal wieder auf und nahm alles zurück?

Ein Teil von mir wollte ihm nicht glauben. Doch ein anderer wusste, dass er klug genug war, um zu kapieren, wie unglaublich dämlich seine Story klang. Zu dämlich, als dass er sich getraut hätte, sie zu erfinden und mir allen Ernstes verkaufen zu wollen.

Deshalb war ich tief in mir drin überzeugt davon, dass es stimmte. Und genau das war es, was mich von innen heraus zerstörte. Alles, was ich in den letzten Wochen geglaubt, worauf ich mich versteift hatte, war hinfällig.

Ich hatte ihn verlassen, weil er mich betrogen hatte. Aber das hatte er nicht. Also … hatte ich umsonst Schluss gemacht? Hatte ich einen Fehler begangen? Hätte ich mir ein paar Tage oder auch nur Sekunden Zeit nehmen sollen, um mir darüber bewusst zu werden, dass ich mich vielleicht geirrt hatte?

Was? Nein! Natürlich nicht! Er hatte es mir klipp und klar gesagt. Warum hätte ich das anzweifeln sollen?

Aber feststand, dass unser Trennungsgrund rückwirkend weggefallen war. Und alles, was noch blieb, waren die hunderten, tausenden von Erinnerungen, die mich gnadenlos in einem Wirbelsturm fortzureißen drohten. Die schlechten … und die guten. Die guten Erinnerungen, die ich in den letzten Wochen stets von mir geschoben hatte, weil ich gewusst hatte, dass sie mich ins Wanken bringen würden. Die mich mehrere Nächte lang wachhielten und meine Verzweiflung an ihre Grenzen trieben.

Kalin hatte sich geirrt. Er war kein Wrack, sondern ich. Ich war ein seelisches Wrack. Ein alter Frachter, der so oft an Klippen vorbeigeschrammt war, bis er mit Wasser vollgelaufen und untergegangen war. Und wann immer ich Kalin traf, kamen noch mehr Kratzer dazu.

Ich wusste nicht, wie ich über ihn denken oder mich ihm gegenüber verhalten sollte. Aber eine Sache war klar: Ich musste mich schützen. Vor ihm. Und vor mir selbst. Vor uns.

Während ich an Tag zwei noch fest entschlossen gewesen war, Kalin aus dem Weg zu gehen, es jedoch nicht lange geschafft hatte, gelang es mir jetzt, diese Kunst zu perfektionieren. Wobei das nicht ganz stimmte: Ich ging ihm nicht per se aus dem Weg. Aber ich machte ihm deutlich, dass es bei mir rein gar nichts zu holen gab. Wann immer ich ihn beim Essen sah, wich ich seinem Blick aus. Wann immer ich witterte, dass in meiner Umgebung bald eine Animation mit ihm stattfinden würde, verzog ich mich in eine andere Ecke des Geländes. Und wann immer ich registrierte, dass er auf meine Liege am Strand zukam, schloss ich schnell die Augen und tat so, als würde ich schlafen.

Einmal sprach er mich auf dem Weg zu meinem Zimmer an, und ich sagte ihm, dass ich nicht mit ihm reden wollte. Er akzeptierte es. Glaubte ich zumindest.

Tage, nachdem ich ihn zum Sirtaki-Tanzen überredet hatte, hatte ich ihn beim Abendessen einmal mehr gemieden. Mir war heute nicht nach Abendunterhaltung, zumal nur ein öder DJ, den ich schon dreimal gesehen hatte, erneut seine blöde Musik auflegen sollte. Was für ein Urlaubsfeeling – nicht.

Also lag ich in Top und Jogginghosen auf meinem Bett. Der Fernseher, der mehr deutsche Sender als sonst irgendwas hatte, war angeschaltet, und ich ließ mich von den neuesten Klatsch- und Tratsch-Meldungen berieseln.

Das nächste Power-Paar getrennt! Wie konnte das nur passieren?

Großer Zoff! Bei welchem Schauspieler-Pärchen jetzt der Haussegen schief hängt.

Trennung wegen Übergewichts? Das steckt wirklich hinter der Meldung des Tages.

Er soll sie betrogen haben! Hat ihre Liebe noch eine Chance?

Ich biss mir auf die Unterlippe, bis es wehtat. Warum mussten alle Promi-Meldungen irgendwas mit Liebe oder Trennungen zu tun haben? Konnten die nicht auch mal von ihren Hobbys oder ihrem Lieblingsessen berichten? Irgendetwas, das mich auf andere Gedanken bringen würde?

So kreisten sie immer nur um Kalin. Kalin, den ich wochenlang gehasst hatte. Den ich verabscheut hatte. Von dem ich so, so unglaublich enttäuscht gewesen war.

Er hatte mich nicht betrogen. Aber hatten sich deshalb meine Gefühle für ihn verändert?

Ich senkte die Lider, horchte tief in mich hinein und …

… schrie auf vor Schreck, als es urplötzlich an meiner Tür hämmerte. Wie vom Blitz getroffen fuhr ich von meinem Bett hoch. Wer war das? Der Sicherheitsdienst? War irgendetwas passiert? Brannte es hier und der Feueralarm war ausgefallen, weshalb sie jeden Gast einzeln aus seinem Zimmer jagen mussten?

»A-Augenblick!«, quietschte ich, fiel eher von der Matratze, als dass ich aufstand, und stürzte durch den Raum. Schlitternd kam ich vor der Tür zum Stehen, während mir mehrere Schauer über den Rücken liefen. Hastig riss ich die Tür auf – und runzelte die Stirn. »Kalin?«

Anstelle einer Antwort drückte er mich einfach zur Seite und schob sich in mein Zimmer. »Was zur Hölle soll das, Sofia?«, fragte er so barsch, dass mir der Mund offen stehenblieb.

»W-was?«, presste ich verdattert hervor. Er kam doch eben in *mein* Schlafzimmer gestürmt!

Ich konnte gerade so die Tür ins Schloss drücken, als er auch schon zu mir herumwirbelte. »Du ignorierst mich seit Tagen! Obwohl ich reinen Tisch gemacht habe!« Er warf die Arme in die Luft. »Womit habe ich das verdient?«

»V-verdient?«, wiederholte ich baff. »Du tust gerade so, als wäre ich dir irgendetwas schuldig.«

»Du bist es mir schuldig, mich wie einen normalen Menschen zu behandeln!« Eine dunkle, wellige Haarsträhne fiel ihm in die Stirn, und er wischte sie genervt beiseite. »Ich weiß nicht, was ich jetzt schon wieder falsch gemacht habe. Ich hab dir die Wahrheit gesagt, und ich hab das Gefühl, du hasst mich noch mehr als vorher.«

Meine Augen weiteten sich. »Nein!« Zumindest das war eine Frage, die ich mit absoluter Sicherheit beantworten konnte.

Auffordernd sah er mich an. Verzweiflung schimmerte in seinem Blick. »Aber?«

Ich stand nach wie vor im schmalen Gang zwischen der Zimmertür und dem Bett. Der Fernseher lief irgendwo in Kalins Rücken, und ich bildete mir ein, dass er sich aus Respekt vor unserem Gespräch leiser geschaltet hatte. *Aber? Was aber? Ich wusste es doch auch nicht!*

Kalin atmete tief durch. »Sofia. Verstehst du es denn nicht? Du kannst mir jetzt unmöglich die kalte Schulter zeigen. Du bist schon wieder so gut wie weg von hier und –«

Ich straffte den Rücken. »Ich bin noch eine ganze Woche hier, falls du's genau wissen willst.«

Er brach ab und stutzte merklich. »Echt jetzt?« Er legte den Kopf schief. »Du kannst dir zwei Wochen in nem Hadrian Hotel leisten?«

Meine Miene wurde ausdruckslos, wahrscheinlich im selben Tempo, wie seine Gesichtszüge entgleisten, als er realisierte, was er gerade gesagt hatte. »Sorry, ich wollte nicht –«

Ich schnaubte. Wenn das sein einziges Problem war … »Verschwinde aus meinem Zimmer.«

Sein Mund klappte zu, und er atmete tief durch. »Nein.« Er stellte sich umso breitbeiniger hin. »Nicht, bis du endlich Klartext geredet hast.«

Frustriert ballte ich die Hände zu Fäusten. »Was denn?«, stieß ich hervor. »Was willst du von mir hören?«

Kalin geriet ins Schleudern. »Dass … du mir glaubst.« Er schlug einen zaghafteren Ton an. »Dass du … nicht mehr wütend auf mich bist.«

Seine Emotionen erreichten mich kein bisschen. Ganz im Gegenteil. Was erlaubte sich dieser Kerl eigentlich? Ich hatte Abstand von ihm gebraucht, und das Nächstbeste, was ihm einfiel, war es, mir in meinem Zimmer aufzulauern?

»Natürlich«, sagte ich trocken. »Dir geht es einfach nur darum, dass ich nicht mehr sauer bin. Und *deshalb* hättest du mir am liebsten gleich die Tür eingetreten? Was willst du hören? *Klar, kein Problem, lass uns da weitermachen, wo wir aufgehört haben?*« In diesem Moment fiel es mir wie Schuppen von den Augen. »Sekunde.« Heftig schüttelte ich den Kopf. »Glaubst du jetzt etwa, wir könnten einfach so wieder zusammen sein? Ganz automatisch?«

Kalins Lippen teilten sich leicht, als hätte er sich diese Frage gerade selbst gestellt. »Ich … Wenn wir es mal ganz nüchtern betrachten«, schlug er plötzlich einen Tonfall an, den ich nur zu gut von ihm kannte: Es war der des Hoteliersohns, der glaubte, ihm stünde kostenloser VIP-Eintritt in jedem verdammten Club auf dieser Welt zu.

Abrupt presste ich die Kiefer aufeinander, als die Erinnerungen einmal mehr in mir hochkochten. »Glaubst du wirklich, dass du eine andere gevögelt haben könntest, war das einzige Problem?«

Er versteifte sich etwas. »Was?«, fragte er lauernd.

Meine Nasenflügel blähten sich auf, und plötzlich gab es kein Halten mehr. »Du hast mich vor deinen Eltern versteckt«, zählte ich auf. »Vor deinen Brüdern. Hast wahrscheinlich niemandem auch nur erzählt, dass ich existiere.« Ich wollte nicht laut werden, konnte aber nicht verhindern, dass genau das passierte. »Deine Freunde haben mich gehasst, und du hast sie trotzdem ständig eingeladen, wenn ich da war! Du hast verdammt nochmal unser Date vergessen!« Ein Schluchzen stieg meine Kehle hinauf. »Sie haben über mich gelästert, mich beleidigt, sich über mich lustig gemacht, mich ausgelacht und mich belästigt.«

Seine Lippen teilten sich leicht, ehe er hauchte: »Was?«

»Du hast nichts davon mitbekommen. Oder es hat dich einfach nicht interessiert.« Ich stieß ein trockenes Lachen aus. »Weil du dich noch nie für einen anderen Menschen als dich selbst interessiert hast.« Ich schluckte merklich. »Das hast du mir gerade wieder bewiesen, weißt du? Weil es dir nur darum geht, nicht von mir gehasst zu werden. Damit es *dir* bessergeht. Aber wie ich mich fühle …« Verzweifelt schlug ich mir auf die Brust. »… kümmert dich einen Dreck!«

Kalins Augen weiteten sich. »Sofia.«

Der Druck drohte mich in die Knie zu zwingen. Ich hielt es nicht mehr aus. »Bitte!«, rief ich. »Ich bin nicht mehr wütend auf dich. Du hast, was du willst.« Bebend atmete ich durch. »Aber kannst du mich jetzt bitte, *bitte* endlich in Ruhe lassen? Denn du hast mir verdammt nochmal das Herz gebrochen, und das wirst du nie wieder richten können!« Ehe er reagieren konnte, riss ich die Tür in meinem Rücken auf und machte einen halben Schritt zur Seite. Ich sah ihn nicht mehr an, sondern starrte die gegenüberliegende Wand an in der Hoffnung, dass er die Sache auf sich beruhen lassen würde.

Ich war gerade dabei gewesen, mir über meine Gefühle für Kalin klarzuwerden. Und ein Teil von mir wusste, dass ich vielleicht zu einem anderen Schluss gekommen wäre, wäre er nicht hierhergekommen und hätte das Chaos in meinem Herzen einziehen lassen.

Kalin kannte mich offenbar doch gut genug, um zu wissen, wann er alles nur noch schlimmer machen würde. Langsam schritt er an mir vorbei durch die Tür. Auf der Schwelle blieb er kurz stehen und warf einen halben Blick über die Schulter. »Diesmal hab ich den Knall gleich gehört«, murmelte er kaum hörbar, bevor er im angrenzenden Gang verschwand.

13. Anamnisis

Juni: vor 2 Monaten – vor der Trennung

»Alles in Ordnung? Sofia?«, drang Kalins Stimme erst beim zweiten Versuch zu mir durch. Während er duschen gegangen war, hatte ich mich auf seinem Bett zusammengerollt und starrte ins Leere.

»Mhm«, war alles, was ich auf die Schnelle herausbekam – natürlich sehr überzeugend.

»Was ist denn los?« Er kam um das Bett herum und setzte sich auf dessen Kante. »Ist dir schlecht?« Es war Sonntagvormittag, und ich hatte mich schon die ganze, kurze Nacht über nicht besonders gut gefühlt. Inzwischen gaben mir die Symptome endgültig den Rest. »Mir ist übel«, murmelte ich ins Kissen hinein. »Schwindelig. Ich hab Kopfschmerzen ...« Matt senkte ich die Lider, weil mich das Licht zu sehr blendete. »Ich bin so was von verkatert.«

»Oh«, schnurrte Kalin wie eine Katze. Er beugte sich über mich und küsste mich sanft ins Haar. »Habe ich jetzt eine Patientin, die ich gesundpflegen muss?«

»Nein«, stöhnte ich und rollte mich schwerfällig auf den Rücken. »Ich komm schon klar.« Ich bedeckte meine Augen mit einem Arm. »Musst du nicht los?« Er war mit seinen Eltern zum Mittagessen verabredet – ohne mich. Zuerst hatte mich das gestört, jetzt war ich einfach nur froh darüber.

»Ich muss überhaupt nichts.« Mehrere Sekunden lang herrschte Stille, und ich schielte unter meinem Arm hervor. Kalin saß immer noch auf der Bettkante und scrollte auf seinem Handy herum.

Ich runzelte die Stirn. »Was machst du denn da?«

»Ich google, was gegen Katersymptome hilft. Okay.« Er stand auf. »Ich bringe dir jetzt ein Aspirin, etwas Wasser und … irgendeinen grünen Tee hab ich bestimmt auch noch da. Grüner Tee hilft doch gegen alles, oder?«

Blinzelnd nahm ich den Arm ganz weg. »Ich mein's ernst, Kalin.« Ich griff nach meinem Handy, bekam es auf dem Nachttisch aber nicht zu fassen. Zu weit weg. »Bist du nicht sowieso schon spät dran?«

»Nein«, antwortete er nur und verließ dann auch schon das Schlafzimmer.

Verdattert rappelte ich mich auf und bereute es sofort, als ich von einem Schwindelanfall erfasst wurde. Ich musste mich auf den Unterarmen abstützen, um nicht wieder vollends in die Kissen zu fallen. »Das ist wirklich nicht nötig!«, wollte ich ihn mit halb zusammengekniffenen Augen aufhalten. »Ich ruh mich nur noch kurz hier aus und dann fahre ich nach Hause.« So wie jeden Sonntag.

»Mach dich nicht lächerlich und leg dich hin!«, rief mir Kalin aus der Küche zu, und ich zog eine Schnute. Die konnte ich allerdings nicht lange genug aufrechterhalten, bis er zu mir zurückkehrte, mit einer Flasche stillem Wasser in der einen und einer Kopfschmerztablette in der anderen Hand. »Der Tee ist auch gleich fertig«, ließ er mich wissen, als er die eine auf dem unerreichbaren Nachttisch abstellte und mir die andere in die Hand drückte.

Angestrengt griff ich in Richtung Flasche, nahm dann aber mein Handy an mich, um den Bildschirm zu entsperren. Es war schon fast zwölf. »Kalin«, hielt ich ihn zurück, als er bereits wieder auf halbem Weg nach draußen war. »Du wirst zu spät kommen.« Und auch wenn ich die Hadrians nicht kannte, reichte ihr Name allein aus, um mir Gewissheit zu verschaffen, dass sie nicht begeistert wären.

»Nein«, antwortete Kalin wieder und schenkte mir ein sanftes Lächeln. »Ich kann nicht mehr zu spät kommen, weil ich gerade abgesagt habe.«

»*Was?*«, brach es aus mir heraus, aber da hatte er mich schon wieder allein gelassen.

Weil ich mich nicht traute, in meinem Zustand aus dem Bett zu schlüpfen, warf ich die Tablette ein und stürzte ein paar kleine Schlucke Wasser herunter, bei denen mir noch übler wurde als ohnehin schon. Als Kalin mit einer großen Tasse zu mir zurückkehrte, schenkte ich ihm einen vorwurfsvollen

Blick. »Du hast jetzt aber nicht nur meinetwegen abgesagt, oder?«

»Streich das *nur,* und du hast vollkommen recht«, korrigierte er mich wie so oft und stellte die Tasse neben dem Wasser auf dem Nachttisch ab. »Wenn ich eine Patientin habe, um die ich mich kümmern muss, geht die Arbeit nun mal vor.« Sanft ergriff er mich bei den Schultern und drückte mich rücklings zurück auf die Matratze. »Bleib so lange hier, wie du willst. Ich kann dich morgen auch noch nach Hause fahren.«

Ein Anflug des schlechten Gewissens stieg in mir auf. »Aber du musst morgen früh doch auch los. In die entgegengesetzte Richtung! Das ist der absolute Umweg.«

»Es ist kein Umweg«, entgegnete er gelassen. »Ich lege nur einen Zwischenstopp ein.« Zärtlich strich er mir über die Wange. »Apropos: Dürfte ich jetzt einen Zwischenstopp unter der Decke einlegen?« Mit diesen Worten schlüpfte er auch schon neben mich. Obwohl wir noch nicht lange zusammen waren, geschah es fast automatisch, dass ich meinen Kopf etwas anhob, damit er seinen Arm darunterlegen konnte. Er lag dicht neben mir, geduscht mit frisch aufgetragenem Aftershave und gegelten Haaren. Er war so was von bereit gewesen, das Haus zu verlassen – und hatte dann alles über den Haufen geworfen. Meinetwegen. Nein: für mich.

Ich schmiegte mich an ihn und lächelte ihm matt entgegen. »Hilft Kuscheln laut Google auch gegen Katersymptome?«

»Dazu brauche ich doch kein Google«, brummte Kalin mit gespielter Empörung. »Das ist mein geheimes Hausmittel gegen alle Krankheitsbilder.« Er küsste meine Schläfe, und als ich einen Arm auf seine Brust legte, hatte ich das wunderschöne Gefühl, dass der Tag nur besser werden konnte.

Heute: 5 Tage bis zum Rückflug

Die bloße Erinnerung an diesen Tag trieb mir Tränen in die Augen, und ich bereute es sofort. Einfach alles, was ich ihm an den Kopf geworfen hatte. Ich hatte mich überrumpelt, bedrängt von ihm gefühlt. Aber das änderte nichts daran, dass ich nicht die Wahrheit gesagt hatte. Dass ich ihm Dinge vorgehalten hatte, die nicht stimmten. Und die ich auf keinen Fall so gemeint hatte.

Kalin scherte sich nicht nur um sich selbst. Er kümmerte sich nicht nur um seine eigenen Gefühle. Sondern darum, wie es *mir* ging. Das hatte er schon immer getan. Von der ersten Sekunde an, als er mich am liebsten mitsamt meinem Kleid in die nächste Reinigung verfrachtet hätte. Als er das Essen mit seinen Eltern hatte sausen lassen, nur um mit mir im Bett zu liegen. Als er mich am darauffolgenden Morgen heimgefahren und deshalb mindestens eine Vorlesung verpasst hatte. Wie er mitten unter der Woche über hundert Kilometer zu mir nach Hause gekommen war, um unser Date im Steakhaus nachzuholen. Kein einziges Mal war es ihm dabei um sich selbst gegangen – sondern nur um mich. Darum, mich glücklich zu machen.

Als er mir von seinem Seitensprung gebeichtet hatte – sofort, ohne auch nur eine Sekunde darüber nachzudenken, es mir zu verheimlichen –, hatte er sich im Ton vergriffen. Genau wie in dem Moment, als er in mein Zimmer gestürmt war. Feinfühligkeit war nicht seine Stärke.

Meine allerdings auch nicht. Beide Male hatte ich alles Schöne, alles Positive an unserer Beziehung über Bord geworfen. Von einem Augenblick auf den anderen hatte ich einfach alles davon vergessen und in den letzten Wochen dafür gesorgt, dass es in den finstersten Ecken meines Gedächtnisses blieb. Aber wie jedes Mal kamen die Erinnerungen schließlich mit einem Schlag zu mir zurück.

Ich wusste doch, wie er wirklich war! Kannte seine Blicke, seine warmen, sanften Worte, seine Berührungen, die Art und Weise, wie er sich restlos für mich aufopfern würde, würde ich das zulassen. Ich kannte *ihn*.

Er hatte mir wehgetan. Aber war das Grund genug, ihm genauso wehzutun? Das wollte ich nicht. Weil er mir immer noch etwas bedeutete. Oder vielleicht bedeutete mir der neue Kalin sogar noch mehr als der alte.

Der alte und der neue. Je mehr ich von ihm mitbekam, desto weniger glaubte ich, dass es zwei Versionen seiner selbst gab. Es war viel eher so, dass Kalin hier, auf Kreta, fernab von seiner Familie und seinen falschen Freunden, endlich zeigen konnte, wer er wirklich war. Abseits des Drucks, weit weg von seinen Brüdern, seiner Verantwortung, den Erwartungen. Genau das hatte er doch gesagt.

Und er hatte es mir gezeigt – am Strand, auf dem Volleyballplatz, am Frühstückstisch, bei der Bootstour, am Sirtaki-Abend. Das war er gewesen. Der Mann, in den ich mich verliebt hatte, und der in der kurzen Zeit, in der unsere Beziehung erstrahlt war, sein Bestes gegeben hatte, um genau dieser zu sein.

Als ich zu dieser Erkenntnis kam, war es, als würde ich mir selbst eine große Verantwortung auferlegen. Denn das war es auch: Es war eine Herausforderung, nicht schnell von einem Schluss zum nächsten zu springen, sondern alles – einfach alles –, was in den letzten Monaten geschehen war, zu reflektieren. Weil man es sich damit nicht leicht machte. Aber gerade die schwierigsten Entscheidungen waren die, die sich am meisten auszahlten, wenn man nur am Ende die richtigen traf.

Genau das wollte ich. Doch am nächsten Tag wurde mir klar, dass zu einem Streit immer zwei gehörten. Und die Nummer zwei fehlte.

Kalin war weg. Ich entdeckte ihn weder beim Frühstück noch am Pool noch beim Mittagessen oder am Strand. Als ich in die Lobby kam, um mir den Animationsplan anzusehen, sah ich, dass sein heutiger Bootsausflug Christos zugeschoben worden war. Das Wine-Tasting hatte man ganz gestrichen.

Ein mulmiges Gefühl machte sich in mir breit. Was war mit ihm? Sofort spann mein Gehirn die wildesten Theorien zusammen. Hatte ich ihn wirklich so wütend gemacht? War er von hier abgehauen? Hatte er sich in den nächsten Flieger zurück nach Hause gesetzt? Der Pilotenstreik war immer noch nicht vorüber, aber jemand wie er hätte sicher keine Probleme, sich in die nächste freie Maschine einzukaufen.

Hatte ich es verbockt? Und Kalin und mir damit die letzte Chance genommen, die Wogen zwischen uns zu glätten?

Meine Kehle wurde eng. Verzweifelt starrte ich seinen Namen auf der Tafel mit den Animationen an, bis er vor meinen Augen zu verschwamm.

Hatte ich ihn … verloren?

Ich schluckte und wischte meine feuchten Handflächen an meinen Hotpants ab. Mit wie wild klopfendem Herzen wandte ich mich um und schritt geradewegs auf die Rezeption zu. Die Dame hinter dem Tresen checkte gerade zwei Gäste aus, die jeden Tag von morgens bis abends am Pool verbracht hatten und dabei eher rot als braun geworden waren.

Während ich darauf wartete, dass ich an der Reihe war, konnte ich förmlich hören, was die Rezeptionistin zu mir sagen würde: »Kalin hat gestern ganz überraschend gekündigt.«

Ich wusste es genau. Er war weg. Einfach weg. Er hatte genauso überstürzt entschieden, zu gehen, wie ich am ersten Tag – nur dass er über die Mittel und Wege verfügte, um solche Pläne auch in die Tat umzusetzen. Er könnte inzwischen schon überall sein.

»Frau Aldea?«, riss mich die Rezeptionistin mit einem Mal aus meinen Gedanken.

Ich blinzelte und kehrte in die Gegenwart zurück. Ich hatte mich immer noch nicht daran gewöhnt, dass hier gefühlt alle Angestellten die Namen jedes Gasts kannten.

Die auscheckenden Hotelgäste waren schon in Richtung Tür gegangen. Schnell straffte ich die Schultern, bekam aber plötzlich keinen Ton mehr heraus. »Ähm … Ich wollte … Kalin …« Völlig überfordert deutete ich auf die Tafel auf der gegenüberliegenden Wand.

Glücklicherweise nickte die Frau wissend. »Er hat sich für heute leider krankgemeldet. Aber morgen sollte er wieder fit sein«, fügte sie dann mit einem seltsam zweideutigen Unterton hinzu, als würde er große Probleme mit dem Management bekommen, wäre er das nicht.

»Oh«, stieß ich die letzte Luft aus meinen Lungen. Ein Schauer der Erleichterung rann mir über den Rücken und ließ mich beinahe frösteln. Er war noch hier. Es ging ihm gut – na ja, außer er war wirklich krank. »Können Sie mir sagen, welches Zimmer er hat?«

Die Reaktion der Rezeptionistin spielte sich in Zeitlupe in ihrer Miene ab: Während sich ihre Augen langsam, fast schon gemächlich weiteten, trafen sich ihre Augenbrauen nach und nach auf Höhe ihres Nasenbeins. Das langgezogene »Neeeein«, das sie mir schenkte, machte mir schlagartig klar, wie meine Frage rüberkommen müsste: Als wäre ich irgendein Groupie oder so.

Verlegen räusperte ich mich. »Ä-ähm, es geht nur darum, dass ... ich ...« Meine Gedanken rasten, aber mir fiel auf die Schnelle keine einzige plausible Erklärung ein, warum ein dahergelaufener Hotelgast nach der Zimmernummer des Animateurs fragen sollte. »... er ...« Mein Mund klappte zu. »Vergessen Sie's!«, brach ich ab, bevor ich alles nur noch schlimmer machen konnte, und machte damit vielleicht alles nur noch schlimmer.

In einer abgehackten Bewegung drehte ich mich weg und stakste so schnell und doch unauffällig wie möglich davon.

Es fühlte sich wie ein Fehler, fast schon wie Verrat an, als ich schließlich in meinem Zimmer meine Strandtasche packte und mich wieder zu meiner Lieblingsliege in der ersten Reihe begab. Aber ohne einen Tipp von einem Mitarbeiter hätte ich keine Chance, Kalin zu finden. Ich konnte ja wohl kaum alle Zimmer abklopfen in der Hoffnung, zufällig auf das richtige zu stoßen. Und wahrscheinlich wohnte er nicht einmal in diesem Teil des Hotels – oder auch nur auf dem Gelände. Es würde mich nicht überraschen, wenn Fünf-Sterne-Hotels ihre Angestellten in irgendwelchen billigen Absteigen ohne Strom und Warmwasser übernachten ließen.

Feststand: Er war krank und ich hatte keine Ahnung, wo er war. Also blieb mir nichts anderes übrig, als zu warten.

Doch ich fand einfach keine Ruhe. Obwohl die Musik am Strand heute deutlich leiser war als sonst und sich der Girl-Squad auf einen Tagestrip zu irgendeinem antiken Palast begeben hatte und nicht das ganze Gelände vollschrie, konnte ich mich nicht entspannen. Es war, als würde etwas fehlen, solange ich nicht mit Kalin reden konnte.

Ich dachte an den Tag zurück, als er für mich alles stehen und liegen gelassen hatte, weil es mir nicht gut gegangen war. Er hatte absolut nichts für mich tun können – ganz gleich, was Google behauptet hatte –, aber trotzdem war er einfach da gewesen. Und das hatte mir alles bedeutet. Ich wollte jetzt auch für ihn da sein und hatte das Gefühl, dass ich bei weitem nicht genug dafür getan hatte.

Viel zu spät fiel mir ein, dass ich auch einen der anderen beiden Animateure nach Kalins Zimmer hätte fragen können. Schließlich hatten sie uns schon am Sirtaki-Abend zusammen gesehen. Wenn ich sie um Hilfe bat, käme das sicher nicht annähernd so komisch rüber wie an der Rezeption. Aber bis ich endlich auf diese grandiose Idee kam, war das Animationsprogramm für den Tag schon beendet und die beiden nirgends mehr zu finden.

Ja, ich hätte auch die Blockierung für seine Nummer aufheben und ihm schreiben können. Aber das fühlte sich nicht richtig an. Als würde ich ihn überfallen. Ich wollte ihn sehen. Wollte ihm in die Augen blicken und aufrichtig mit ihm sprechen. Mit weniger würde ich mich nicht zufriedengeben.

Ich glaubte nicht, dass Kalin beim Abendessen auftauchen würde, aber immerhin das spielte heute keine Rolle: Jeder Hotelgast bekam einmal während seines Aufenthalts ein kostenloses A-la-carte-Dinner in einem kleinen Nebengebäude kredenzt. Dieses befand sich unmittelbar am Strand und bot somit den schönsten Meerblick.

Überflüssig zu sagen, dass man sich für so einen Anlass angemessen kleidete. Auch wenn ich zu Hause lange mit mir gehadert hatte, hatte ich schließlich das schwarze Kleid eingepackt, das mir Kalin geschenkt hatte – schlichtweg, weil ich kaum andere Klamotten besaß, die eines Fünf-Sterne-Hotels würdig gewesen wären. Und da dieses Kleidungsstück von einem Hadrian kam, musste es auch im Hadrian Hotel gern gesehen sein. Heute bekam es seinen großen Auftritt.

Ich fühlte mich seltsam, als ich das Nebengebäude betrat und dem Kellner mitteilte, dass ich einen Tisch für eine Person reserviert hatte. Mein mickriges Selbstwertgefühl bildete sich ein, dass mir der Mann mit dem kurzgeschorenen schwarzen Haar einen mitleidigen Blick schenkte, ehe er mich nach draußen führte. Ich bekam einen Eckplatz auf der

Terrasse, von wo aus ich die beste Aussicht auf das Meer hatte und eine leichte Brise meine Haare verwehte, kaum dass ich mich hingesetzt hatte. Nach wenigen Sekunden wurde mir eine Karte gebracht und durfte mir gleich die Weinfarbe aussuchen, die ich heute trinken wollte. Unwillkürlich fragte ich mich, ob ich später zum Nachtisch einen Raki serviert bekommen würde – und ob ich das grässliche Zeug unauffällig in Richtung Strand ausspucken könnte.

Rotwein und Sprudelwasser wurden mir eingeschenkt, dann bekam ich etwas Zeit, um mir mein eigenes Drei-Gänge-Menü aus den verschiedensten Optionen zusammenzustellen. Leider spielten die meisten davon so was von nicht in meiner Liga. Im Sinne von: Ich hatte nicht das geringste Bedürfnis, irgendetwas aus der Auswahl zu essen. Sobald ich irgendwas von Meeresfrüchten und Tintenfischringen las, schüttelte ich mich. Und leider war die Karte voll davon. Warum hatten die hier keine Spareribs?

Ich blinzelte der untergehenden Sonne entgegen, die den Himmel in allen erdenklichen Tönen aus Rot, Orange und Gelb färbte, und fragte mich, ob ich vielleicht auch einfach Gerichte aus dem Buffet-Restaurant hierherbestellen könnte. Total schlechter Stil, aber in einem Fünf-Sterne-Resort sollte das doch allemal drin sein, oder?

Ich wandte mich gerade so wieder der Karte zu, als ich ihn aus dem Augenwinkel sah: Einen unscheinbaren Schatten, der über den Strand lief, ganz dicht am Meer entlang, so wie es jeden Tag unzählige Hotelgäste taten. Aber er hatte etwas an sich, das ich sofort erkannte. Es war nicht sein auffälliger Hut, auch nicht sein weißes Hemd, seine kurzen Hosen oder sein Bart, seine Sonnenbrille oder irgendetwas davon. Es war die Art, wie er ging, wie er sich bewegte, anhand der ich ihn für immer aus hunderten Männern wiedererkennen würde.

Erstaunt hob ich den Blick, und mein Herz machte einen Satz. Da war er. Kalin, der nicht gerade krank aussah, aber auch nicht topfit. Beide Hände in den Hosentaschen, schritt er das Ufer ab und starrte in Richtung Sonnenuntergang.

Sofort wurde mir ganz heiß vor Aufregung. Mein Puls beschleunigte sich, und meine Finger verkrampften sich um die Karte. Ihn so zu sehen, fühlte sich an wie eine Sanduhr, die in rasender Geschwindigkeit ablief. Als wäre das hier meine letzte Chance, so lange, bis er aus meinem Blickfeld verschwand. Als würde ich ihn nie wiedersehen, wenn er das tat.

Ich musste mich entscheiden. Und zwar jetzt.

14. Iliovasilema

April: vor 4 Monaten – vor der Trennung

Als ich am nächsten Morgen erwachte, hatte ich beinahe vergessen, was in der Nacht passiert war. Genauer gesagt den Vorfall, dass ich Kalin abgewiesen und er das nicht gut aufgefasst hatte. Was mich schließlich daran erinnerte, war die Tatsache, dass ich mich auf die Seite drehte und einen Arm nach ihm ausstreckte – womit ich ins Leere griff. Kalin war schon aufgestanden. Wahrscheinlich war er immer noch sauer auf mich.

Mein Magen verkrampfte sich, und ich traute mich gar nicht, die Augen zu öffnen. Was würde passieren? Würde er mich rauswerfen? Würden wir uns streiten? Oder war er überhaupt noch da? War er Hals über Kopf nach Regensburg geflüchtet? An einen Ort, an dem bestimmt ein Dutzend Frauen nur darauf wartete, von ihm auserwählt zu werden?

Meine Unsicherheit schnürte mir die Kehle zu und brachte meine Augen zum Brennen. Verzweifelt kniff ich sie zusammen – und öffnete sie erstaunt, als das Geräusch eines Schlüssels, der in einer Tür gedreht wurde, an meine Ohren drang, gefolgt von Schritten, die die Wohnung betraten.

Mein Herz machte einen Satz. War jemand hier? Hatte Kalin irgendwen eingeladen? »K-Kalin?«, krächzte ich, rappelte mich auf und machte mich bereit, sofort meine Klamotten anzuziehen, damit mich bloß niemand halbnackt in seinem Schlafzimmer erwischen konnte.

»Bleib, wo du bist!«, rief er dann auch schon. »Nicht aufstehen!«

Ich stutzte. *Nicht aufstehen?*

»Also, ich meine, außer du musst«, drang seine Stimme erneut aus Richtung des Wohnbereichs, ohne näherzukommen. »Wenn du aufs Klo musst oder so, halte ich dich nicht auf.«

Etwas raschelte, und ich verstand die Welt nicht mehr. »Warst du weg?« Ich warf einen Blick aus dem Fenster und dann auf meine Handyuhr. Es war neun Uhr morgens an einem Samstag. Normalerweise keine Zeit für ihn, sich auch nur aus den Federn zu quälen – geschweige denn draußen unterwegs zu sein.

»Nur kurz um die Ecke«, antwortete er wenig aufschlussreich. Aus dem anliegenden Raum kam ein Zischen, dann wieder ein Rascheln, dann das Geräusch eines Getränks, das eingeschenkt wurde, und allmählich setzte sich ein vages Bild in meinem Kopf zusammen, das schließlich von Kalin wahrgemacht wurde: Und zwar, indem er mit einem prallgefüllten Tablett bewaffnet ins Schlafzimmer trat.

»Tadaa!«, präsentierte er die Überraschung mit einem Grinsen. »Frühstück am Bett! Hat doch was, oder?«

»W-was?« Fassungslos starrte ich ihn an, während er das Tablett mit Croissants, Nutella und gefährlich klirrenden Gläsern mit Orangensaft und Sekt (oder Champagner?) zu mir brachte.

»Frühstück«, antwortete er, jeden einzelnen Buchstaben betonend, und half mir dabei, das Tablett rutsch- und wackelsicher auf meinem Schoß zu positionieren. Die Tatsache, dass er Jeans und Hemd trug, war der letzte Beweis, um zu wissen, dass er wirklich schon das Haus verlassen hatte.

»Ich …« Mir blieb die Spucke weg, weshalb ich nur auf das Frühstück und zu ihm und wieder zurückblicken konnte. Dann verließ meine Lippen ein einzelnes: »Wieso?«

Er schnaubte belustigt und setzte sich schräg auf die Bettkante. »Brauche ich einen Grund, um meine Freundin zu überraschen?« Ein paar Sekunden lang blickten wir einander nur an, und sein Lächeln erstarb nach und nach. »Sofia«, sagte er plötzlich mit ganz rauer Stimme. Sein Tonfall bohrte sich wie ein Messer in meine Brust. Machte er jetzt Schluss?

»Ich war gestern das letzte Arschloch und es tut mir leid.«

Das Messer entpuppte sich als nicht annähernd so spitz und scharf wie gedacht. »W-was?«, hauchte ich und nahm das Tablett doch noch von meinem

Schoß, um es vorsichtig auf der Matratze neben mir abzusetzen. »Meinst du –«

»Was ich zu dir gesagt habe. Wie ich reagiert habe. O Gott.« Stöhnend rieb er sich übers Gesicht, als wollte er sich die Haut von den Knochen reißen. »Ich weiß nicht, was in mich gefahren ist. Abgesehen vom Alkohol … Ach, was rede ich da? Es ist durch nichts zu entschuldigen. Überhaupt nicht.« Er saß immer noch schräg auf der Matratze und griff nach meinen Händen. »Was ich da gesagt habe, war im Affekt, verstehst du? Hätte ich auch nur eine Sekunde nachgedacht, hätte ich das nicht gesagt.« Er schluckte merklich. »Und ich werde so etwas nie wieder zu dir sagen.« Er drückte meine Hände und wirkte verzweifelt. »Du bist noch nicht so weit, und das ist total in Ordnung für mich.«

Ich schlug die Augen nieder, die erneut zu brennen begannen, weil eine neue Verzweiflung in mir aufstieg. Gemischt mit einer Erleichterung, dass der Streit, mit dem ich gerechnet hatte, ausblieb. Ganz im Gegenteil. Kalin hatte mich überrascht – und damit meinte ich nicht die Croissants und den Saft.

»Ich respektiere das, okay?« Als ich ihn wieder ansah, lag in seinem Blick eine Verzweiflung, die ich kaum ertragen konnte. »Ich respektiere *dich*. Und ich will, dass du das weißt.«

Ich konnte den dicken Kloß in meinem Hals kaum herunterschlucken, geschweige denn meine Gedanken sortieren. Deshalb redete ich einfach drauf los: »Kalin, ich … Ich kann verstehen, wenn es dir nicht schnell genug geht.« Ich zog die Schultern hoch. »Du hattest schon mehr Beziehungen als ich, und wahrscheinlich ist die Messlatte echt hoch und –«

»Was?« Entgeistert schüttelte er den Kopf. »Was für eine Messlatte denn?« Er rückte näher an mich heran und nahm stattdessen mein Gesicht in seine Hände. »*Du* bist die Messlatte, Sofia. Und ich hoffe, dass sich nie eine andere Frau daran messen muss.«

Meine Augen weiteten sich, und eine ungeahnte Wärme breitete sich in meinem Inneren aus. Meine Lippen teilten sich leicht, und ich spürte schon wieder, wie sich der erste Anflug von Tränen anzusammeln drohte.

»Wir sind erst seit ein paar Wochen zusammen, aber … ich will das nicht aufs Spiel setzen.« Kalin atmete tief durch. »Ich will *uns* nicht aufs Spiel setzen. Also wenn ich mich mal wieder wie ein Arschloch verhalten sollte, sag es mir.« Er zuckte die Achseln. »Oder hau mir eine runter. Manchmal brauche ich das einfach.«

Meine Hand zitterte leicht, als ich sie auf seine legte. Der Stein, der mir vom Herzen fiel, war mit nichts in der Welt zu vergleichen. Ich war froh, dass wir uns nicht gestritten hatten. Und ich war glücklich über jedes einzelne Wort, das er zu mir gesagt hatte. »Weißt du, was ich jetzt brauche?«, flüsterte ich und konnte ihm förmlich ansehen, wie derselbe Schauer der Erleichterung über seinen Rücken rann.

Als er mich an sich heranzog und mich küsste, lag in dieser Berührung dieselbe Verzweiflung, dieselbe

Hoffnung, dieselbe Angst und dieselbe Sorge, die in meinem Herzen wohnte.

Heute: 5 Tage bis zum Rückflug

Wie von selbst bewegte sich meine Hand zum Weinglas, und ich nahm ein paar große Schlucke. Ich setzte es ab und stand auf.

Kalin war schon einige Schritte weitergegangen, und als ich von der Terrasse sprang, hatte er keine Chance mehr, mich aus dem Augenwinkel kommen zu sehen. Umso besser.

Meine flachen Schuhe machten im Sand so gut wie kein Geräusch, als ich mich ihm von hinten näherte. Ich hielt nur einmal kurz an, um etwas angespültes Meerwasser in beiden Händen aufzufangen, dann heftete ich mich wieder an Kalins Fersen. Ich zögerte, fragte mich, ob ich das jetzt wirklich tun sollte – und zog es gnadenlos durch.

Meine Arme schossen vor, ein großer Schluck Wasser bespritzte Kalin von hinten, sodass er entgeistert herumfuhr. »Was –« Er erkannte mich und riss die Augen hinter seiner Sonnenbrille auf. »Was?!« Fassungslos tastete er seinen Rücken ab und fixierte mich, die Miene von so vielen verschiedenen Emotionen erfüllt, dass ich kaum hinterherkam. »Was tust du da?«

»Oh, tut mir leid!«, sagte ich meinen Text in Perfektion auf. »Ich bezahl dir die Reinigung, okay? Und dein nächstes Getränk!«

Seine Mundwinkel sackten herab, und er riss sich die Brille herunter. »Willst du dich über mich lustig machen?«, fragte er verdrossen und sah so aus, als würde er sich am liebsten umdrehen und weitergehen.

Mein Herz erbebte in meiner Brust, und ich machte noch einen Schritt auf ihn zu. »Nein«, sagte ich sanft. »Ich will alles wissen.«

Verwirrt steckte er die Sonnenbrille die Brusttasche seines Hemds. »Was meinst du damit?«

Ich ergriff seine Hände. »Alles. Alles, was dich jemals beschäftigt hat und wovon du mir nie etwas erzählt hast.« Fest blickte ich ihn an. »Ich war vielleicht der Knall, den du gehört hast. Aber nichts explodiert einfach so.« Ich zögerte. »Dir ging es nicht gut, Kalin. Dir ging es schon nicht gut, als ich dich zum ersten Mal gesehen habe. Doch du hast nie davon gesprochen.«

»Oh. Das meinst du«, murmelte er und senkte den Blick. Er betrachtete unsere Hände, als hätte er als Letzteres erwartet, meine je wieder berühren zu können. »Da gibt es nicht viel zu sagen. Wenn man drei Brüder hat, die alle erfolgreicher sind als man selbst, steigert das die Erwartungshaltung. Ich war für meine Eltern einfach nicht gut genug. Dann nehme man noch ein Studium, das mich nicht kümmert, ein paar Freunde, die keine sind, den

Druck und die Erwartungen und die Forderungen, die von jeder Seite kommen, sogar von Leuten, die du noch nie zuvor gesehen hast …« Er biss sich auf die Unterlippe. »Die Wahrheit ist, dass nichts in meinem Leben in Ordnung war. Schon lange nicht mehr. Ich wollte es bloß nicht wahrhaben.«

Genauso wenig wie ich.

Ich spürte einen Stich in meiner Magengrube. Wie lange hatte es gedauert, bis ich kapiert hatte, dass etwas mit ihm vor sich ging? Bis gestern? Hatte ich nicht unsere ganze Beziehung über geglaubt, dass er einfach nur unglaublich gern feiern ging? War ich nur ein einziges Mal auf die Idee gekommen, dass er damit vielleicht versuchte, seine inneren Dämonen zu ertränken?

»Ich … hatte keine Ahnung«, hauchte ich. »Ich meine … Du hattest deine Wohnung, deine Freunde, deine hunderttausend Bekannten, die dich in jeden Club und jedes Steakhaus gebracht haben –«

Er schnaubte und ließ meine Hände los. »Das ist doch alles nur fake! Und ich will das nicht mehr!« Er rang nach Worten und drehte den Kopf weg, als wäre ausgerechnet die Sonne das Einzige, das er gerade gefahrlos ansehen konnte. »Ich … Ich will etwas, das echt ist. Das eine Bedeutung hat.« Er atmete tief durch. »Das ist das Einzige, was von Wert für mich ist.«

Ich schwieg. Nicht, weil es meine bewusste Entscheidung war, sondern weil die Luft zwischen uns so voll von der Schwere seiner Worte war, dass meine Knie weich wurden.

Ich konnte ihm ansehen, dass er all seine Selbstbeherrschung aufbringen musste, um sich mir wieder zuzuwenden. »Wir hatten so etwas«, raunte er. »Wir beide. Aber dann habe ich es weggeworfen.«

Mein Herz brannte lichterloh, als seine Stimme brach. Stumm schüttelte ich den Kopf. Mein Mund öffnete sich, doch ich fand einfach nicht die richtigen Worte. Es war, als würde sein Schmerz zu meinem Schmerz werden. Und andersherum.

Ich befeuchtete meine Lippen. »Warum hast du es mir nicht gleich gesagt? Ich meine, dass nichts passiert ist«, schob ich hinterher. »Nachdem du es erfahren hast.«

Er zog die Schultern hoch »Du hattest mich überall blockiert.«

Ich hob eine Braue. »O ja. Und da ich ja bekanntermaßen am anderen Ende der Welt gewohnt habe …«

»Was hätte ich denn tun sollen?« Unbeholfen verschränkte er die Arme. »Sei ehrlich, Sofia. Hätte es irgendeinen Unterschied gemacht?« Etwas in seinem Blick veränderte sich. »Macht es jetzt einen Unterschied?«

Seine Frage traf mich völlig unvorbereitet. Sie warf mich geradewegs in den Tsunami aus Gefühlen und Erinnerungen, dem ich noch nie hatte trotzen können – in dem ich jedoch allmählich meine Orientierung wiederfand.

Ich war wütend gewesen. Enttäuscht. Und hatte nicht zugelassen, meine Energie in irgendetwas anderes als das zu investieren.

Kalin war nicht perfekt. Aber wer war das schon? Feststand, dass er sich Mühe gegeben hatte. Und dass er sich immer noch Mühe gab – so unglaublich viel davon. Ich hingegen hatte ihm keine Chance gegeben.

Weil ich geblendet gewesen war. Von seinem Nachnamen, seinem Status, seinem Ruf, seinem Geld. Ich hatte zugelassen, dass mich all diese Dinge beeinflussten – bewusst und unbewusst. Hatte sie immer wieder als Grund vorgeschoben, mich kleiner zu machen, weniger bedeutend. Hatte sie als Ausrede benutzt, um sauer oder enttäuscht zu sein.

Vielleicht hatte mir Kalin Unrecht getan. Aber nicht annähernd so sehr wie ich ihm – in meinen Gedanken, so viele Wochen lang. Ich hatte mich so stark von unseren äußeren Umständen ablenken lassen, dass ich mir keine Gelegenheit gegeben hatte, ihn als das zu sehen, was er war: Als einen Mann, der genau wie ich seinen Platz im Leben suchte. Der vielleicht nicht in derselben Situation wie ich steckte, aber trotzdem mit seinen ganz eigenen Problemen zu kämpfen hatte. Der Herausforderungen vor sich hatte, über die er nicht sprechen wollte – genau wie ich aus Angst, dass der jeweils andere sie nicht verstehen würde.

Wir waren uns so verdammt ähnlich. Nicht zuletzt, weil wir beide genau dafür blind gewesen waren.

Kalin hatte mich gefragt, ob es einen Unterschied machte. Und darauf konnte ich ihm nur eine einzige

Antwort geben. Eine, die ich mit dem ganzen Herzen so meinte. »Ich …«

Doch ich hatte zu lange gezögert. »Sofia«, hob er plötzlich an und zog mit einer Schuhspitze eine unförmige Linie durch den Sand. »Du sollst eines wissen. Ich wollte dir nie, niemals wehtun. Es hat mir wehgetan, dass ich dir so sehr wehgetan habe.« Er seufzte lautlos. »Aber das spielt keine Rolle. Ich bin für meinen Schmerz selbst verantwortlich. Und für deinen. Das tut mir leid.«

Ich schenkte ihm ein gequältes Lächeln. »Ich hab doch gesagt, ich will deine Entschuldigungen nicht hören.« Vor allem, weil mir in diesem Moment jäh klar wurde, dass er nicht der Einzige war, der welche auf dem Herzen hatte. Ganz und gar nicht. Auf einmal sah ich all die Dinge, die in den letzten Tagen, Wochen, Monaten passiert waren, aus so viel klareren Augen.

»Als dich deine Eltern besuchen gekommen sind«, dachte ich laut, »und du mich weggeschickt hast …«

Kalin versteifte sich etwas. »Ich wollte nicht, dass du sie triffst«, sagte er leise. »Ich weiß ja, wie sie sind. Ich weiß, wie sie bei meinen anderen Freundinnen waren, und … ich wollte dir das nicht antun.«

Eine tiefe Wehmut überkam mich. Kalin hatte nicht gewollt, dass ich seine Eltern kennenlernte. Nicht *meinetwegen,* sondern ihretwegen. Schließlich hatte er ihnen jetzt, wo wir getrennt waren, nicht einmal gesagt, dass er hier war. Er war vor seinem Leben geflüchtet und damit gewissermaßen auch vor ihnen.

Ich hatte ständig geglaubt, dass er mir das Geld auf seinem Konto unter die Nase reiben wollte – mit seinen Geschenken, den Rechnungen, die er unbedingt übernehmen musste, dem teuren Champagner. Dabei war er einfach keinen anderen Lebensstil gewohnt.

Er hatte unser Date vergessen. Wie wahrscheinlich so viele andere Dinge auch, wann immer der Druck zu groß geworden war. Etwas, das ich nur begrenzt nachvollziehen konnte, weil das eine Sache war, die ich nie von meinen Eltern gespürt hatte, sondern nur von mir selbst. Ich wollte mir gar nicht ausmalen, wie es sich für Kalin anfühlen musste – wenn die beiden Menschen, die ihn am meisten unterstützen sollten, gleichzeitig seine schärfsten Kritiker waren.

Ich hatte mir vor Augen gehalten, dass seine Freunde glaubten, ich würde ihn ausbeuten. Doch *er* hatte das nie geglaubt. Und war das nicht die einzige Meinung, die zählte?

Meine Unterlippe begann zu beben. »*Mir* tut es leid!«, bekräftigte ich. »Das gestern. Vor allem das gestern, aber nicht nur. Ich … Wenn ich gewusst hätte, was wirklich los ist –«

»Schon gut«, winkte er ab. »Du konntest es doch gar nicht wissen. Ich hab ja nie davon gesprochen. Wäre auch nur Jammern auf hohem Niveau gewesen.«

»Wäre es nicht!« Ich konnte kaum glauben, wie klein sich Kalin auf einmal vor mir machte. Es war, als hätten wir Rollen getauscht. »Und es hätte mir auffallen müssen. Das war mein Fehler.« Verzweifelt blickte ich zu ihm hinauf. Kein Wunder, dass er nach Kreta geflüchtet war – fort von allem, was sein Leben ausgemacht hatte. Aber wir wussten beide, dass das keine Lösung für immer war. »Was kann ich tun?«

Er lächelte halbherzig. »Du kannst nichts tun, Sofia.« Er rückte seinen Strohhut zurecht. »Da muss ich allein durch.«

Mir fiel etwas ein, und ich legte neckisch den Kopf zur Seite. »Weißt du, ich hab gegoogelt. Vielleicht würden dir ein Aspirin, Wasser und Tee helfen.«

Kalin lächelte schief. »Aber nur, wenn du dann auch zu mir unter die Decke kommst.« Sein Mund klappte geräuschvoll zu, und er hob abwehrend eine Hand. »Sorry, das war zu viel. Hab ich selber gemerkt. Ich –«

Ich ließ ihn nicht ausreden. Stattdessen machte ich einen letzten Schritt auf ihn zu und schlang beide Arme um ihn.

Ich konnte förmlich spüren, am schnellen Schlag seines Herzens hören, dass er erschrocken, vielleicht sogar überfordert war. Aber dann erwiderte er die Umarmung, drückte mich sanft an sich und verbarg das Gesicht in meinen Haaren, wie er es früher immer getan hatte. Es war nur ein paar Wochen her und fühlte sich doch an wie in einem anderen Leben.

»Einigen wir uns darauf, dass wir beide Fehler gemacht haben?«, murmelte ich an seiner Brust.

»Du?«, fragte er verständnislos. »Warum denn du?«

Ich schnaubte leise. »Hör auf damit.« Sogar jetzt wollte er mich noch in Schutz nehmen. Er sah wirklich absolut nichts Falsches an dem, was ich gesagt, getan, gedacht, gefühlt hatte. Das war der letzte Beweis dafür, wie unglaublich rein seine Seele war.

Ich hatte ihn so sehr vermisst.

Ich hörte, wie Kalin tief einatmete, als fiele ihm derselbe Stein vom Herzen wie mir. »Darf ich dir zumindest sagen, dass du wunderschön aussiehst?«

Ich lächelte in mich hinein und war froh, dieses Kleid angezogen zu haben. »Darfst du.«

Er berührte meine Schultern und drückte mich leicht von sich weg. Seine Augen hatten einen nachdenklichen Ausdruck angenommen. »Du hast auch nie was gesagt, weißt du?«

Ich versteifte mich etwas. »Hm?«

»Was du gestern angesprochen hast.« Er schluckte. »Was meine Freunde betrifft -« Plötzlich brach er ab, nur um sich zu korrigieren: »Die Menschen, mit denen ich mich umgeben habe. Wie sie dich behandelt haben ...« Langsam schüttelte er den Kopf. »Ich hatte keine Ahnung, Sofia. Das musst du mir glauben. Und ich wünschte, du hättest es mir gesagt.«

Ich biss mir auf die Unterlippe und blickte aufs Meer hinaus. Er hatte mich ertappt. »Ich ... konnte nicht«, quälten sich die Worte zwischen meinen Lippen hervor. »Ich hatte Angst davor, weil ich nicht wusste, wie du reagieren würdest. Sie haben schließlich alle in deiner Liga gespielt. Im Gegensatz zu mir.« Schweren Herzens fixierte ich ihn wieder. »Ich bin die, die anders war.«

Ein leichtes, trauriges Lächeln umspielte Kalins Lippen. »Du warst einfach perfekt.«

Seine Worte trafen mich wie ein knallpinker Pfeil ins Herz. Meine Wangen begannen zu prickeln, und ich konnte seinem Blick kaum mehr standhalten. Da war er, der mir so vertraute Kalin mit seiner direkten, unverblümten Art, mit der er mich von Anfang an in seinen Bann gezogen hatte – und er drohte es wieder zu tun.

Beiläufig sah er sich um – und runzelte die Stirn. »Sag mal«, hob er plötzlich an. »Du hast aber nicht gerade bei deinem A-la-carte-Dinner gesessen, oder?«

Alarmiert drehte ich den Kopf und blickte zur Terrasse des Nebengebäudes hinüber … wo mein Platz inzwischen neu besetzt worden war. Ich räusperte mich. »Satz mit X.«

»Verdammt, das hättest du nicht verpassen dürfen!« Bekümmert schüttelte Kalin den Kopf. »Die Tintenfischringe sind der Hammer!«

Ein Zucken ging durch mein Augenlid. »O nein«, sagte ich ohne jede Euphorie. »Schade drum.«

»Wenn du noch nichts gegessen hast«, schlug Kalin plötzlich vor, »was dagegen, wenn ich es wiedergutmache?«

Ich musste grinsen. »Was? Willst du mich jetzt auf ein Dinner im Buffet-Restaurant einladen?«

Er reckte das Kinn. »Tatsächlich nicht. Ich spreche vom richtigen Kreta.« Damit drehte er sich halb um und nickte hinter sich. »Da hinten, am Ende des Strands, ist eine Taverne, die ich ziemlich cool finde.« Er klopfte gegen die ausgebeulte Tasche seiner Jeansshorts. »Ich lade dich ein.«

Eine prickelnde Wärme stieg in mir auf, die nichts mit der untergehenden Sonne zu tun hatte. »Wenn ich keine Tintenfischringe essen muss …?«

Er zuckte die Achseln. »Wenn ich trotzdem Tintenfischringe essen darf …?«

Ich kicherte und hielt ihm eine Hand hin. »Deal!«

»In Ordnung!« Er schlug ein – und behielt sie mehrere Sekunden länger als nötig in seiner. Da war dieser eine Augenblick, in dem wir auf unsere verschränkten Finger sahen und uns vielleicht beide fragten, wie es sich wohl anfühlen würde, auf dem Weg zur Taverne Händchen zu halten.

15. Tavérna

5 Tage bis zum Rückflug

Wir hielten natürlich nicht Händchen. Schließlich waren wir getrennt. Wir waren beide aufgewühlt, verwirrt und durcheinander von den letzten Tagen – allein schon die Tatsache, dass wir uns hier überhaupt begegnet waren, hatte uns viel zu denken gegeben, aber all die Dinge, die seitdem passiert waren, setzten dem Ganzen noch die Krone auf.

Dennoch fühlte ich mich wohl. Ich fühlte mich so unglaublich wohl, als ich neben Kalin über den Strand spazierte. Wir hatten uns die Schuhe ausgezogen und hielten uns ganz nah am Wasser, wo der Sand durch einige sanfte Wellen noch feucht und fest war. Die Sonne näherte sich immer mehr dem Horizont. Ihr Licht spiegelte sich in der Oberfläche des Meeres, die sie beinahe erreicht hatte. Die Wärme ihrer letzten Strahlen traf mich mitten ins Herz und erwärmte mich von innen – oder vielleicht war es auch nur die Tatsache, dass in diesen Sekunden etwas passierte, womit ich noch bis vor einer Woche im Leben nicht gerechnet hatte.

Kalin und ich. Zusammen. Friedlich. Fast schon unbeschwert.

»Und?«, fragte ich beiläufig. »Bist du eigentlich ansteckend?«

Irritiert sah er mich an. »Wie bitte?«

»Na, weil du doch krank bist. Hat mir die Rezeptionistin gesagt«, fügte ich angesichts seiner Miene hinzu.

Kalin schenkte mir einen schiefen Blick. »Du hast nach mir gefragt?«

Ertappt verspannte ich mich etwas. »Ähm, na ja …«

Er grinste breit. »Hat sich da etwa jemand Sorgen um mich gemacht?«

Ich reckte das Kinn. »Nein, ich war sauer, dass das Wine-Tasting ausgefallen ist, und wollte mein Geld zurück.«

Kalin lachte leise. »Das können wir von mir aus in der Taverne nachholen.«

»Nur über meine Leiche!«, entgegnete ich spitz. »Vor allem nicht, wenn du dir wieder nur Placebo-Alkohol ins Glas kippst.«

»Verdammt!« Er kickte etwas Sand aus dem Weg. »Ich hätte dir meinen geheimen Trick nicht verraten dürfen!«

»Tja.« Ich streckte mich etwas. »Mich kannst du jetzt zumindest nicht mehr abfüllen.«

Herausfordernd verengte er die Augen. »Das werden wir ja sehen.«

Ein gefährliches Prickeln zog sich über meine Haut. »Ist das eine Drohung?«

»Nein, überhaupt nicht.« Lässig ließ er die Schultern kreisen. »Mir ist nur aufgefallen, dass ich ja noch ein paar Tage Zeit habe.« Er machte eine Pause. »Wann fliegst du nochmal zurück?«

Seine Frage drohte mein Stimmungshoch ins Wanken zu bringen. »In fünf Tagen«, seufzte ich. »Gleich morgens um sieben. Das wird ne kurze Nacht werden.«

»Das ist gar nicht mehr so lang«, murmelte er, kommentierte es aber nicht weiter.

»Ich weiß! Und ich hab bisher rein gar nichts von der Insel gesehen«, murrte ich. »Vielleicht orientiere ich mich an dieser Mädels-Gruppe und mache noch einen Tagestrip irgendwohin.«

»Oh.« Etwas Lauerndes legte sich in Kalins Blick. »Hast du dich etwa mit denen angefreundet?«

»Nein«, antwortete ich verdrossen. »Sie reden beim Frühstück bloß immer so laut, dass ich nicht weghören kann.« Nicht zuletzt, weil sie es mit dem kostenlosen Sekt immer etwas zu übertreiben schienen.

Er lachte leise. »Das glaube ich schon eher.«

»Sie sind zu diesem Palast von Knossos gefahren«, fuhr ich fort. »War ja klar, dass sie dieses Hotel nur verlassen, wenn sie einen Palast in Aussicht haben.«

Kalin grunzte. »Du weißt, dass der Laden eine einzige Ruine ist, oder?«

Ich stutzte. »Was? *Wirklich?* Aber –« Ich dachte kurz nach. »Ich hab doch schon mal ein Foto davon gesehen. Darauf sah nichts kaputt aus.«

»War vielleicht eine Rekonstruktion.« Er zog sein Handy aus der Hosentasche und gab etwas in die Suche ein. »Oder du hast das beliebteste Motiv von dort gesehen.« Er hielt mir das Teil unter die Nase, auf der ich die rote Fassade und prächtigen Stütztürme eines imposanten Gebäudes erkannte.

Mein Herz machte einen Satz. »Das ist es!« Ich deutete auf den Bildschirm. »Das ist doch der Palast, oder etwa nicht?«

Kalin sah so aus, als müsste er sich zusammenreißen, um nicht loszulachen. »Das«, erklärte er, »ist die einzige intakte Wand, die man auf dem Gelände findet.«

Meine Schultern sackten herab. »Und der Rest ist nur eine Ruine?«

Er steckte sein Handy weg. »Na ja, sie haben viele Schilder zur Erklärung aufgestellt.« Jetzt stahl sich doch noch ein Grinsen in sein Gesicht. »*Der Trümmerhaufen zu Ihrer Linken war einmal eine Treppe, und wenn Sie sich nach dem nächsten Trümmerhaufen um neunzig Grad drehen, sehen Sie die Überreste der Speisekammer.*«

Ausdruckslos starrte ich ihn an. »Ich glaube, ich lege mich gleich an den Strand und stehe erst in fünf Tagen wieder auf.«

Kalin prustete. »Banausin!«

»Und wenn schon!« Ich wurde wieder ernst. »Was ist mit dir? Wie geht es mit dir weiter?«

Eine kleine Falte bildete sich zwischen seinen Augenbrauen. »Ich weiß es nicht. Ich hab wirklich keinen Plan – außer, dass ich hier noch bis zum Ende der Saison arbeiten werde. Also bis Mitte September.«

Aus irgendeinem Grund versetzte mir diese Nachricht einen Stich.

»Mal sehen, ob meine Leute überhaupt bemerken, dass ich so lange nicht zu Hause bin. Und dann … Weiter kann ich nicht denken. Und es kommt sowieso immer alles anders.« Er sah mich von der Seite an. »Du zum Beispiel.«

Ich blinzelte. »Ich komme anders?«

»Als ich dich zum ersten Mal gesehen habe, war das in einem Augenblick, in dem ich am wenigsten damit gerechnet hatte, jemanden wie dich zu treffen.« Er ließ den Blick in die Ferne wandern. »Genau wie jetzt.« In seinen Worten lag eine Sanftheit, die er nur an den Tag legte, wenn er mit mir allein war. Etwas, das ich wahnsinnig vermisst hatte – und wovon ich nicht mehr genug bekommen konnte. Das wusste ich schon jetzt, als ich mir noch einzureden versuchte, dass es sich dabei um einen ganz unverbindlichen, ungezwungenen Spaziergang handelte. Dass sich absolut nichts zwischen uns verändern würde. Dass ich Kreta verlassen könnte, ohne einen Blick zurückzuwerfen.

Der Weg über den Strand war viel weiter, als er mit bloßem Auge ausgesehen hatte. Bis wir bei der

Taverna Nora angekommen waren, war ich schon völlig ausgehungert und musste für meinen nur mit einem Schluck Wein gefüllten Magen dringend Abhilfe schaffen.

Die Taverne war klein und süß. Innen kreierten ihre Steinwände und Blumendeko ein fast schon altertümliches Flair, außen fand sich eine Art länglicher Steg mit weiteren Tischen und Stühlen, auf denen man sein Abendessen unmittelbar neben dem Meer genießen konnte.

Erst als uns die Bedienung zielstrebig ans hinterste Ende davon führte, registrierte ich, dass der Steg überhaupt nicht gesichert war – es gab kein Geländer, nichts, was jemanden davon abhalten würde, sturzbetrunken ins Wasser zu purzeln. Zum Glück hatte Kalin dem Alkohol abgeschworen.

»Nur damit das klar ist«, sagte dieser, als wir uns gerade so an den Tisch gesetzt hatten. »Die Rechnung übernehme ich.«

Meine Brauen schossen in die Höhe. »Wie kommst du darauf, dass ich das jemals –«

»Na, hör mal!« Er sah den Kellner nicht einmal an, als er uns die Karten brachte. »Ich hab dich doch um dein Abendessen gebracht.«

»Ich hab mich selbst um mein Abendessen gebracht«, entgegnete ich und nahm meine Speisekarte dankend entgegen.

»Aber nur meinetwegen.«

»Du musst nicht immer alles auf dich beziehen«, stichelte ich und klappte die Karte auf.

Er lehnte sich auf seinem blau gestrichenen Stuhl zurück. »Also gut, dann anders: Du zahlst einen ganzen Haufen Geld dafür, hier zu sein. Und ich *werde* dafür bezahlt.« Seine Miene erhellte sich. »Wow, ich verdiene hier gerade zum ersten Mal mein eigenes Geld«, lenkte er vom Thema ab und runzelte die Stirn. »Fühlt sich echt gar nicht so schlecht an. Was?«, fragte er verdrossen, als er meinen Blick auffing.

»Nichts!« Schnell fixierte ich die Karte. »Ich hätte nur nie gedacht, jemals solche Worte aus deinem Mund zu hören.« Ich lächelte in mich hinein. »Man könnte ja glatt meinen, du wärst auf den Geschmack gekommen, zu arbeiten.«

»Ach, so weit würde ich mich nicht aus dem Fenster lehnen. Ahhh«, sagte er plötzlich. »Da hätten wir doch schon unseren Oktopus.«

Zum Glück verschonte er mich letzten Endes damit und bestellte sich ein Fischgericht. Ich entschied mich für Moussaka, und der Salat, den wir dazu gereicht bekamen, war so üppig, dass kein Teil von mir dem hoteleigenen A-la-carte-Dinner hinterhertrauerte. Auch wenn es mir etwas seltsam vorkam, dass Kalin quasi in der Sekunde, in der wir fertig gegessen hatten, auf Griechisch schaltete und kein Wort Englisch mehr mit der Bedienung sprach: »Éna potíri krasí gia tin kyría, parakaló!« Dabei nickte er in meine Richtung, und ich runzelte die Stirn.

»Was?«, hauchte ich, aber Kalin war noch nicht fertig.

»*Boreíte na mas férete éna zumeró se déka leptá?*« Kalin wandte sich mir erst wieder zu, nachdem die Bedienung schon verschwunden war. »Ich hab dir nur noch was zu trinken bestellt.«

Ich schielte zu meinem vollen Wasserglas hinüber. »Das wäre nicht nötig gewesen.«

»Und wie es das wäre.« Geradezu beiläufig stand er auf und ließ sich dann auf dem Stuhl neben mir nieder. Jetzt, wo er auf meiner rechten Seite und nicht mehr in meinem frontalen Sichtfeld saß, hatten wir beide den besten Blick auf das schillernde Meer. Obwohl die Insel Dia von hier aus viel weiter weg war als bei unserem Paddelausflug, ragte sie in der Ferne mindestens so ausdrucksstark aus dem Wasser. »Und?«, fragte er. »Wie lautet dein kritisches Urteil?«

Ich sah ihn von der Seite an. »Über Kreta? Es ist wirklich schön hier. Das Meer ist ein absoluter Traum.«

»Mhm.« Er rückte seinen Hut etwas weiter nach hinten. »Und wie sieht es mit dem Blue Bay Resort aus?«

»Ach.« Ich verdrehte die Augen. »Eine totale Enttäuschung. Keine Ahnung, warum diese Hadrian Hotels so gehypt werden. Denen sollte man mindestens zwei Sterne abziehen.«

Er lachte leise. »Und wie würden Sie unsere Animation bewerten, Frau Aldea?« Lässig legte er einen Arm auf die Rückenlehne meines Stuhls. »War unser Programm zu Ihrer Zufriedenheit?«

Ich verschränkte die Arme. »Also bitte! Ich hab das versprochene Wine-Tasting nicht bekommen. Ich bin maßlos enttäuscht und möchte –«

Ich verstummte, als die Bedienung an unserem Tisch auftauchte – eine Karaffe Rotwein und zwei Gläser auf dem Tablett. Meine Augen weiteten sich, während ich beobachtete, wie der Mann die Gläser abstellte und meines zum Teil damit füllte. Als er die Flasche an dem von Kalin ansetzen wollte, hielt er seine Hand darüber und lehnte dankend ab – vielleicht. Er sprach immer noch griechisch und ich hatte keine Ahnung, warum. Wollte er mich damit beeindrucken?

Das hatte er allerdings bereits. »Was war das denn für ein Timing?«, stieß ich hervor und nahm mein Glas in die Hand. »Das kannst du doch nicht geplant haben, oder?«

Ein neckisches Zucken ging durch Kalins Braue. »Wie war das nochmal, Frau Aldea? *Wie* würden Sie unsere Animation bewerten?«

Ich musste kichern. »Glatte fünf Sterne.«

Als wir dann schweigend aufs Wasser hinaussahen, hinter dem die Sonne gerade so verschwunden war und nach und nach ihr Licht mit sich nahm, ich mit einem Glas Wein in der Hand, das Rauschen des Meeres am Ohr und dem Sommer in meinem Herzen, hätte ich mich beinahe an Kalin gelehnt. In letzter Sekunde konnte ich mich davon abhalten. Weil ich nicht wusste, ob es das Richtige war.

Auch wenn mir ein Teil von mir genau das einreden wollte. Zum ersten Mal, seit ich Kalin hier wiederbegegnet war – nein, vielleicht sogar seit unserer Trennung – wurde ich nicht mehr von Erinnerungen eingeholt. Nicht von den guten, nicht von den schlechten. Weil wir gerade drauf und dran waren, neue Erinnerungen zu erschaffen. Erinnerungen, die ich für immer in meinem Herzen bewahren wollte.

»Wie geht es dir?«

Erstaunt sah ich zu ihm. »Wie bitte?«

Er lächelte zaghaft. »Mir ist gerade aufgefallen, dass ich dich das noch gar nicht gefragt habe. Die ganzen letzten Tage nicht. Also ... wie geht's?«

»Gut.« Belustigt nippte ich an meinem Wein. »Danke der Nachfrage.«

»Ich hoffe«, fuhr er fort, »dass ich hier bin, hat dir nicht den ganzen Urlaub versaut.«

»Schwachsinn.« Ich stellte mein Glas ab. »Ich meine, ja, am Anfang war es eine ... Überraschung«, umschrieb ich es galant. »Aber ich habe kein Problem mit Überraschungen.«

»Ach ja?« Sein Blick schien sich etwas zu verdunkeln, und ein fast schon listiger Zug bildete sich um seine Mundwinkel. »Dann werde ich dich demnächst wohl überraschen.«

Ich lächelte verwirrt. »Ach ja? Womit denn?«

Lässig schlug Kalin die Beine übereinander. »Wenn ich das sagen würde, wäre es keine Überraschung mehr.«

Tatsächlich war die nächste Überraschung aber nicht weit entfernt. Etwa fünf Minuten später kam die Bedienung schon wieder zurück und stellte einen Teller vor uns ab. Darauf: ein saftiges Stück Schokokuchen mit Vanilleeis.

Mein Herz machte einen Satz. »Was –«

»Ah!« Kalin setzte sich aufrecht hin. »Mein Dessert ist da.«

Ein Pfeil des Verrats bohrte sich in meine Brust, und meine Miene verfinsterte sich. »*Dein* Dessert?«

»Natürlich«, antwortete Kalin mit gespielter Verwirrung. »Was denkst du denn? Den hab ich für mich bestellt.«

Mir klappte die Kinnlade herunter. »Dein Ernst?« Empört schüttelte ich den Kopf. »Nicht dein Ernst!«

»Mein voller Ernst.« Nachdenklich wiegte er den Kopf hin und her. »Aber jetzt, wo ich ihn mir so ansehe, schaffe ich es wahrscheinlich nur, das Eis zu essen. Was soll ich nur mit diesem ganzen Kuchen anstellen?« Er fixierte mich. »Schokoladiger Schokokuchen …«

Ich versuchte, einen gefassten Gesichtsausdruck zu bewahren. »Ich hätte da eine Idee.«

»Wirklich?« Seelenruhig nahm er den beiliegenden Löffel und schabte sich etwas von dem Vanilleeis ab, das schon leicht zu zerlaufen begonnen hatte. »Ich nämlich nicht.« Genüsslich schob er es sich in den Mund und wandte dabei keine Sekunde lang den Blick von mir.

Ich wollte rasend sein vor Wut, aber stattdessen konnte ich nicht anders, als an seinen Lippen zu hängen, zwischen denen er den Löffel langsam wieder hervorzog. Unwillkürlich begann mein Herz, schneller zu schlagen, und für einen Moment vergaß ich, was ich hatte sagen wollen, wer wir waren und was zur Hölle ich auf Kreta tat.

»Ich könnte ihn essen«, überraschte ich mich selbst, indem ich doch noch einen ganzen Satz herausbrachte.

Kalin runzelte die Stirn, als wäre ihm dieser Einfall gar nicht gekommen. »Du? Ich weiß nicht.« Wieder legte er einen Arm über meine Lehne, und diesmal konnte ich seine Nähe umso deutlicher spüren. Jetzt setzte er den Löffel am Kuchen und nahm ein Stück davon herunter. Auf halber Strecke zu seinem Mund hielt er inne und schenkte mir einen prüfenden Blick. »Was hätte ich denn davon?«

Ein heißes Kribbeln befiel meinen ganzen Körper und ließ alles um uns herum verblassen. »Die Genugtuung, dass ich ganz lieb bitte gesagt habe?«

Sein Mundwinkel zuckte, und seine aufgesetzte Fassade geriet ins Bröckeln. »Das ist tatsächlich verdammt viel wert. Also?«

Ich klimperte mit den Wimpern. »Ganz lieb bitte.«

»Wow«, sagte Kalin anerkennend und hielt mir den Löffel hin. Und öffnete den Mund und ließ mich mit dem Kuchen füttern. Er zerging so zart auf meiner Zunge, dass es mir schon fast Tränen in die Augen trieb. Dieser Kuchen war perfekt. Genau wie dieser ganze Abend, eigentlich.

Mit ebenjener Genugtuung, die ich ihm versprochen hatte, betrachtete mich Kalin beim Kauen und legte den Löffel weg. »Das hat mir gefallen.« Sein

Blick strich auf dieselbe Weise über mein Gesicht, wie es seine Hand hätte tun dürfen. Auf dieselbe Weise, wie meiner nach wie vor an seinen Lippen haftete. »Ich frage mich nur«, murmelte er, »was passieren würde, wenn *ich* ganz lieb bitte sagen würde.«

Mein Atem ging nur noch flach. Die Aufregung brachte mein Herz zum Rasen und raubte mir schier den Verstand. »Versuch es doch«, war es nicht mehr als ein Hauch.

In einer zarten Berührung strichen seine Finger über mein Schulterblatt – und hielten mich dort fest. Ich nahm kaum wahr, wie mir Kalin näherkam, weil ich mich zeitgleich in Bewegung setzte. »Ganz ...« Seine Stirn berührte meine. »... lieb ...« Und dann verschmolzen unsere Lippen zu einem Kuss, nach dem ich mich so sehr gesehnt hatte.

Er war anders als der in der Bar, ganz anders. Er ähnelte auch dem vor dem Steakhaus nicht im Geringsten. Nein, das hier war etwas Besonderes. Denn Kalin war inzwischen ein anderer Mensch – genau wie ich. Ich konnte es spüren, als ich eine Hand auf seine bärtige Wange legte, und er, als er sich umso mehr in meine Richtung lehnte und es plötzlich keine Barriere mehr zwischen uns gab. Kein Widerstand, keine soziale Kluft, keine Erinnerung, kein Streit, keine Lüge.

Zum ersten Mal in unser beider Leben gab es nur noch ihn und mich. Und das war das schönste Gefühl überhaupt.

16. Dia

2 Tage bis zum Rückflug

Die nächsten drei Tage waren einfach nur magisch. Ich konnte es nicht anders nennen, weil ich mich wie in einem Film fühlte. Keinem kitschigen Liebesfilm, sondern einer Drama-Komödie, in der es zuerst so aussah, als würde bei der Hauptfigur nichts nach Plan laufen – bis sie am Ende doch alles bekam, was sie sich hätte wünschen können. Und mehr.

Ich ließ den Palast von Knossos Ruine sein und verbrachte meine Tage weiterhin im Blue Bay. Was Kalin und mich betraf, erlebten wir ein einziges großes Abenteuer zusammen – und das, ohne das Hotelgelände zu verlassen. Weil er so was von seinen Job verlieren würde, wenn ihn irgendjemand dabei beobachtete, mit einem Hotelgast herumzumachen, verhielten wir uns in der Öffentlichkeit ganz natürlich. Ich besuchte seine Animationsstunden, spielte Volleyball im gegnerischen Team und bekam doch noch mein offizielles Wine-Tasting.

Das Aufregende war die Zeit dazwischen. Die Art und Weise, wie wir es immer wieder schafften, win-

228

zige Augenblicke bis hin zu wenigen Minuten einzuschieben, die allein uns gehörten. Intensive Blicke bei den Mahlzeiten, eine beiläufige Berührung meiner Hand während der Weinprobe, das eine Mal nach dem Volleyballspielen, als er mich auf einmal huckepack genommen und bis zu meiner Liege zurückgetragen hatte. Oder als ich die Stufen neben dem Pool in den Duschbereich hinabgestiegen war, um kurz das salzige Meerwasser von mir zu spülen, und er plötzlich dort auftauchte, die Arme um mich schlang und mich so leidenschaftlich küsste, dass ich mich leer fühlte, kaum dass er wieder verschwunden war.

Diese Zeit war ein zweischneidiges Schwert. Einerseits wollte ich nicht, dass unser gemeinsamer Aufenthalt auf Kreta endete – andererseits konnte ich mich schon bald nicht mehr mit dem zufriedengeben, was wir hatten. Wir hatten mehrere Wochen miteinander verloren, und ein seltsamer Ehrgeiz, der sich in meiner Brust festgeklammert hatte, wollte diese Zeit um jeden Preis der Welt aufholen.

Es gab nur eine verbotene Zone: mein Zimmer. Weil Kalin in einem anderen Gebäudekomplex außerhalb des Geländes schlief, hatte er im Gebäudeteil mit den Gästezimmern nichts verloren – und ganz egal, ob man von innen oder über die Feuertreppe dorthin gelangen wollte, man befand sich jederzeit in Sichtweite des übrigen Hotelpersonals, von dem ich erst jetzt bemerkte, aus wie vielen Menschen es eigentlich bestand: Rezeptionisten, Bedienungen, Barkeeper, Animateure, der Hotelmanager, der seltsamerweise von allen Mitarbeitern am ungepflegtesten aussah – es war immer jemand in Reichweite. Dass er neulich in mein Zimmer gekommen war, war mit dem größten Risiko verbunden gewesen. Eines, das er kein zweites Mal eingehen konnte.

Ich musste mich am Riemen reißen, um mich nicht die ganze Zeit über *rein zufällig* in Kalins Nähe aufzuhalten. Deshalb ließ ich mich von ihm auch dazu überreden, eine Massage im hoteleigenen Spa zu buchen.

Und es war der Wahnsinn. Ich hatte vom letzten Bootsausflug immer noch einen Muskelkater in Armen *und* Beinen, aber die Massage offenbarte mir erst, wie verspannt mein ganzer Rücken war. Begleitet von ruhiger, meditativer Musik in einem Raum, in dem es nicht zu heiß und nicht zu kalt war, fiel es mir unglaublich leicht, die Augen zu schließen und die Seele baumeln zu lassen – etwas, das mir während des Semesters so gut wie nie gelungen war. War das dieses Urlaubsgefühl, das die ganze Welt vor mir gekannt hatte?

»Einen Augenblick bitte.« Die Hände der Masseurin verschwanden von meinem Rücken. Ich hielt die Augen geschlossen und konzentrierte mich voll und ganz auf die träge Musik, die langsam, aber sicher, dafür sorgte, dass ich immer ruhiger wurde …

Und ruhiger …

Und ruhiger …

Mit einem Schlag war ich hellwach, als ich die Hände der Masseurin wieder an meinen Schultern spürte – nur, dass sie nun ganz schön zupackte. Fast schon etwas zu sehr.

Irritiert hob ich die Lider. »Was ist denn jetzt los?«, entwich es mir, bevor ich darüber nachdenken konnte, dass ich nicht in der Position war, diese Frau für ihre Arbeit zu kritisieren.

»Was?«, fragte plötzlich eine männliche Stimme. »Gefällt dir meine Massagetechnik etwa nicht?«

Erschrocken riss ich den Kopf herum – und begegnete Kalins verschmitztem Lächeln. Meine Augen weiteten sich. »Wie kommst du denn hier rein?«, raunte ich und suchte den restlichen Raum nach der Masseurin ab, vergeblich. Das hier war wie im Film!

»Maria war mir noch einen Gefallen schuldig«, erklärte er sachlich, als würde er nicht gerade seinen Job riskieren. »Und?«, fragte er verheißungsvoll, während er sich tiefer in die Massage kniete. »Bist du bereit für deine Überraschung?«

Ich versuchte, mich wieder entspannter hinzulegen. »Über-« Da erinnerte ich mich an das, was er in der Taverne gesagt hatte. »Augenblick. Ich dachte, der Kuchen neulich war schon die Überraschung!«

»Das?« Er lachte herzlich. »Das war doch überhaupt nichts. Ich hab heute Abend eine kleine Spritztour für uns geplant.«

»Eine Spritztour?« Meine Miene erhellte sich. »Etwa mit einem Jeep?«

»Ähm.« Er stockte. »Nein. Kein Jeep. Sorry.«

»Oh.« Ich schüttelte den Kopf. »Wird bestimmt trotzdem total cool!«

»Mhm. Total cool.«

»Oh Gott«, murmelte ich. »Bitte wirf jetzt nicht den ganzen Plan über den Haufen, um irgendeine dahergelaufene Jeep-Tour zu buchen.«

Pause. »Sicher?« Noch eine Pause. »Ich meine, wenn du lieber mit einem Jeep irgendwo hinfahren willst –«

»Nein!«, schnitt ich ihm energisch das Wort ab. »Was auch immer deine Überraschung ist, ich werde mich sicher darüber freuen!«

»Ja, das glaube ich allerdings auch.« Kalins Hände rutschten zur Seite und er küsste meine Schulter. »Sitz nicht zu lange beim Abendessen. Triff mich am Strand. Es geht los, sobald du fertig bist. Ach ja«, fügte er hinzu. »Zieh einen Bikini an.« Ich spürte einen Luftzug an meinem Rücken, dann war er verschwunden.

Ich hatte noch nie so schnell so viel Essen in mich hineingestopft wie an jenem Abend. Und ich war so unglaublich aufgeregt, war es schon den ganzen Tag gewesen. Schließlich könnte ich nur noch zwei-mal schlafen (und einmal davon ausschlafen), bevor ich meine Koffer packen und auf Nimmerwiedersehen von hier verschwinden musste. Ich hatte große Angst, etwas zu verpassen, auch wenn ich immer noch hier war. Aber die Tatsache, dass ich bald über einen Monat von Kalin getrennt sein würde, obwohl wir uns doch gerade erst wiedergefunden hatten, brannte sich bereits jetzt schmerzhaft in meine Brust.

Ich fühlte mich wie eine Geheimagentin, als ich nach dem Abendessen in mein Zimmer schlüpfte und mich wieder in meine Badesachen warf. Über die Feuertreppe schlich ich mich nach unten und landete schließlich im Poolbereich nur wenige Schritte von den Stufen entfernt, die zum Strand hinabführten.

Ich versuchte, mich so normal wie möglich zu verhalten, als ich mich darauf zubewegte. Es war ja nichts Verwerfliches daran, sich nach dem Abendessen nochmal in die Fluten stürzen zu wollen, oder?

Selbst, wenn es schon dunkel wurde?

Selbst, wenn der Bademeister nach Hause gegangen war?

Selbst, wenn man allein unterwegs war?

Ich rechnete fest damit, von irgendjemandem aufgehalten zu werden – so lange, bis ich den Strand erreicht hatte und Kalin in einiger Entfernung entdeckte. Er befand sich vor dem Bootsverleih im Wasser, neben sich ein –

Mir blieb der Mund offen stehen, und ich beeilte mich, die Distanz zu ihm zu überbrücken. »Ein Jetski?«, stieß ich hervor, noch bevor ich ihn erreicht hatte.

»*Kalispéra, omorfiá*«, begrüßte er mich fast schon singend und winkte mich eifrig zu sich heran. Zu seinen roten Badehosen trug er eine orangefarbene Schwimmweste und hielt mir eine zweite davon hin. »Komm, das könnte noch was werden mit dem Sonnenuntergang auf Dia.«

»Dia?« Erstaunt blickte ich von ihm zu der Insel, die eine stetige und doch unerreichbare Begleiterin meines Urlaubs geworden war. »Du meinst das zwölf Kilometer entfernte Dia?« Dennoch zog ich mir die Schwimmweste über den Kopf.

»Mit dem Tretboot hätte es wohl zu lange gedauert.« Er hielt die Lenker des Jetskis fest, der gerade tief genug im seichten Wasser stand, um noch nicht von der leichten Strömung bewegt zu werden. »Aber mit diesem Schmuckstück hier klappt es bestimmt.«

Unsicher trat ich neben ihn, bis das Wasser meine Füße und Knöchel bedeckte. »Darfst du das überhaupt? Dir einen Jetski ausleihen?«

»Na ja«, antwortete Kalin gedehnt. »Es ist nicht so, als würde in meinem Arbeitsvertrag stehen, dass ich es darf …«

Betreten starrte ich ihn an.

Er zuckte die Achseln. »Aber es steht auch nicht drin, dass ich es nicht darf, also was soll's?«

»*Was soll's?*«, wiederholte ich verdattert. »Du könntest große Probleme bekommen!«

»Solange ich nicht große Probleme mit *dir* bekomme.« Ehe ich mich versah, hatte er sich vorgebeugt und mir einen schnellen Kuss auf die Lippen gedrückt. »Na los!« Damit setzte er sich auf den Jetski und zog mich locker mit einer Hand hinter sich.

Ich hatte noch nie zuvor so ein Teil auch nur aus der Nähe gesehen, geschweige denn, dass ich bei einem Jetski-Trip mitgefahren war. Deshalb legte ich meine Arme unsicher um Kalins Oberkörper, als säßen wir auf einem Motorrad.

»Hast du einen Führerschein dafür?«, stellte ich eine Frage, die man reichen Leuten wahrscheinlich genauso wenig stellen musste wie »Hast du einen Segelschein?« oder »Hast du eine Yacht auf Ibiza?«

Kalin grunzte. »Also bitte, für so was braucht man doch keinen Führerschein!«

Ich riss die Augen auf. »Braucht man wohl!«

»Das werden wir ja sehen!«, rief er aus und startete den Motor.

Mit einem erschrockenen Quietschen klammerte ich mich an ihm fest, und während der unbändige Drang in mir aufstieg, abzuspringen, bevor es zu spät war, wurde dieser jäh von etwas viel Stärkerem überschattet: Vertrauen. Ich vertraute Kalin. Und das musste die mit Abstand bedeutendste Sache sein, die sich in den letzten Tagen zwischen uns verändert hatte.

Es konnte keinen anderen Grund geben, weshalb ich einigermaßen die Fassung bewahrte, als sich der Jetski mit einem Ruck in Bewegung setzte. Ich hatte keine Ahnung, wie schnell solche Teile werden konnten – und mir wurde heiß und kalt zugleich, als es immer und immer schneller wurde.

Und schneller.

Und schneller.

Der peitschende Fahrtwind riss einen Schrei von meinen Lippen. Das Wasser spritzte nur so in alle Richtungen um uns herum, und ich klammerte mich an Kalin fest, als hinge mein Leben davon ab, was sich mit jeder Sekunde auch etwas mehr so anfühlte. Kaum, dass wir die Startbahn für Boote verlassen hatten, beschrieb Kalin eine scharfe Biegung, bei der ich fest damit rechnete, ins Wasser zu fallen, aber irgendwie mein Gleichgewicht halten konnte. Schon bald peitschten meine Haare wie wild hin und her, und ich wünschte, ich hätte sie zu einem Zopf gebunden. Wann auch immer wir am Ziel wären, ich würde aussehen wie eine Vogelscheuche.

Tatsächlich rückte Dia viel schneller näher, als ich gedacht hätte. Es dauerte lediglich zehn, fünfzehn Minuten, bis dessen Ufer quasi in Absprungweite war. Aber Kalin war noch nicht zufrieden. Anstatt irgendwo anzuhalten, lenkte er den Jetski mit suchendem Blick um die Insel herum – und bog schließlich in einen winzigen Ausläufer des Meeres ein, der in einer kleinen Bucht endete. »Als hätte ich gewusst, dass es diesen Ort gibt!«, lobte er sich selbst, während er den Jetski geradewegs aufs Ufer auffahren ließ.

Kaum, dass er den Motor abgestellt hatte, stieß ich erleichtert die Luft aus meinen Lungen. Ich fühlte mich unsicher auf den Beinen, und als er mir herunterhalf, war mir etwas schwindelig. Ich war nur froh, die Schwimmweste nicht gebraucht zu haben.

Kalin streifte seine einfach ab und warf sie auf den Jetski, weshalb ich es ihm gleichtat. Erst dann bekam ich wirklich einen Blick für unsere Umgebung.

»Und?«, fragte er lässig. »Wärst du lieber Jeep gefahren?«

Meine Lippen teilten sich etwas. »Wow«, war meine wenig passende Antwort auf seine Frage. Um uns herum erstreckte sich ein leicht hügeliges, aber grünes Gebiet, das aus Gras, Bäumen und vereinzelten Gesteinsformationen bestand. Auch die Bucht wurde durch einige steil herabfallende Felswände umringt. Kein einziges Haus und keine Menschenseele waren weit und breit zu sehen.

Dabei erstreckte sich unmittelbar vor uns ein wahrer Hingucker: Der fast schon weiße Sandstrand ging nahtlos ins Meer über, das hier unglaublich hell, klar und vor allem türkis war. Obwohl wir uns nur zwölf Kilometer vom Hotel entfernt befanden, kam es mir so vor, als wäre Kalin mit mir einmal um den Erdball gejettet – mit einem Jet*ski*.

Wir blickten geradewegs in Richtung Westen – in die Richtung, in der die Taverna Nora lag. Und auch die, in der in diesen Sekunden die Sonne im Meer versank.

Kaum merklich schüttelte ich den Kopf. Ich konnte den Blick nicht von dem Spektakel aus Licht und Farben reißen, das sich geradewegs vor unseren Augen abspielte. »Wow«, sagte ich wieder, einfach, weil ich zu keinem anderen Gedanken fähig war.

»Oh ja. Wow.«

Erst als ich den Kopf drehte, bemerkte ich, dass Kalin nicht den Sonnenuntergang anblickte, sondern mich. Ich kicherte und hielt ihm meine Hand hin, die er nahm und sanft drückte. »Danke«, seufzte ich. »Das … Das ist toll. Es ist zwar noch nicht mein letzter Tag, aber es ist trotzdem das schönste Abschiedsgeschenk überhaupt.«

Kalin schnaubte leise. »Sprich nicht von Abschied«, murmelte er – der Unterton in seiner Stimme überraschte mich.

Ich spürte einen Stich in meiner Brust und versuchte, mich nicht so sehr auf meine eigenen Sorgen, Zweifel und Befürchtungen zu konzentrieren. Allen voran: Konnte unser zweiter Anlauf wirklich klappen?

Stattdessen unternahm ich einen Versuch, die Situation aufzulockern. »Was?«, fragte ich neckisch. »Wird mich da etwa jemand vermissen?«

Kalin lächelte halbherzig, ließ sich aber Zeit mit seiner Antwort. Als sich seine Lippen teilten, wusste ich, dass mein Versuch, das Thema zu verharmlosen, gescheitert war. »Man sagt doch immer, dass man manche Dinge erst zu schätzen weiß, wenn sie weg sind. Und das stimmt auch.« Langsam nickte er, als müsste er sich seine eigenen Worte selbst bestätigen, weil er sie kaum glauben konnte. »Ich war es gewohnt, alles haben zu können, was ich wollte, wie ich wollte, so lange ich wollte. Ich hätte viel früher wissen müssen, dass du nicht dazugehörst.« Seine Stimme brach, und die Wärme seiner Hand in meiner wurde allgegenwärtig. »Als du mich verlassen hast, war das ... der schwärzeste Tag meines Lebens. All die Wochen habe ich mich nach etwas Licht gesehnt. Und jetzt ...?« Er legte leicht den Kopf schief und ließ den Blick an mir hinabschweifen, als betrachtete er ein Kunstwerk. »Du bist ... ein Sonnenstrahl.«

Ein Lächeln umspielte meine Lippen. Ich wartete darauf, dass er die Metapher ausführte, sie erklärte, aber das tat er nicht – weil alles gesagt war. Weil das die Sache war, die er mir aus tiefstem Herzen sagen wollte.

Das glaubte ich zumindest, bis er plötzlich nach meiner anderen Hand griff und mir tief in die Augen sah. »Sofia?«

Erstaunt hob ich die Brauen. »Hm?«

Fest blickte mich Kalin an, als wäre er sich noch nie einer Sache so sicher gewesen wie dieser. »*S'agapó.*«

Meine Gesichtszüge entgleisten. Hatte er gerade genau die Worte ausgesprochen, die ich vor so langer Zeit unzählige Male online angehört hatte? Damit ich sie eines Tages in perfekter Aussprache zu ihm sagen könnte? Hatte er mir gerade meinen

Plan zunichtegemacht, indem er mir einfach zuvorgekommen war?

Etwas Vorsichtiges mischte sich in seine Miene. »Kannst du erraten, was das heißt?«, fragte er mit rauer Stimme.

Mein Herz begann schneller zu schlagen. Hatte er gerade gesagt, dass er mich liebte? Meine Lippen teilten sich, und obwohl ich keinen klaren Gedanken fassen konnte, formten sie doch irgendwie ein leises: »Ja.«

Die Ereignisse der letzten Wochen strömten jäh auf mich ein, alle gleichzeitig, und drohten mich fortzuspülen wie die Wellen des Ozeans vor unseren Augen. Zum ersten Mal seit dem verhängnisvollen Anruf wusste ich plötzlich genau, was zu tun war. Was ich fühlte.

Meine Hände ließen Kalins los. Stattdessen legte ich sie auf seine Wangen. Ich zog seinen Kopf zu mir herunter und küsste ihn. Das war meine Antwort.

Kalin atmete tief ein. Er schlang beide Arme um mich und zog mich näher an sich heran. Dabei lehnte er sich stärker in meine Richtung, kam mir entgegen, nahm mich wie in einem Käfig gefangen – einen goldenen Käfig, aus dem ich nicht im Traum ausbrechen wollte. Weil ich genau dort war, ich hingehörte.

Er trug nur seine knallroten Badehosen und ich den grünen Bikini, den er an mir so toll gefunden hatte. Unsere feuchten Körper waren einander so nah wie schon lange nicht mehr – und zum ersten Mal, seit wir uns am Strand wiederbegegnet waren, waren wir wirklich allein, ohne befürchten zu müssen, dass uns irgendjemand sehen und damit schaden könnte. Wir hatten endlich die Zweisamkeit, die ich während unserer Beziehung immer wieder vermisst hatte, und es war alles, was ich wollte.

Etwas an unserem Kuss veränderte sich. Als würde er einmal mehr dasselbe denken wie ich, wurde Kalins Griff fester. Seine Bewegungen nahmen etwas Hungriges, etwas Sehnsüchtiges an, etwas, das sich über Wochen und Monate hinweg angestaut hatte und sich nicht mehr unterdrücken ließ. Unsere schwärzesten Dämonen wurden freigesetzt.

Kurzerhand machte ich einen Satz, sodass Kalin gar keine andere Wahl hatte, als mich an den Oberschenkeln zu packen. Seine Finger drückten sich in meine nackte Haut, und seine Zähne zogen an meiner Unterlippe. Ein heißer Schmerz zuckte durch mich hindurch, und ich grub eine Hand in seine Haare, konzentrierte mich voll und ganz auf das, was er in mir auslöste.

Am Rande meines Bewusstseins registrierte ich, wie Kalin erst einen, dann zwei Schritte beschrieb. Vorsichtig, um nicht das Gleichgewicht zu verlieren oder mich fallenzulassen. Ich erschrak, als ich plötzlich einen Widerstand in meinem Rücken spürte – eine der senkrecht abfallenden Felswände, wie sie beide Seiten der Bucht flankierten. Kalin ließ eines meiner Beine los, fixierte das andere aber umso stärker im Neunzig-Grad-Winkel. Kein Blatt hätte mehr zwischen uns gepasst, und die Reibung unserer Körper drohte sogar die hartnäckigsten Wassertropfen auf unserer Haut zum Verdunsten zu bringen.

Meine Hände glitten über Kalins Rücken, seine über meine Hüften, meine Taille bis zu meinen Brüsten. Dann wurde er vorsichtig.

Er löste sich von mir, aber nur so weit, dass unsere Lippen gerade so getrennt voneinander blieben. »Ist das okay für dich?«, raunte er mit einer rauen, fast schon rauchigen Stimme, die mich beinahe um den Verstand brachte.

Ich sah ihm tief in die Augen und dachte genau wie er an seine letzten Annäherungsversuche zurück, die ich abgewiesen hatte. Damals war alles anders gewesen.

Feststand: In zwei Tagen wäre ich weg, und ich hatte keine Ahnung, ob wir bis dahin eine weitere Chance auf diese Art von Zweisamkeit bekommen würden. Und danach wären es mehr als sechs Wochen, bis ich Kalin wiedersehen könnte. Wenn nicht sogar noch mehr.

Wenn man bedachte, wie lang sich die zwei Monate unserer Trennung angefühlt hatten, waren sechs Wochen eine Ewigkeit. Der Gedanke daran zerriss mich schon jetzt – und ließ mich meine letzten Zweifel über Bord werfen.

»Ja.« Meine Stimme war nicht mehr als ein zartes Seufzen, und ich konnte Kalin ansehen, dass ihm ihr Klang den Rest gab. Schon hatte er seine Lippen wieder auf meine gepresst, fordernder diesmal. Er ließ seine Hände weiter wandern, über meine Brüste bis zu den Trägern meines Bikinis, die er ohne Umschweife herunterzog. Seltsamerweise fühlte es sich am intensivsten für mich an, als seine Fingerspitzen über meine nackten Schulterblätter strichen – vielleicht lag es aber auch nur an der Tatsache, dass ich genau wusste, was darauf folgen würde. Denn von dort aus wanderten seine Hände in meinen Rücken. Während seine Zungenspitze auf meine traf, spürte ich, wie er die sorgfältig gebundene Schleife meines Oberteils löste und mich schließlich um den Stoff erleichterte.

Sofort zog er mich an den Hüften näher zu sich heran. Seine Lippen wanderten von meinen über meine Wangenknochen, meinen Hals und mein Schlüsselbein, bis sie meine Brüste erreichten.

Mir entwich ein Seufzen, und ich hoffte, dass er es nicht falsch interpretierte. Vor ein paar Wochen wäre mir das hier noch zu schnell gegangen, doch nun konnte es nicht schnell genug sein. Was mich früher ausgebremst hatte, waren Zweifel gewesen. Zweifel, die mich immer begleitet hatten, selbst wenn ich sie nicht wahrgenommen hatte. Aber jetzt war alles so, wie es sein sollte. Und es war perfekt.

Ich war so gefangen in dem Prickeln, das er überall auf meiner Haut auslöste, das ich überhaupt nicht mitbekam, wie er sich an meiner Bikinihose zu schaffen machte. Sie bestand aus einer Vorder-

und einer Rückseite, die lediglich links und rechts mit zwei Schleifen auf Hüfthöhe miteinander verbunden waren. Schon hatte er die linke davon gelöst, und dann –

Ich wollte ihn am Bund seiner Boxershorts packen, aber in dem Moment, in dem die eine Seite geöffnet war, verabschiedete sich mein ganzes Höschen und rutschte einfach an meinem Körper herab. Ich konnte ein genervtes Stöhnen nicht unterdrücken, Kalin richtete sich auf – und schenkte mir ein triumphierendes Lächeln.

Das ließ ich nicht auf mir sitzen. Schnell packte ich seine Shorts und zerrte sie ihm ungeduldig von den Hüften. Weil sie etwas starr vor Wasser waren, hatte ich meine größte Mühe damit, wurde aber sogleich belohnt. Im nächsten Moment packte mich Kalin und wirbelte mich einfach herum. Ich quietschte, verlor das Gleichgewicht und stürzte rücklings in den Sand. Kalin landete spielerisch auf mir, fing sich mit beiden Armen neben mir ab und bedeckte mich jäh mit seinem ganzen Körper.

Sein Atem ging schwer. Er erinnerte mich an einen sibirischen Tiger, der seine Beute quer durch die Wildnis gejagt und nun in die Enge getrieben hatte. Und irgendwie stimmte es ja auch: Wir hatten ein ganzes Meer überqueren müssen, um endlich wieder zueinanderzufinden. Als er mich erneut in einen Kuss verwickelte, aus dem es kein Entkommen gab, ließ er eine Hand über meinen Oberschenkel gleiten – und drückte ihn sanft zur

Seite. Bereitwillig öffnete ich mich für ihn, nicht zuletzt, was mein Herz betraf, das wider Erwarten in der Sommersonne über Kreta begonnen hatte zu heilen.

Als Kalin und ich endgültig zusammenfanden, war es, als hätten wir einen entscheidenden Wendepunkt in unserem Leben erreicht. *Kairos*, wie man im Griechischen so treffend sagte: Eine perfekte Gelegenheit, zu der man sich trauen musste, einen Entschluss zu treffen, weil es keinen besseren Zeitpunkt dafür gab. Wir ließen sie nicht verstreichen. Stattdessen besiegelten wir die eine Sache, die wir uns immer gewünscht, auf die wir bis zuletzt aber nicht mehr zu hoffen gewagt hatten: Dass wir zusammengehörten.

17. Káiros

1 Tag bis zum Rückflug

Es war unglaublich, wie nah der allerschönste Tag überhaupt dem vielleicht allerschlimmsten Tag überhaupt sein konnte.

Kalin und ich hatten noch eine ganze Weile auf der Insel. Selbst nachdem die Sonne untergegangen war, hatten wir im Meer gebadet, uns irgendwann rücklings nebeneinander in den Sand gelegt und schweigend in den Himmel hinaufgestarrt, an dem sich nach und nach mehr Sterne gezeigt hatten. Es hatte sich angefühlt, als würden sie nur für uns scheinen.

»Das wäre die perfekte Gelegenheit für ein Picknick gewesen«, hatte Kalin irgendwann gesagt. »Vielleicht beim nächs-« Dann war er verstummt, und uns beiden war schlagartig klar geworden, dass es kein nächstes Mal geben würde. Meine Zeit auf Kreta war vorbei.

Am darauffolgenden Morgen aufzuwachen, fühlte sich furchtbar an. Nicht zuletzt, weil ich Kalin jetzt, wo ich ihm näher war als je zuvor, noch mehr vermisste, wenn er nicht da war. Sondern auch, weil die Gewissheit auf mir lastete, dass sich unsere Wiedervereinigung dem Ende neigte.

Obwohl ich noch einen ganzen Tag hatte, fühlte es sich so an, als würde dieser nicht mehr zählen. Wenn ich es morgen pünktlich und einigermaßen fit zum Flughafen schaffen wollte, konnte ich heute nicht bis nach Mitternacht mit ihm an der Bar sitzen oder mich von ihm auf eine unbewohnte Insel entführen lassen. Noch dazu hatte Kalin einige Animationspunkte auf der Liste, an denen ich ihn zwar sehen würde, die aber nicht die Zweisamkeit zu bieten hatten, die ich mir so sehr wünschte.

Ein Teil von mir bereute es, vierzehn und nicht dreizehn Tage gebucht zu haben. Denn wäre die vergangene Nacht meine letzte gewesen, hätte ich jetzt keine Zeit gehabt, mir den Kopf über das zu zerbrechen, was noch käme. Allen voran: Wie würde es mit uns weitergehen? Konnte eine neue Beziehung zwischen uns überhaupt funktionieren? Insbesondere, wenn er noch so lange hierblieb und bei mir wieder der Ernst des Lebens losging?

Schon beim Zähneputzen drohte ich mir selbst die Laune zu verderben. Ich dachte an den Girl-Squad, die Weiber, die inzwischen wie auf Befehl kicherten, wenn Kalin in der Nähe war, und die ihn ständig so zuckersüß ansäuselten, dass mir schlecht davon wurde. Ganz sicher waren sie nicht die Ersten und auch nicht die Letzten, die ihn attraktiv fanden. Er hatte hier sozusagen freie Wahl. Was auch immer er gestern mit mir getan hatte, könnte er jeden Tag mit einer anderen tun.

Konnte ich ihm wirklich vertrauen?

Ich tat es. Aber genau das machte mir Angst. Weil ich mich selbst vor diesem Vertrauen fürchtete. Davor, dass es zulassen würde, dass ich einmal mehr verletzt wurde.

Als ich zum Frühstück ging, rechnete ich fest damit, dass Kalin auch da wäre, wir ein paar sehnsüchtige Blicke austauschen und dann unserer Wege gehen würden. Doch es kam anders. Ich trat ein und konnte ihn nirgends erblicken. Und als ich mich auf einen freien Platz setzte, dauerte es keine zehn Sekunden, bevor er sich mir gegenüber fallen ließ. »Sofia!«

Ich erschrak so sehr, dass mir beinahe das Stück Pancake aus meinem Mund gefallen wäre. »Kalin –« Ich stockte. »Guten Morgen, aber *was tust du da?*«, zischte ich. Wenn er mit mir an der Bar saß, wo noch viele andere Hotelgäste waren, mit denen er sich höflich und distanziert unterhalten könnte, war das eine Sache. Doch mit mir allein an einem Mini-Frühstückstisch sitzen?

Kalin antwortete nicht. Stattdessen starrte er mich mit einem Gesichtsausdruck an, als hätte er einen Geist gesehen. Und zwar, bevor er mich angeschaut hatte.

Ich schluckte und legte mein Besteck beiseite. »Alles in Ordnung?«

Ein Teil von mir wusste bereits, was er sagen würde, noch bevor er es tat. Und trotzdem drehte sich mir bei seinen Worten der Magen um: »Dimitris hat gesungen.« Kalin rutschte tiefer in seinen Sitz. »Meine Eltern sind auf dem Weg hierher.«

»W-was meinst du mit, sie sind auf dem Weg?«, fragte ich zwei Minuten später, nach dem wir uns nach draußen verzogen hatten. Zugegeben, nebeneinander wie bestellt und nicht abgeholt im Poolbereich herumzustehen, war nicht unbedingt unauffälliger, als zusammen zu frühstücken, aber wir waren beide zu sehr durch den Wind, um uns etwas Besseres einfallen zu lassen.

»Dass Dimitris ihnen erzählt hat, dass ich hier bin. Und *als was* ich hier bin.« Kalin hatte die Stimme gesenkt, die Hände in den Taschen seiner Jeansshorts, und blickte sich verstohlen um. »Und jetzt wollen sie mich wahrscheinlich an einem Ohr zurück nach Hause schleifen.«

»Ich versteh das einfach nicht!« Ich schlang die Arme um meinen Oberkörper. »Warum hat er dich verraten?«

»Er ist nach mir der Jüngste«, entgegnete Kalin. »Die Jüngsten sind immer die größten Schleimer der Familie.« Er zog die Schultern hoch. »Wenn sie nicht solche Versager werden wie ich.«

Ich, Einzelkind, sah ihn hilflos an. »Schaffen sie das überhaupt so schnell? Der Pilotenstreik ist vielleicht vorbei, aber hier sind so viele Menschen gestrandet – das dauert doch bestimmt Ewigkeiten, bis sie –«

Kalin schnaubte. »Du glaubst doch nicht im Ernst, dass sie mit irgendeiner dahergelaufenen Airline hierherfliegen.«

Mein Mund klappte geräuschvoll zu. »Oh.« Ich befeuchtete meine Unterlippe. »Du willst sie nicht sehen, oder?« Ich blickte zum Gebäudetrakt mit den Schlafzimmern hinauf. »Du ... kannst dich auf meinem Zimmer verstecken, wenn du willst. Bis sie wieder weg sind.«

Kalin schabte mit der Spitze seines Flip-Flops auf dem Boden. »Ich fürchte, der HadriClan hat einen Universal-Durchsuchungsbefehl für jedes einzelne Zimmer hier.«

»Durchsuchungsbefehl.« Ich verdrehte die Augen. »Du tust ja gerade so, als wärst du ein gesuchter Verbrecher.«

Nachdenklich wiegte er den Kopf hin und her. »Wenn man bedenkt, was meine Brüder mit ihrem Leben anfangen und was ich hier mache, geht das für meine Eltern wahrscheinlich in eine ähnliche Richtung.« Er machte eine Pause und sah mich zum ersten Mal, seit wir nach draußen gegangen waren, direkt an. »Ich ... Ich sag dir das nicht, weil ich vor ihnen weglaufen will, Sofia. Darum geht es nicht.«

Sein Tonfall war so ernst, dass sich die Härchen auf meinen Armen aufstellten. Auf einmal schwante mir, in welche Richtung dieses Gespräch gehen sollte, und eine tiefe Wehmut machte sich in mir breit.

Natürlich. Es ging um mich. Seine Eltern würden hier auftauchen, und wenn sie das taten, sollte ich einen ganz normalen Hotelgast spielen. Heute, an meinem letzten Tag, bei meiner letzten Gelegenheit, Zeit mit Kalin zu verbringen, sollte ich darauf verzichten – ihm zuliebe.

Schwerfällig nickte ich. »Okay, ich verstehe schon.«

»Ich glaube nicht, dass du verstehst.« Seine Hände zuckten, als wollte er mich berühren, doch dann entschied er sich anders. »Ich weiß, dass das nicht angenehm werden wird, aber ich werde mich meinen Eltern stellen. Und bei dieser Gelegenheit … wollte ich ihnen auch noch jemanden *vor*stellen«, fügte er gedehnt hinzu.

Meine Augen weiteten sich. »M-mich?«, piepste ich.

»Nein, Christos. Natürlich dich!« Er schenkte mir ein unsicheres Lächeln. »Ich bin nicht stolz auf das Leben, das ich bisher geführt habe, Sofia. Ich möchte das hinter mir lassen. Und wenn es einen passenden ersten Schritt dafür gibt, dann das. Das Sinnbild für das Leben, das ich in Zukunft führen möchte, bist du.« Er machte eine Pause. »Ich weiß, das kommt sehr plötzlich, für mich ja auch. Und ich kann es verstehen, wenn dir das zu schnell geht oder du keine Lust hast oder –«

»Ich bin dabei«, sagte mein Mund wie von selbst.

Er geriet ins Stocken. »Wirklich?«

Entschieden straffte ich die Schultern. »Du kannst auf mich zählen.«

Ein paar Sekunden lang sah mich Kalin einfach nur an, mit einem Glanz in den Augen, den ich noch nie an ihm gesehen habe. Dann nahm er mich wortlos in die Arme.

Worauf ich mich eingelassen hatte, realisierte ich erst am Nachmittag, als Kalin seine Volleyball-Session unterbrach, um ans Telefon zu gehen. Er rückte etwas von den anderen Hotelgästen ab und kam in unmittelbare Nähe meiner Strandliege, und auch wenn er leise und auf Griechisch sprach – eine Sprache, bei der er hier ironischerweise weniger gut belauscht werden konnte –, konnte ich ihm anhören, dass er angespannt war.

Das Gespräch dauerte keine Minute, und als er auflegte, schenkte er mir einen vielsagenden Blick, ehe er die Distanz zu mir überbrückte. »Sie sind gelandet«, teilte er mir sachlich mit. »Aber sie klappern zuerst ihre beiden Hotels im Osten ab. Dann kommen sie her. Anscheinend planen sie, hier nicht nur kurz vorbeizuschauen.« Er räusperte sich. »Sieht so aus, als könnten wir dein A-la-carte-Essen nachholen.« Ein paar Sekunden lang blickten wir einander noch an, diesmal wahrscheinlich beide mit demselben verschreckten Gesichtsausdruck. Dann besann er sich wieder seines Jobs und kehrte zum Beachvolleyballfeld zurück.

Meine Nervosität, die mich kurz nach dem Frühstück befallen hatte, nahm neue Ausmaße an. Was sollte ich tun? Wie würden wir das machen? Würden wir sie gemeinsam an der Rezeption empfangen wie der übereifrige Concierge mich? Würde ich ihnen die Hände schütteln oder geziemte sich das nicht? Sprachen sie überhaupt deutsch?

Natürlich sprechen sie deutsch!, herrschte ich mich selbst an. *Sie leben doch in Deutschland!*

Wie sollte ich sie nennen? Bei ihren Vornamen, die ich entweder von Kalin oder Google erfahren würde? Oder sollte ich sie siezen? Erwarteten sie von mir, dass ich sie siezte? Doch was, wenn sie mich mit Du ansprachen? War das dann nicht ein eindeutiges Zeichen, dass ich sie auch duzen konnte? Oder war das eher wie in der Schule, in der alle Lehrer die Schüler duzen durften, aber gnade ihnen Gott, wenn sie die Geste erwiderten …

Ehe ich mich versah, war mein Kopf heißer als die Sonne, die mit aller Macht auf Kreta knallte. Ich musste etwas tun. Sofort. Irgendetwas.

Schnell und mit zittrigen Fingern packte ich meine Strandtasche zusammen und ging meine Vorbereitungsliste im Kopf durch. Ich musste duschen. Meine Haare waschen, kämmen, föhnen, glätten, stylen, was auch immer! Parfüm. Ich brauchte Parfüm. Hatte ich Parfüm eingepackt?

Und was sollte ich anziehen? Das Kleid, das ich in der Taverne angehabt hatte, hatte Weinflecken abbekommen, und auch wenn es hier einen Wäscheservice gab, hatte ich schlichtweg nicht das nötige Kleingeld dafür in meiner Urlaubskasse.

Hatte ich noch irgendetwas Vorzeigbares dabei? Vielleicht das Strandkleid, das ich mir für den Urlaub gekauft und bisher nicht angehabt hatte? Aber hatte das nicht einen riesengroßen Ausschnitt? Die Hadrians würden glauben, Kalin hätte sich eine rumänische Prostituierte angelacht!

Mein Atem ging immer flacher, und bis ich endlich von meiner Liege aufstand, war mir kotzübel geworden. Ich war nicht gut genug. Ich war so was von nicht gut genug. Dass Kalin hier undercover als Animateur arbeitete, war eine Sache – aber dass er dann auch noch mit einer wie mir zusammen war, würde den Vogel abschießen!

Jemand berührte mich von hinten an der Schulter. Ich schrie auf vor Schreck und wirbelte herum – um einem entgeisterten Kalin entgegenzublicken, der abwehrend die Hände hob.

»Hey, bin doch nur ich!« Er zog die Brauen zusammen. »Alles in Ordnung bei dir?«

Ich schluckte und wollte bejahen, aber ich konnte es nicht. Kaum merklich schüttelte ich den Kopf. »I-ich glaube, ich kann das nicht«, flüsterte ich. Meine Augen begannen zu brennen und füllten sich schneller mit Tränen, als ich denken konnte.

Kalins Gesichtszüge entgleisten. »Sofia.« Zaghaft berührte er meine Schultern. »Bitte beruhige dich. Das ist doch ... echt kein Problem.« Sanft strich er mir mit den Daumen über die Schulterblätter. »Wirklich nicht. Du musst das nicht machen, wenn du dich nicht wohl dabei fühlst. Okay? Also bitte mach dich nicht verrückt.«

Ich schniefte. »Aber …«

»Ich habe das Glück, mit ihnen blutsverwandt zu sein, *omorfiá*. Sie werden zwangsläufig meine Eltern bleiben und ich werde noch mehr Chancen haben, euch vorzustellen. Wir haben keinen Zeitdruck.«

Ich biss mir auf die Unterlippe, bis es wehtat. »Aber … ich will das!«, bekräftigte ich hilflos. »Ich will es, aber … ich weiß nicht, wie.« Ich wusste in diesem Moment nicht mal, ob das, was ich vor mich hinbrabbelte, einen Sinn ergab.

Kalin lächelte mitfühlend. »Du musst einfach nur du selbst sein. Nein – nicht mal das. Du musst überhaupt nichts!« Seine Hände verließen meine Schultern und legten sich stattdessen auf meine Wangen. »Und du musst auch nicht dabei sein«, raunte er. »Es ist viel verlangt für die kurze Zeit. Zwinge dich nicht meinetwegen zu Dingen, mit denen du dich nicht wohlfühlst. Okay?«

Ich senkte den Blick. Alles in mir wollte ihm widersprechen, aber ich fand einfach nicht die Kraft dazu. »Okay.«

Kalin zog meinen Kopf zu sich und küsste mich auf die Wange. »Okay.«

Erschrocken machte ich mich von ihm los. »Kalin!«, zischte ich. »Die sehen uns doch!«

»Ich werde mich in den nächsten paar Stunden outen müssen«, erwiderte er trocken. »Das spielt jetzt auch keine Rolle mehr.«

Ich war unsicher. Ich hatte Angst. Ich wurde das nagende Gefühl nicht los, dass meine Beziehung zu Kalin auf einem schmalen Grat wandelte – und dass jeder noch so kleine Luftzug sie dazu bringen würde, hoffnungslos abzustürzen.

Doch wenn es eine magische Fähigkeit gab, die Duschen so an sich hatten, dann war es die, innerhalb kürzester Zeit Wirbelstürme aus Gedanken zu klären. Als ich vor den angeschlagenen Badezimmerspiegel trat, hatte ich meine Entscheidung getroffen. Vieles hatte bei Kalins und meinem ersten Anlauf nicht funktioniert. Aber in den letzten Tagen hatte sich mehr als deutlich herausgestellt, dass wir beide diese Beziehung wollten. Um jeden Preis. Und dazu gehörte auch, das Leben des jeweils anderen zu akzeptieren.

Ich wollte ein Teil von Kalins Leben sein. Deshalb musste ich das hier tun.

In Windeseile föhnte ich meine Haare, zog ein paar ausgefranste Hotpants und ein Top mit Spaghetti-Trägern an, wuschelte nur noch meine Frisur zurecht und verzichtete auf Make-up. Ich musste überhaupt nichts – außer ich selbst sein.

Falls man selbstbewusst und gleichzeitig unsicher sein konnte, hatte ich diese Kunst perfektioniert. Und so fühlte ich mich völlig schwerelos, als ich die Stufen zur Rezeption nach unten stieg – und niemanden vorfand. Ich hatte keine Ahnung, was das bedeutete: Waren die Hadrians noch lange nicht hier oder hatten sie Kalin schon aus dem Hotel geschleift?

Ratlos ging ich die Lobby ab, die direkt an die Bar angrenzte – und dort saß er. Gekleidet in lange Hosen und ein ordentliches Hemd, rasiert und ohne Strohhut, spielte Kalin auf seinem Handy herum. Nicht gelangweilt, sondern nervös. So nervös, wie ich ihn noch nie zuvor erlebt hatte.

Ich musste für ihn da sein. Das war der Gedanke, der mich leitete, als ich zu ihm trat. »Hey.«

Erstaunt sah er auf. »Hey. Du bist hier.« Sofort steckte er sein Handy weg. »Das musst du nicht, Sofia.«

»Ich will aber.« Ich ließ mich neben ihm nieder. »Wirklich.«

Kalin schenkte mir einen langen Blick. »Bist du … dir sicher?«

»Ich war mir noch nie so sicher wie jetzt!« Gleichzeitig winkte ich den Barkeeper zu uns herüber. »Könnten wir bitte zwei Raki bekommen?«

Der Barkeeper zuckte nicht mit der Wimper, sondern griff auch schon nach zwei Schnapsgläsern.

Kalin schenkte mir einen schiefen Blick. »Du erinnerst dich, dass ich nicht mehr trinke, oder?«

Ich fluchte innerlich. Das hatte ich im Eifer des Gefechts schon wieder verdrängt. »Tja, dann … bleibt wohl mehr für mich.« Mein Lächeln fühlte sich hysterisch-gläsern an.

Er hob eine Braue. »Sicher, dass es okay ist?«

»So was von okay.« Zumindest wäre es nach zwei Raki bestimmt okay. Daran klammerte ich mich jedenfalls verzweifelt fest – so lange, bis der Barkeeper die Gläser vor uns abstellte und Kalin im selben Moment aufsah.

»Oh«, war alles an Vorwarnung, ehe er aufstand und einfach losmarschierte.

Ohne mich auch nur nach der Lobby umgesehen zu haben, rutschte ich von meinem Barhocker, um Kalin zu folgen – und entdeckte sie. Das Ehepaar, das mit zwei winzigen Köfferchen bewaffnet durch die elektrischen Schiebetüren des Eingangs trat. Diesmal war nicht nur ein Concierge zur Stelle, sondern drei, plus zwei Rezeptionistinnen sowie der Hotelmanager. Und natürlich: Kalin und ich.

Mein Magen krampfte sich zusammen, als wir uns ihnen näherten, und ich wünschte, ich hätte zumindest ein Glas Raki heruntergestürzt. Jetzt konnte ich nicht einmal beten, dass die Betäubung schnell einsetzte, und war der Realität gnadenlos ausgeliefert. In diesem Augenblick konnte ich Kalin sein früheres Alkohol- und Partyleben gar nicht mehr übelnehmen. Schon der bloße Gang zu seinen Eltern fühlte sich wie der reinste Walk of Shame an.

Weil ich sie noch nie im echten Leben gesehen hatte, bedeutete das nicht, dass ich nicht wusste, wie sie aussahen. Die Suchmaschine hatte mir geholfen.

Dennoch waren Fotos nichts im Vergleich dazu, sie mit eigenen Augen zu erblicken. Und ich war … ernüchtert.

Natürlich hätte ich das niemals in irgendjemandes Gegenwart laut gesagt, aber die Hadrians sahen furchtbar aus. Kalins Vater trug einen etwas zu eng sitzenden Anzug mit dunkelblauer Krawatte, den er doch bestimmt schon auf dem Weg hierher vollgeschwitzt haben musste. Sein Bart war feinsäuberlich gestutzt und seine graumelierten Haare zur Schockstarre nach hinten gegelt. Sein Gesicht war faltig und seine Wangen eingefallen, wenn auch nicht annähernd so sehr wie die seiner Frau, die aus nicht viel mehr als Haut und Knochen bestand. Die Haare hatte sie in einem knalligen Rotbraun gefärbt, und sie trug viel zu viel Make-up in ihrem Gesicht. Ihre Nase wollte nicht perfekt in das große Ganze hineinpassen, und ich konnte nicht anders, als zu glauben, dass Kalins Mutter nicht mit ihr geboren worden war.

Die Luft um mich herum schien dünner zu werden, als sie Kalin schon aus einigen Schritten Entfernung entdeckte – und ihre Mundwinkel herabsackten. »*Kalín. Ti eínai aftó?*«, sagte sie mit dem Tonfall einer … na ja, enttäuschten Mutter.

Wir blieben nebeneinander auf der anderen Seite der Belegschaft stehen, die sich wie das ägyptische Meer vor uns teilte. »Freut mich auch, euch zu sehen«, antwortete Kalin verdrossen. »Womit verdiene ich die Ehre?«

»Das weißt du ganz genau, Freundchen!«, wechselte seine Mutter nahtlos in ein akzentuiertes Deutsch.

»Aber darüber werden wir jetzt in Ruhe beim Essen sprechen«, fügte sein Vater in einem Tonfall hinzu, als wäre er eigentlich nur wegen des Abendessens hier.

»So ist es.« Obwohl sie von drei Concierges umgeben waren, behielten die beiden ihre Mini-Koffer selbst in den Händen, während sie einem der Angestellten bedeuteten, sie zu ihrem Zimmer zu bringen.

Kalin straffte die Schultern. »Da wäre vorher noch was.«

»Entschuldigung!« Plötzlich wedelte Kalins Mutter mit der Hand in meine Richtung, ohne mich auch nur anzusehen. »Wollen Sie sich vielleicht um Ihre Gäste kümmern? Die Dame wartet schon seit fünf Minuten.«

Ich riss die Augen auf. Meinte sie etwa mich?

Im nächsten Moment lag die Aufmerksamkeit von mindestens fünf Hotelangestellten allein auf mir. »Was können wir für Sie tun, Frau Aldea?«, fragte mich eine der Rezeptionistinnen höflich.

Ich wollte im Erdboden versinken. Obwohl ich unmittelbar neben Kalin stand, hatten seine Eltern absolut keinen Schluss daraus gezogen. »Ähm«, piepste ich. »Ich …«

Kalin räusperte sich geräuschvoll. »Diese Dame«, holte er aus, »wollte ich euch bei der Gelegenheit vorstellen.«

Irritiert blieben die beiden stehen, unmittelbar vor mir, und ich wünschte mir, ein UFO würde vorbeifliegen und mich auf Nimmerwiedersehen in eine andere Dimension entführen. Alles war besser, als den strengen Blicken von Kalins Eltern ausgesetzt zu sein, die mich tausend Grad heißer durchbohrten als jeder Alien-Laser.

»*Mitéra, patéras.*« Kalin legte mir eine Hand auf den unteren Rücken. »Das ist Sofia Aldea.«

Die beiden wechselten einen kurzen Blick. »Gut, und weiter?«, fragte seine Mutter beinahe so überfordert, wie ich mich fühlte.

»… meine Freundin«, fügte Kalin hinzu, und meine Wangen begannen wie auf Befehl zu glühen.

Ich hatte keine Ahnung, was ich sagen sollte, und sprach einerseits das Logischste und andererseits das Dümmste aus, das mir hätte einfallen können: »Hi.«

Ich wusste nicht, was ich erwartet hatte. Wahrscheinlich irgendetwas zwischen der besten und der schlimmsten Reaktion, die sie uns hätten geben können. Umso weniger verstand ich, wie ich das, was tatsächlich geschah, einordnen sollte.

Kalins Mutter verdrehte die Augen. Sein Vater schüttelte stöhnend den Kopf. »Tha ta poúme argótera«, war alles, was er noch sagte, bevor die beiden einfach weitergingen.

Zumindest meine Frage mit dem Händeschütteln hatte sich jetzt geklärt.

Wir sahen den Hadrians nach, bis sie im Aufzug verschwunden waren. Kaum, dass sich dieser in Be-

wegung gesetzt hatte, kam es mir so vor, als wäre es in der Lobby um mindestens zehn Grad wärmer geworden.

»Na, also«, hob Kalin locker an. »War doch gar kein so schlechter Start, oder?«

Betreten starrte ich ihn an. »Du machst Witze.«

Er zuckte die Achseln. »Du weißt nicht, wie sie normalerweise drauf sind.« Er zupfte an meiner Hand, damit ich mich vollends zu ihm umdrehte. »Du kannst das Abendessen wirklich aussparen, wenn du willst.«

Ich öffnete den Mund und schloss ihn wieder. Und dachte tatsächlich darüber nach, das Angebot anzunehmen. Aber dann fiel mir ein entscheidendes Detail ein, das mich sofort den Kopf schütteln ließ. »Und meinen letzten Abend ohne dich verbringen?«

Kalins Miene wurde weich. »Ist es dir das wirklich wert, ihn auch mit meinen Eltern verbringen zu müssen?«

Ich musste lächeln. »Und wie.«

Zärtlich strich er mir über die Wange und gab mir einen Kuss auf die Stirn. »Dann ziehen wir's durch.«

Kalin und ich warteten eine geschlagene halbe Stunde im A-la-carte-Restaurant, ehe sich seine Eltern blicken ließen. Da sich niemand von ihnen mir vorgestellt oder sich auch nur für mich interessiert hatte, beschloss ich, sie im Geiste Herr und Frau Hadrian zu nennen – es hätte mich nicht überrascht, würden ihre eigenen Söhne das auch tun. Die beiden waren kälter als Eis.

Wieder hatte sich Kalin keinen Wein einschenken lassen, obwohl ich es so was von verstanden hätte, hätten ihn seine Eltern zu einem Ausrutscher verleitet. Ein Teil von mir betete bis zum Schluss, dass die Hadrians nicht kommen würden. Weil ihnen ein wichtiger Geschäftstermin dazwischengekommen war, sie doch kein Problem mit Kalins Ferienjob oder sie unsere schiere Existenz vergessen hatten. Aber genau dann erschienen sie auf der Bildfläche, er in einem anderen Anzug, sie im kleinen Schwarzen mit dicker Perlenkette. Mir war, als würden sich ihre Mienen ein wenig verfinstern, als sie mich auf dem Stuhl neben Kalins entdeckten, aber ich könnte mich auch irren – viel finsterer ging nämlich nicht mehr.

Die beiden seufzten schon enttäuscht, noch während sie sich uns gegenüber niederließen. »*Kalín*«, hob Frau Hadrian mit spitzer Stimme an. »*Giatí eísai edó?*«

»Deutsch«, antwortete Kalin gelangweilt, und ihr Mund klappte zu.

Ihre Augen verengten sich, ihre Mundwinkel bogen sich nach unten, und mehrere Sekunden lang starrte sie Kalin an, als wollte sie ihn gleich am Kragen packen und über den Tisch ziehen. »Was«, zischte sie dann wie eine Schlange, »tust du hier?«

Lässig lehnte er sich zurück. »Was mache ich nicht? Ich mache Sport, werde fit und braungebrannt, spiele Volleyball, fahre alle Boote, die die die Menschheit erfunden hat –«

»Nein«, unterbrach sie ihn schroff. »Was *tust* du hier?!«

»Dimitris«, ergänzte Herr Hadrian. »Er hat gesagt, du arbeitest hier.« Seine Augen wurden groß. »Aber nicht im Management!«

Kalin blinzelte. »Na ja, ich manage die Animateure, falls euch das glücklich macht.«

»Animateur?« Frau Hadrian schlug die Hände über dem Kopf zusammen. »Wie konntest du nur?« Energisch tippte sie auf den Tisch. »Wir besitzen dieses Hotel! Jeden Stock und jeden Stein auf diesem Gelände – und du ordnest dich unter? Weißt du, welches Licht das auf uns wirft?«

»Das hättest du nicht tun dürfen«, bestätigte Herr Hadrian. »Wenn die deutsche oder griechische Presse davon Wind bekommt …«

»Na ja, eigentlich war ich anonym hier«, gab Kalin zu bedenken. »Bis ihr aufgetaucht seid.«

Herr Hadrians Mund klappte zu. »Ich weiß nicht, was in dich gefahren ist«, grollte er. »Aber ich glaube, es wird allerhöchste Zeit, dass du einen Entzug machst.«

Meine Augen weiteten sich, doch zum Glück bekam niemand die Gelegenheit, sich auf das Thema zu versteifen. Ein Kellner eilte herbei und füllte die Gläser der Hadrians mit Wein aus einer Flasche, die ich noch nie zuvor gesehen hatte – musste das gute Zeug sein. Eine Frau erreichte uns Augenblicke später und händigte uns die Speisekarten aus.

Dankbar öffnete ich sie – und blickte auf dieselben Optionen wie beim letzten Mal. Verdammte Tintenfischringe.

»Ich *bin* hier auf Entzug.« Kalin schwenkte sein Wasserglas demonstrativ in der Hand. »Wenn ihr mich fragt, gibt es nichts Schöneres als einen kalten Entzug bei dreißig Grad.«

Ich biss mir auf die Zunge. Hätte er nicht einfach das Thema wechseln können?

»Dann sag mir«, knurrte Frau Hadrian, »wie du auf diese Schnapsidee kommen konntest, ohne betrunken oder high zu sein! Du hast dein Studium aufgegeben – für das hier?« Ihr Blick zuckte für einen Sekundenbruchteil zu mir, und ich konnte nicht anders, als mich angesprochen zu fühlen.

»O ja.« Kalin legte einen Arm auf meine Rückenlehne. »Und das, liebe Eltern, war die beste Entscheidung meines Lebens.«

Auf einmal erinnerten mich die Hadrians an Zeus und Hera persönlich, die jeden Moment Donner und Blitz auf uns niedersausen lassen würden.

Frau Hadrian öffnete den Mund, sah dann aber wieder zu mir. »*Tha ta poúme argótera?*«

»Deutsch!«, zischte Kalin förmlich, und ich wurde das Gefühl nicht los, dass sie etwas über mich gesagt hatte.

Bekümmert musterte Herr Hadrian seinen Sohn. »*Thélame na milísoume sto gio mas mónoi mas.*«, sagte er deutlich ruhiger, doch da Kalin sich nicht entspannte, tat ich es auch nicht.

»Das könnt ihr aber nicht«, antwortete er schroff. »Und wolltet ihr vorher doch auch noch nie. Also stellt euch nicht so an.«

Frau Hadrians Brauen schossen in die Höhe. »Wie bitte?«

»Merkt ihr es nicht? Ihr seid immer auf der Suche nach was zu meckern. Dafür seid ihr jetzt sogar bis nach Kreta geflogen! Wie wär's, wenn ihr euch mal entspannen würdet? Besser fürs Herz. Einmal *Dakos* für mich, bitte«, sagte er so plötzlich, dass ich nicht mehr mitkam – bis ich den Kellner wahrnahm, der schon zu uns zurückgekehrt war. Und ich hatte nur eine halbe Sekunde lang auf die Karte gesehen.

»F-für mich dasselbe, bitte!«, sprach ich zum ersten Mal an diesem Tisch, seit die Hadrians aufgetaucht waren, und kam mir jetzt schon so vor, als hätte ich ein Verbrechen begangen.

Kalins Eltern bestellten auf Griechisch, dann wandten sie sich uns wieder zu. Genauer gesagt: mir.

»Wer sind Sie nochmal?«, fragte Frau Hadrian gedehnt.

Ich schluckte. »Sofia.«

»Sofia.« Ich ging davon aus, dass ihre leicht gehobenen Mundwinkel ein höfliches Lächeln darstellen sollten. »Könnten Sie uns kurz mit unserem Sohn allein lassen?«

»Nein, kann sie nicht!«, warf Kalin gelangweilt ein. Er nahm meine Hand, die die Speisekarte noch immer fest umklammert hielt, als könnte er spüren, wie in diesen Sekunden eine Sicherung in mir durchbrannte. »Weißt du schon, was du als Hauptgang willst, Schatz?«

Erstaunt sah ich zu ihm. So hatte er mich noch nie genannt. Noch *nie*. Weder davor noch danach. Und ich war mir nicht sicher, welchem der Menschen an diesem Tisch er damit etwas beweisen wollte: Seinen Eltern – oder mir, wie ernst er das mit uns meinte?

Mir wurde ganz heiß. War nur mir so heiß oder war es hier heiß? »Ähm ...« Ich starrte die Speisekarte an, die ich beinahe wie einen Schutzschild zwischen Frau Hadrian und mich hielt. Doch bevor ich auch nur den Namen einer einzigen Speise lesen konnte, verschwammen die Buchstaben vor meinen Augen. »Ich ... glaube, ich nehme einfach dasselbe wie du.« Als mein Blick seinem begegnete, war es, als teilten wir uns eine Seele.

Diese Situation war unangenehm für uns beide. Kalin kannte sie nicht groß anders, aber für mich war das hier unfassbar neu. Es war mehr, als ich ertragen konnte. Und ich wusste genau, dass er es mir nicht übel nehmen würde, wenn ich aufs Klo verschwand und nicht wiederkam. Alles, was er wollte, war, dass ich glücklich war.

Genau deshalb liebte ich ihn. Und deshalb würde ich ihn hier nicht allein lassen.

Die Vorspeise wurde serviert, und das, was Kalin *Dakos* genannt hatte, sah aus wie ein naher Verwandter der italienischen Bruschetta. Weil ich beim Bruschetta-Essen leider genauso talentfrei war wie bei Spareribs, ließ ich die Vorspeise vorerst auf dem Teller liegen und trank betont langsam aus meinem Weinglas, während ich fieberhaft überlegte, wie ich von den Brotscheiben abbeißen könnte, ohne dass der ganze Belag herunterfiel.

»Und«, fragte Kalins Mutter desinteressiert, »wer genau waren Sie jetzt nochmal, Sofia?«

Ich wusste, worauf sie anspielte. Wenn ich in diesem Hotel wohnte *und* mit Kalin zusammen war, musste ich ein Jemand sein. Jemand mit einem Namen, einem eindrucksvollen Familienstammbaum und hunderten falschen Freunden.

Ich war das absolute Gegenteil dessen, was sie für ihren Sohn vorgesehen hatten. Doch gleichzeitig hatte mir Kalin deutlich gemacht, dass ich das war, was er wollte.

Das war es, was mir Kraft gab. Genug, um Frau Hadrians Blick zu erwidern. Genug, um mir in den Kopf zu setzen, sie so sehr zu schockieren, dass sich die beiden gleich in den nächsten Flieger oder Helikopter oder Privatjet zurück nach Deutschland werfen würden.

Ich reckte das Kinn. »Ich bin die Tochter zweier rumänischer Einwanderer«, begann ich mit ruhiger Stimme. »Sie sind mit nichts als der Kleidung an ihrem Leib nach Deutschland gekommen. Mein Vater ist Krankenpfleger, meine Mutter gelernte Maurerin, die ihren Beruf nicht mehr ausüben kann. Dass ich geboren wurde, war ein Unfall, aber meine Eltern haben es nicht übers Herz gebracht, mich abzutreiben.«

Als sich die Augen der beiden im Gleichtakt weiteten, verspürte ich die pure Genugtuung.

»Sie mussten also ein Maul mehr durchfüttern. Wir haben das mit Ach und Krach geschafft, auch wenn ich mir mein Leben mit einem Stipendium und einem Nebenjob finanzieren muss. Heute leben wir glücklich in einer kleinen Mietwohnung am äußersten Rand des Münchner Einzugsgebiets. Keine Haustiere«, fügte ich aus irgendeinem Grund hinzu und zog meinen ganzen Vortrag in den Dreck.

Das unterdrückte Lächeln, das Kalins Lippen umspielte, war alles, was mich in den stillen Sekunden danach bei klarem Verstand hielt.

Die Hadrians wechselten einen Blick, den ich nicht deuten konnte. Dann sagte sie: »Wow.«

Ich verlor die Kontrolle über meine Miene. »*Wow?*«, wiederholte ich entgeistert und fragte mich, ob das Wort im Griechischen eine andere Bedeutung hatte.

Doch auch Herr Hadrian nickte anerkennend. »Ihre Eltern sind hart arbeitende Leute. Sie haben ganz unten angefangen und sich nach oben durchgeboxt.«

Ich traute meinen Ohren nicht. War das ein Witz? »Nicht ganz so weit nach oben wie Sie.«

Frau Hadrian zuckte die Achseln. »Unsere Startbedingungen waren besser. Wir stammen beide aus Hoteliersfamilien, müssen Sie wissen. Unsere Vorfahren haben zu den ersten modernen Hotelinhabern im griechischen Raum gehört. Alles, was wir tun mussten, war es, unser Erbe anzunehmen und zu noch größerem Erfolg zu führen.«

»Harte Arbeit«, ergänzte Herr Hadrian. »Das ist, wofür der Name Hadrian steht. Wofür wir und unsere Söhne stehen.« Sein Blick zuckte zum einzigen Sohn, der gerade anwesend war. »Und wir hätten uns so sehr gewünscht, dass du vom selben Schlag wärst wie deine Brüder. Etwas mehr harte Arbeit würde dir auch guttun.«

Ich schnaubte abfällig und bemerkte erst, was ich da getan hatte, als mich drei Augenpaare fixierten.

Frau Hadrian starrte mich an wie die leibgewordene Medusa. »Haben Sie irgendetwas dazu zu sagen?«

Ich hörte, wie Kalin Luft holte, doch ich kam ihm zuvor. »Ja. Ehrlich gesagt schon.« Ich funkelte erst sie, dann ihren Mann an. »Ich frage mich, warum das, was Kalin hier macht, keine harte Arbeit sein soll.« Ich nickte in Richtung des Gebäudeinneren, wo mindestens ein Dutzend Angestellter dabei war, den zahlenden Gästen jeden Wunsch von den Lippen abzulesen. »Sind es nicht gerade die niederrangigen und unterbezahlten Mitarbeiter, die den Laden am Leben erhalten?« Ich hob eine Braue. »Oder würden Sie Ihre dreißig Hotels auch ganz alleine schmeißen?«

Auf meine Worte folgte etwas, womit ich als Letztes gerechnet hätte: Stille. Die Hadrians blickten mich mit gemischten Gesichtsausdrücken an und sagten ... nichts.

Kalin räusperte sich. »Das ... war eine rhetorische Frage. Die müsst ihr nicht beantworten.«

Ich hatte keine Ahnung, was dieses Schweigen zu bedeuten hatte. Dass ihnen meine Worte zu denken gaben? Oder dass sie sich gerade fragten, ob es guter Stil wäre, als Hotelinhaber einen ihrer Gäste hochkant rauszuwerfen?

Ich hatte das Gefühl, dass ich noch eins drauflegen musste. »Warum überzeugen Sie sich nicht einfach selbst davon?« Ich sah zu Kalin. »Was ist heute Abend Programm?«

Unsicher blickte er von mir zu meinen Dakos und zurück. »Heute ist wieder Sirtaki-Nacht.«

Meine Miene glättete sich. »Wenn sich das mal nicht hervorragend trifft!« Ich wandte mich seinen Eltern zu. »Versuchen Sie's doch einfach mal. Setzen Sie sich an die Bar, bestellen Sie sich ein Gläschen Wein und genießen Sie die Show.« Ich machte eine Pause. »Und dann reden wir darüber, was harte Arbeit wirklich ist.« Noch während ich den letzten Satz aussprach, wusste ich, dass ich damit zu weit gegangen war. Mir brach der kalte Angstschweiß aus, und ich öffnete den Mund, um mich zu entschuldigen, auch wenn ich nicht wusste, ob ich damit nicht alles nur noch schlimmer machen würde.

Doch bevor ich einen Ton herausbekam, nickte Herr Hadrian plötzlich. »In Ordnung.«

»Das werden wir«, beschloss seine Frau – und wenn das kein *Kairos* war, wusste ich auch nicht.

18. Chorisménoi

Heute lief so vieles anders als geplant. Beispielsweise hatte ich um einundzwanzig Uhr zum Beginn der Sirtaki-Show längst im Bett sein wollen. Das hatte schon mal nicht geklappt.

Dass ich zu zweit mit Kalin an einem der Tische im Poolbereich sitzen würde, weit weg von den anderen Animateuren und deutlich sichtbar für Gäste und Angestellte, hätte ich nie im Leben erwartet.

Genauso wenig wie die Tatsache, dass die Hadrians ganz in unserer Nähe waren und ich mich nonstop von ihnen beobachtet fühlte.

Kalin lachte leise und lehnte sich in seinem Stuhl zurück. »Das ist echt krass. Ich hätte nicht gedacht, dass sie wirklich runterkommen.«

Ich schluckte. »Wie sehen sie aus?«, raunte ich. Die beiden saßen nahe dem Hoteleingang, und obwohl ich ihnen den Rücken zugewandt hatte, fühlte mich von ihren Blicken durchbohrt wie Schweizer Käse.

»Es sind meine Eltern, also muss ich wohl *unfassbar gut* sagen. Die Gene und so –«

273

»Du weißt, wie ich das meine!«

»Ach.« Er zog die Schultern hoch. »Eigentlich ganz entspannt. Für ihre Verhältnisse.« Er fixierte mich. »Und?«, fragte er dann. »Wollen wir gleich das Tanzbein schwingen? Im wahrsten Sinne des Wortes?«

Ich schluckte. »Vor deinen Eltern?«

»Sonst lohnt es sich doch nicht!« Grinsend sprang er auf die Füße – Augenblicke bevor die Tanztruppe überhaupt Anstalten machte, sich nach Freiwilligen umzusehen.

Ehe ich mich versah, hatte er meine Hand genommen und zog mich geradewegs auf die Tanzfläche, die von mehreren vollbesetzten Lounge-Sesseln umgeben war.

»Hey, hey, hey!«, rief einer der Tänzer überschwänglich. Während er und sein Kollege weitere Mutige zusammensuchten, nahm die Frau meine andere Hand und gab den Takt der Tanzbewegungen vor. Rechts, links, Schritt, Schritt. Rechts, links, Schritt, Schritt.

Was als Außenstehende so einfach ausgesehen hatte, produzierte schon innerhalb weniger Sekunden einen Knoten in meinem Gehirn. Aber mit dem Profi zu meiner Linken und Kalin, der ein überraschend gutes Taktgefühl besaß, zu meiner Rechten bekam ich die Schritte irgendwie gebacken.

Ich konzentrierte mich so sehr auf den Tanz und die Live-Musik, dass ich erst nach einiger Zeit bemerkte, wie sich die Tanzfläche immer mehr füllte.

Erstaunt sah ich auf – und sie waren da. Einfach alle. Der gesamte Girl-Squad, mehrere jüngere und ältere Pärchen, mit denen ich jeden Tag zu drei Mahlzeiten im Speisesaal saß, sogar der junge Mann mit seiner Oma …

Augenblick. Warum waren die alle noch hier? Ich hatte ja schon zwei Wochen gebucht, und viele von denen waren bereits an meinem ersten Tag so braun gewesen wie ich jetzt. Wie lange hatten die sich hier einquartiert?!

Der Gedanke drohte mich aus dem Konzept zu bringen, vor allem dann, als mich die Profi-Sirtaki-Tänzerin plötzlich losließ, um ein paar der weniger begabten oder mehr betrunkenen Amateurtänzer Anweisungen zu geben.

Rechts, links, Schritt, Schritt.

Inzwischen bildete ich wahlweise den Anfang oder das Ende einer Schlange, die immer länger wurde. Der bloße Anblick brachte mich zum Kichern. »Das ist der Wahnsinn!«

»Der perfekte letzte Abend, was?«

Irgendwie hatte Kalin recht, irgendwie aber auch nicht. Denn eine entscheidende Sache fehlte noch, um ihn wirklich perfekt zu machen.

Ich sah in Richtung seiner Eltern. Diese saßen am Rand des Sitzbereichs, in einer Ecke, wo die Beleuchtung kaum hinreichte. Ihre Gesichter lagen in den Schatten, und ich konnte ihre Mienen nicht erkennen. Doch als sich die Sirtaki-Schlange auf einmal in Bewegung setzte, witterte ich meine Chance. Wie eine Seitwärts-Polonaise bewegten wir uns über die Tanzfläche – und schließlich geradewegs zwischen den Sitzreihen hindurch.

Rechts, links, Schritt, Schritt.

Es dauerte nicht lange, bis wir die Hadrians erreichten. Und obwohl ich mir selbst kaum Gelegenheit gegeben hatte, darüber nachzudenken, zog ich meinen spontanen Einfall gnadenlos durch.

Ich sagte kein Wort. Ich ließ Kalin nicht los. Ich hörte nicht auf zu tanzen. Stattdessen streckte ich den beiden einfach nur eine Hand hin. Und lächelte.

Verwundert blickten sie zu mir hinauf – und einander an. Was dann geschah, würde ich wahrscheinlich nie vergessen. Sie grinsten gelöst und standen auf.

Das Nächste, was ich wusste, war, dass ich Frau Hadrians dünne, zarte Hand in meiner hielt und diese die Tanzschritte mindestens so souverän ausführte wie die Profitänzer.

Rechts, links, Schritt, Schritt.

Neben ihr Herr Hadrian, der nicht annähernd so sicher auf den Beinen war wie sie, aber am Ende der Schlange zum Glück auch niemand anderes behindern konnte.

Nur, dass er nicht das Ende der Schlange blieb. Nach und nach trauten sich noch ein paar letzte Hotelgäste, sich uns anzuschließen, nahmen die Hand des Mannes, von dem sie wahrscheinlich nicht wussten, dass ihm der ganze Bunker gehörte, und sorgten dafür, dass der Abend das wurde, was Kalin schon ausgesprochen hatte: perfekt.

Bis uns die Tanztruppe mit einem Applaus von der Tanzfläche entließ, war ich völlig außer Atem und leicht verschwitzt. Die Hotelgäste zerstreuten sich und begaben sich zurück auf ihre Plätze. Ich war etwas orientierungslos und ließ mich von Kalin zu unserem Tisch bringen, doch bevor wir uns hinsetzen konnten, traten seine Eltern zu uns.

Mir wurde heiß und kalt zugleich, als wir uns zu ihnen umwandten – aber ihre Mienen waren geglättet, fast schon weich. »Sofia«, sprach Frau Hadrian zu meiner Überraschung mich an. »Ich glaube, wir haben uns noch gar nicht vorgestellt. Ich bin Ophelia.«

»Alexandros«, ergänzte Herr Hadrian.

Während ich – endlich! – ihre Hände schüttelte, war es, als würde die Last vieler Jahre von mir abfallen. Oder vielleicht spürte ich nur genau das, was in Kalin vorging. »Freut mich, Sie kennenzulernen.«

Kalins Mutter musterte mich mit einem Lächeln, das jetzt sogar eindeutig als solches erkennbar war. »Die Freude ist ganz unsererseits.«

0 Tage bis zum Rückflug

So wundervoll mein letzter Abend auf Kreta gewesen war, so sehr rächte sich die durchtanzte Nacht am darauffolgenden Morgen. Es war kurz vor fünf Uhr, als ich mit meinem Gepäck beladen in der Lobby aus dem Aufzug stieg. Die Rezeption war vierundzwanzig Stunden lang besetzt – aber zu meiner Überraschung war der Mann aus dem Nachtdienst nicht die einzige Menschenseele, auf die ich dort unten traf.

»Kalin?«, fragte ich gleichermaßen erstaunt und erschöpft.

Mein Freund sprang von einem der Ledersofas auf. Die Erleichterung sprach aus jeder seiner Bewegungen, als er auf mich zustolperte. »Zum Glück!«, stieß er hervor. »Du bist noch da!«

Ich blinzelte verwirrt. »Wo hätte ich denn sonst sein sollen?«

Gelöst blieb er vor mir stehen. Er hatte sich in dieselbe Kleidung geworfen wie am Vorabend – oder hatte er sie zwischendrin überhaupt ausgezogen? Ich war gestern vor ihm schlafen gegangen und hatte keine Ahnung, wie lange er noch auf den Beinen gewesen war. »Ich hatte nicht mehr ganz im Kopf, wann du abgeholt wirst«, gestand er. »Ich hatte Angst, dich zu verpassen, und bin extrafrüh hergekommen.«

Meine Schultern sackten herab. »Wie früh?«

»Ähm.« Er wich meinem Blick aus. »Vor zehn Minuten?«

Eine dreiste Lüge. Belustigt schüttelte ich den Kopf. »Das hättest du doch nicht tun müssen. Wir haben uns doch schon gestern Abend verabschiedet.«

»Ja«, antwortete er gedehnt. »Aber da haben uns meine Eltern beobachtet, und ich konnte mich nicht so verabschieden, wie ich es wollte.«

Ich wurde hellhörig. »Deine Eltern – haben sie noch irgendwas gesagt?«

»Nicht wirklich.« Er kratzte sich am Kopf. Ich konnte ihm ansehen, dass er sich die Haare gekämmt hatte. Trotzdem standen hier und da einige Strähnen in alle erdenklichen Richtungen ab. »Sie sind auch schon wieder abgereist.«

Ein Zucken ging durch mein Augenlid. »Mitten in der Nacht?«

»Sie hatten hier keine Geschäfte mehr zu erledigen«, erklärte er. »Was wohl bedeutet, dass die Wogen geglättet sind.« Er lächelte. »Sie haben gesagt, ich soll tun, was mich erfüllt, und meine eigenen Träume verfolgen.«

Gelöst ließ ich mein Handgepäck zu Boden gleiten. »Wirklich? Das ist ja wunderbar!«

»Na ja, sie haben es vielleicht nicht in genau diesen Worten gesagt. Um ehrlich zu sein, haben sie es viel pragmatischer formuliert ...«

»Der gute Wille zählt.« Ich schlang die Arme um ihn und lehnte meine Stirn gegen seine Schulter. »Das ist perfekt. Ich freue mich so für dich!«

»Danke.« Sanft strich mir Kalin über den Rücken. »Und ... danke. Für gestern.«

»Quatsch.« Ich löste mich etwas von ihm. »Ich hab doch gar nichts gemacht.«

»Also bitte.« Er lächelte schief. »Du hast die Herzen meiner alten Leute aufgetaut. Dafür sollte man dir einen Nobelpreis verleihen – oder mehrere. Chemie, Physik, Frieden …«

»Kalin!« Ich wollte vorwurfsvoll klingen, kicherte aber gleichzeitig und vermasselte mir selbst die Tour.

Er schenkte mir einen tiefen Blick. Langsam hob er eine Hand und strich mir zärtlich über die Wange. »Du vollbringst ein Wunder und verschwindest zum Sonnenaufgang. Kann es sein, dass du aus einem Märchenbuch gesprungen bist?«

»Nein.« Ich schlang die Arme um seinen Hals. »Ich bin aus Deutschland hierhergeflogen. Und jetzt fliege ich dorthin zurück und warte darauf, dass du nachkommst.«

Seine Miene wurde weich. »Das klingt nach einem Plan.« Er beugte sich vor, seine Stirn berührte meine, und ein paar Sekunden lang standen wir einfach nur da und sogen unsere letzten gemeinsamen Augenblicke in uns auf, solange wir noch konnten.

»*S'agapó*«, flüsterte ich.

Kalins Augen wurden groß. »Du weißt es noch?«

Überlegen hob ich eine Braue. »Ich wusste es schon vorher.«

»Warum?« Er ließ mich los und lehnte sich etwas in die andere Richtung. »Hast du etwa für mich angefangen, Griechisch zu lernen?«

»Nein. Nur diesen einen Satz.« Ich lächelte leicht. »Dachte, der wäre der wichtigste.«

Nachdenklich wiegte Kalin den Kopf hin und her. »Ich denke, *Wo geht's hier zur Toilette?* Oder *Kann bitte jemand den Notruf wählen?* wären noch ein klein wenig – au!«, beklagte er sich, als ich ihn gegen die Schulter boxte. Er wurde wieder ernst, nahm meine Hände und drückte sie. »*S'agapó, omorfiá.*«

Seine Worte, seine Wärme, seine Liebe und sein Abschiedskuss begleiteten mich auf meinem Weg, bis nach Hause, bis nach Deutschland. Und doch konnte ich nicht anders, als mich vor den nächsten Wochen zu fürchten.

19. Pou lachtaráei to fos tou íliou

45 Tage nach dem Rückflug

Ich hatte ihm nicht gesagt, dass ich kommen würde – und das, obwohl wir uns einfach alles erzählten. Die letzten anderthalb Monate hatten sich wie eine Ewigkeit angefühlt. Eine Ewigkeit, in der mich die Sehnsucht nach ihm beinahe in zwei Teile zerrissen hatte. Aber sie war erträglich gewesen – weil ich zu jeder Zeit gewusst hatte, dass Kalin dasselbe fühlte wie ich.

Wir hatten heute früh nur ganz kurz geschrieben. Er hatte Packstress gehabt, und ich hatte den Schein aufrechterhalten müssen, dass ich mich auf einem Seminar für meine Bachelorarbeit befand.

Der Münchner Flughafen war Mitte September nicht annähernd so gut besucht wie zur Hochsaison im August. Ich erreichte den Ankunftsbereich ohne Probleme, dafür aber mit wie wild klopfendem

Herzen. Zwei Monate war ich mit Kalin zusammen gewesen, bevor wir zwei Monate getrennt gewesen waren. Danach waren wir nicht einmal eine Woche wieder zusammen gewesen – und dann sechs Wochen zumindest räumlich getrennt. Es war ein ständiges Hin und Her gewesen, das nun endlich vorbei wäre. Wir hatten uns weiterentwickelt – getrennt voneinander und zusammen, und auch wenn ich ihn vermisst hatte, wusste ich, dass er die Zeit auf Kreta dringend gebraucht hatte. Genau wie ich.

Ich war gerade so vor dem Ausgang des Sicherheitsbereichs stehengeblieben, als eine Nachricht von ihm eintrudelte.

KALIN
Nicht zu fassen! Ich warte jetzt schon 20 Minuten auf mein Gepäck! 20 Minuten!!!

Ich lächelte in mich hinein. Dieser Mann war eben immer noch Kalin. Meine Finger fühlten sich federleicht an, als ich eine Antwort eingab.

SOFIA
Überraschung ;)

KALIN
??

Ich steckte das Handy weg und wartete weitere fünfzehn Minuten, bis er endlich durch die elektrischen Schiebetüren des Sicherheitsbereichs trat. Die Haut maximal gebräunt, sein Strohhut maximal zerfetzt, die Stirn minimal gerunzelt und den suchenden Blick in die Menge gerichtet … wo er schließlich auf meinen traf.

In den letzten Wochen hatte ich mir so viele Gedanken gemacht – so, wie ich immer alles zerdachte. Hatte mich gefragt, ob eine Fernbeziehung nach all diesem Auf und Ab halten würde. Ob Kalin auf Kreta nicht doch eine Frau finden würde, die schöner, reicher, besser war als ich. Ob das, was wir hatten, wirklich eine Zukunft haben könnte. Aber in dem Augenblick, in dem er mit seinem Rollkoffer um das Absperrband herumkam, lösten sich all diese Grübeleien in Luft auf und blieben von da an fern. Die dicke Wolkendecke, die sich in meiner Seele gebildet hatte, wurde mit einem Mal von einem hellen Licht durchbrochen, das mich von innen heraus erwärmte – genau wie Kalin, als er die Arme ausbreitete und ich ihm stürmisch um den Hals fiel.

Er war ein Sonnenstrahl.

Ende

Danksagung

Mein Dank gebührt:

Kaja Raff, die mich schon seit meinen ersten, zögerlichen Schritten als Autorin begleitet und ohne die ich nicht dort wäre, wo ich heute bin.

Florian, mit dem sogar Raki und Ouzo trinken irgendwie erträglich für mich ist.

Larissa Schira für ihr allzeit offenes Ohr.

Meiner Testleserin Denise Bodes sowie Sandra Bräuninger, auf die einfach immer Verlass ist.

Meinen Bloggerinnen und Bloggern, die es mir ermöglichen, dass sich jede Veröffentlichung aufs Neue wie etwas ganz Besonderes anfühlt.

Allen Leserinnen und Lesern, die die »Seasons of Love«-Reihe verschlingen und begleiten.

Antío!

Griechisch-Glossar

oder »Was hat er da gesagt?«

(in chronologischer Reihenfolge)

petaloúdes
Schmetterlinge

monaxiá
allein

fysiká
Selbstverständlich

Kalí méra
Guten Morgen / guten Tag

omorfiá
Schönheit

synántisi
Begegnung

esý ki egó
Du und ich

eiríni
Frieden

símera
Heute

Kalispéra
Guten Abend

S'agapó.
Ich liebe dich.

allagí
Veränderung

iliachtída
Sonnenstrahl

Jámas!
Prost!

diamáchi
Zwietracht

synaisthímata
Gefühle

anamníseis
Erinnerungen

iliovasílema
Sonnenuntergang

tavérna
Taverne

Boreíte na mas férete éna zumeró se déka leptá?
Können Sie uns in zehn Minuten einen Zoumero bringen?

Éna potíri krasí gia tin kyría, parakaló!
Noch ein Glas Wein für die Dame, bitte!

Kalín. Ti eínai aftó?
Kalin. Was soll das?

mitéra
Mutter

patéras
Vater

Tha ta poúme argótera.
Wir sprechen uns noch.

Giatí eísai edó?
Warum bist du hier?

Tha ta poúme argótera?
Musstest du sie unbedingt mitbringen?

Thélame na milísoume sto gio mas mónoi mas.
Wir wollten allein mit unserem Sohn sprechen.

chorisménoi
entzweit

pou lachtaráei to fos tou íliou
Sehnsucht nach Sonnenlicht

Annie Waye

Annie Waye ist eine jun-
ge Autorin mit einer al-
ten Seele. Sie ist auf der
ganzen Welt zu Hause
und seit jeher der Magie
der Bücher verfallen. Sie
schreibt, um fremde und
vertraute Welten zu er-
schaffen, sympathischen
und zwiespältigen Cha-
rakteren Leben einzuhauchen und Dunkelheit und
Stille aus den Herzen der Menschen zu vertreiben.
Wenn sie nicht gerade an Romanen arbeitet, veröffentlicht sie Kurzgeschichten und bereist die Welt
auf der Suche nach ihrem nächsten Sehnsuchtsort.

Instagram: @anniewaye.author
Newsletter: jetzt abonnieren auf anniewaye.de
Bonuscontent: Auf Patreon (patreon.com/annie-
waye_) findest du Hintergrundinfos zum Buch,
Bonusinhalte, Deleted Scenes und exklusive Ein-
blicke in das Autorenleben und die kommenden
Veröffentlichungen von Annie Waye.

Bücher von Annie Waye

SEASONS OF LOVE

Dancing Snowflakes

Verbringe romantische Weihnachten in Norwegen

Das Auslandssemester der neunzehnjährigen Jenny droht in einer Katastrophe zu enden: Als ihr Rückflug nach Frankfurt aufgrund eines Schneesturms gestrichen wird, sitzt sie plötzlich im hoffnungslos eingeschneiten Oslo fest. An ihrer Seite ausgerechnet der arrogante Norweger Louis, mit dem sie sich zu allem Übel eine Notunterkunft teilen muss. Weihnachten im schneeweißen Norwegen – da gibt es Schlimmeres, oder? Doch während das Weihnachtsfest immer näher rückt, erwarten sie im Norden nichts als Pleiten, Pech und Pannen – und seltsame, warme Gefühle für Louis, die selbst das kälteste Eis zum Schmelzen bringen können.

Ein gefühlvoller New-Adult-Liebesroman nach dem Prinzip "enemies to lovers" rund um den Winter, Weihnachten, kleine Auseinandersetzungen und das ganz große Herzklopfen. Für Fans von Weihnachtsromanen, College-Romanen, Chick Lit, den Tropes "Stuck Together" und "Forced Proximity" und International Romance.

Painting Flowers

Wenn Mr. Right schon vergeben ist ...

Die vierundzwanzigjährige Floristin Marie rechnet an Valentinstag nicht damit, jemanden wie Daan zu treffen. Daan, der exzentrische Künstler, der in ihren Blumenladen stolpert und sie sofort in seinen Bann zieht. Daan, der ihr daraufhin einfach nicht mehr aus dem Kopf geht. Daan, der verlobt ist und in den sie sich auf keinen Fall verlieben darf. Während die niederländischen Tulpen im Frühling erblühen, begegnen sich die beiden vor einer traumhaften Schlosskulisse wieder. Marie kann nicht verhindern, dass ungeahnte Frühlingsgefühle in ihr zum Leben erwachen. Gefühle, die alles andere als angebracht sind: Schließlich soll sie Daans Hochzeit vorbereiten ...

Dieser romantische Liebesroman rund um ein Mauerblümchen und einen niederländischen Künstler ist perfekt geeignet für jeden, der gern prickelnde Lovestorys, Cozy Romance, International Romance, Urlaubsromane, Chick lit und New Adult liest. Lass die Frühlingsgefühle zum Leben erwachen!

Im Schatten schimmert das Licht

„Verdammt, ich war eine erwachsene Frau! Ich würde nicht wie ein kleines Mädchen vor Jan davonlaufen. Zumindest nicht zweimal hintereinander."

Das neunzehnjährige Dorfmädchen Elli ist ein wahrer Freigeist und hat keine Lust auf ihr neues Leben im spießigen München: Weder auf das Zusammenleben mit ihrer ehrgeizigen Schwester noch auf das schnöde Finanzpraktikum, das diese ihr organisiert hat. Als sie dann auch noch versehentlich in den Schrebergarten von Vorzeigestädter Jan einbricht und dessen Ärger auf sich zieht, ist der München-Horror perfekt – bis sie ihn in ihrer Praktikumsfirma wiedertrifft und von einer ganz anderen Seite kennenlernt, die ihr Herz zum Höherschlagen bringt. Doch Jan hat eine Vorgeschichte, und wenn es nach seinem Umfeld geht, hat Elli in seinem Leben und in seinem Herzen nichts verloren.

Eine Geschichte über Liebe, Vertrauen und Überwindung – lebensnah, mitreißend und mit einer Portion Humor erzählt.

.